N & K

Dirk Kurbjuweit

Nicht die ganze Wahrheit

Roman

Nagel & Kimche

1 2 3 4 5   12 11 10 09 08

© 2008 Nagel & Kimche
im Carl Hanser Verlag München
Herstellung: Andrea Mogwitz und Rainald Schwarz
Satz: Satz für Satz. Barbara Reischmann
Druck und Bindung: Friedrich Pustet
Printed in Germany
ISBN 978-3-312-00410-2

I

1 Ich warte auf einen Moment, auf eine Stimme, die sagt: «Jetzt.» Ich warte schon zu lange, ich falle auf. Wer mich sieht, könnte mich für einen Einbrecher halten. Es stimmt, ich bin ein Einbrecher. Gleich werde ich einen Einbruch begehen, ich muss es nur schaffen, meine Hand vom Lenkrad zu lösen, nach links schweben zu lassen, den Türhebel zu ziehen. Tür auf, linkes Bein raus. Der Körper folgt von selbst.

Ein Einbruch ist hässlich, ein Einbruch ist eine Grobheit. Ich will saubere Arbeit machen, schöne Arbeit. Ich will nicht von einem Kunstwerk reden, aber manchmal empfinde ich durchaus so. Anna zu finden war ein Kunstwerk: die Sache mit dem Aufzug, meine kleine Studie über das Küssen. Ich bin stolz darauf. Ich bin der einzige Detektiv, der eine Studie über das Küssen gemacht hat. Ich kann das nicht beweisen, aber es ist so. Ich weiß es. Meine Kollegen arbeiten anders, gröber. Sie sorgen dafür, dass Detektivarbeit als schmutzig gilt. Sie haben das verdient. Ich habe das nicht verdient. Dachte ich immer.

Und jetzt ein Einbruch. Es geht nicht anders.

Ich kann nicht zu Ute Schilf gehen und sagen: «Ihr Mann hat eine Affäre mit Anna Tauert, aber ich habe keine Beweise. Ich habe nur eine kleine Studie über das Küssen gemacht, und das Ergebnis dieser Studie legt nahe, dass ihr Mann eine Affäre ...» Sie wird mich von oben herab anschauen. Sie kann von sehr weit oben herabschauen.

Da oben ist Annas Fenster, dritter Stock, links, kein Licht, sie ist nicht da, natürlich nicht. Sie ist in Bochum, wo morgen der Parteitag beginnt. Ich sitze im Auto vor ihrer Tür, Berlin-Moabit, Oldenburger Straße. Gemütszustand: beschämt. Ich gehe gleich dort hinauf, man darf nicht warten, nicht in der Nacht. Was ist auffälliger, als nachts untätig in einem Auto zu sitzen?

Ich könnte die Straßenkarte aus dem Seitenfach nehmen, das Licht anknipsen und so tun, als würde ich suchen. Ich suche ja auch, nicht nach einer Straße, sondern nach einem Moment, dem Moment, in dem sich die linke Hand vom Lenkrad löst, nach links schwebt, bis sie am Türgriff landet und zieht, ein Klacken, leise, sehr leise, meine Hand ist in Heimlichkeiten geübt. Frische Luft wird in mein Auto strömen, frisch und kühl. Der Herbst ist da.

Nur zwei Einbrüche in zehn Berufsjahren, nicht schlecht. Jetzt kommt Nummer drei, wie immer eine Niederlage, eine zu viel. Es ist mir peinlich, Anna gegenüber. Es kommt mir vor, als beobachte sie mich, sehe mich hier im Auto sitzen vor ihrer Wohnung. Grüne Augen. Ich denke oft an diese grünen Augen. Sie schauen mich an, Missbilligung im Blick.

Jetzt.

Meine Hand schwebt nach links, liegt auf dem Türgriff, halt, ich höre Musik, Schlagermusik. Sie kommt aus der Kneipe hinter mir. Jemand hat die Tür aufgemacht, zugemacht, Stille. Dann Schritte. Im Rückspiegel sehe ich einen Mann auf dem Bürgersteig gehen. Er kommt auf mich zu, seine Schritte sind unsicher, ein Betrunkener. Gegen zwei Uhr begegnet man unter der Woche vielen Betrunkenen. Gegen Mitternacht stehen sie vor der Wahl, nach Hause zu gehen oder sich vollaufen zu lassen. Wer den Absprung nicht schafft, säuft bis zwei und steht vor der Frage, was mit dem Tag morgen wird. Will man den Tag halbwegs retten und seiner Arbeit nachgehen? Oder gibt man ihn verloren und bestellt das nächste Bier? Um zwei treten die Trinker, die sich noch nicht ganz aufgegeben haben, auf die Straße. Dieser hier geht nahe an den Autos entlang. Er spricht. Er geht wie durch ein Moor, tastend, unsicher, er knickt ein, als würde ein Fuß versinken. Ich nehme die Hand vom Türgriff, lege sie auf meinen Oberschenkel, zwei Finger am Lenkrad. Er wird vorüberziehen, dann bringe ich es hinter mich.

Viertelmond. Wie schön etwas sein kann, das nicht vollständig ist. Als Viertel mag ich unseren Mond am meisten. Ein Halbmond wirkt zerschnitten, in der Mitte geteilt. Ein Schnitt ist immer Gewalt, nach einem Schnitt fehlt etwas. Noch weniger mag ich den Vollmond, obwohl er gut aussieht, wenn er so rund und warm am Himmel hängt. Aber das Licht stört meine Heimlichkeit, und der Job geht vor. Ein Dreiviertelmond wirkt missraten, als sei einem Kind beim Malen eines Kreises der Stift verrutscht. Nur der Viertelmond gibt Geborgenheit. Er spendet Licht, aber nicht zu viel, und er hat eine Form, die etwas aufnehmen will, in die man sich schmiegen kann. Ich lege manchmal in diesen langen Nächten des Wartens meinen Blick hinein, meine Gedanken. Ich werde sentimental unter einem Viertelmond. Ich muss aufpassen.

All die einsamen Nächte vor fremden Häusern und Hotels tun mir nicht gut. Man malt sich aus, was hinter den Wänden passiert, Geschäfte, die einen anderen stören, Sex, der einen anderen verletzt. Ich bin der, vor dem die Leute hinter den Wänden Angst haben, der Entdecker. Sie kennen mich nicht, sie werden mich nie kennenlernen. Eines Tages werden sie mit dem Ergebnis meiner Arbeit konfrontiert. Es folgen Momente der Panik; Lebensläufe, bis zum Tod durchgeplant, fallen auseinander. Ich bin froh, nicht dabei sein zu müssen.

Ich höre keine Schritte mehr. Ich höre ein neues Geräusch, ein Plätschern. Ich schaue in den Außenspiegel, sehe ein Glied, prall und mittelgroß. Ein Strahl schießt gegen mein Auto, es dampft. Ich stecke die Hand unter die Achsel, wo meine Pistole sitzt. Es ist ein Reflex, ich schieße nicht. Ich habe erst dreimal gezogen, einmal geschossen. Manchmal schieße ich im Kopf, die Welt kann einen so wütend machen. Ich steige aus, halte dem Pisser meine Pistole an die Rübe und – bumm. Er liegt in einer Lache aus Blut und Urin. Was pisst er auch gegen mein Auto. Es ist zwar nur ein Nissan, aber kein Abort. Nissan wegen der Unauffälligkeit. In ehrlichen Momenten: wegen der Kosten. Ich sehe im Rückspiegel, wie der Kerl abschüttelt. Endlich verschwindet das fatale Ding. Er macht drei Versuche, den Hosenschlitz zu schließen, drei Fehlschläge. Er geht weiter, tastet sich durch sein Moor. Er hat mich nicht gesehen, das ist das Gute.

Ich ziehe den Türgriff. Es gibt kein Zögern mehr, zügige, selbstverständliche Bewegungen. Ich bin wie ein Mann von hier, seit Jahren wohnhaft in der Oldenburger Straße, einer, dem alles vertraut ist. Tür zuschlagen, sanft, aber nicht auffällig sanft, ein bisschen Rücksicht auf die schlafenden Nachbarn, abschließen, eine Hand in die Hosentasche, rascher Schritt. Um diese Zeit will man schnell nach Hause. Ich gehe schräg über die Straße, das kürzt ab, dreißig Meter und ich stehe vor der Tür. Jetzt kommt das Grobe, Unschöne. Die Tür ist rasch geöffnet, hinein ins Treppenhaus, zarte Schritte auf Kreppsohlen. Stehen bleiben, horchen. Ein Radio dudelt, jemand ist wach. Warum muss das immer sein? Warum diese Schlaflosigkeit? Wenn ein Detektiv einen Wunsch frei hätte bei den Politikern, dann würde er diesen wählen: Schlaftabletten für alle. Damit einer wie ich, Steuerzahler, Ruhebewahrer, endlich ungestört seiner Arbeit nachgehen kann.

Erster Stock, zweiter Stock, dritter, nach links, ich stehe vor ihrer Tür. Mein Herz klopft, leichte Erschöpfung, keine Angst. Ich habe keine Angst in solchen Situationen. Wenn jemand aus der Tür gegenüber tritt und mich zur Rede stellt, gehe ich schweigend die Treppe wieder hinunter. Wenn er ein Held sein will und mich am Arm packt, gibt es in meinem kleinen Repertoire einen kurzen, effektiven Schlag auf den Solarplexus. Kein Problem. Wenn er wieder Luft kriegt, bin ich verschwunden.

Die Tür ist auf, ich gehe hinein und schließe rasch die Tür hinter mir, rasch und leise. Innehalten, horchen, nach draußen, nach drinnen. Ich habe Anna Tauert in den Zug steigen sehen, ich gehe kein Risiko ein in diesen Dingen. Ich habe den ganzen Tag ihre Wohnung beobachtet, ob nicht Freundinnen kommen, um sich Berlin anzuschauen am Wochenende. Ich habe noch vor einer Stunde in der Wohnung angerufen. Niemand da. Aber man weiß nie, es gibt böse Überraschungen. Ein Kollege ist erschossen worden, weil er für einen Einbrecher gehalten wurde. Er war ein Spezialist für Grobheiten.

Ich mag mich nicht in fremden Wohnungen. Ich meide die Spiegel, ich will mich da, wo ich nicht hingehöre, nicht sehen. Aufhören, ich muss aufhören mit solchen Gedanken. Keine Ablenkung durch Zweifel, Konzentration. Alles ruhig, alles dunkel. Ein Kühlschrank brummt, der ewig muntere Geselle in nächtlichen Wohnungen. Links neben dem Eingang liegt die Küche. Rechts ist eine geschlossene Tür, wahrscheinlich das Bad, daneben hängt ein Spiegel. Ich gehe weiter durch den kurzen, schmalen Flur. Holzdielen, keine Teppiche. Sanfte, tastende Schritte, es knarrt trotzdem. Schlaft süß, ihr da unten. Schlaf schützt, mich und euch. Neben der Küche liegt das Wohnzimmer, neben dem Bad das Schlafzimmer. Ich wende mich nach links, trete auf Parkett, Parkett ist lauter als Dielen.

Mädchen, warum machst du es mir so schwer?

Ein erster Blick rundherum im Licht der Laternen. Am Fenster steht ein Schreibtisch, Regale an den Seitenwänden, darin Akten, Bücher. In einer Ecke steht ein Lounge-Chair mit separatem Fußteil, daneben eine Stehlampe. Zwei Aktenordner auf dem Boden, einer ist aufgeschlagen. Auf dem Schreibtisch steht ein Computer. Ich gehe hin, lege meine Decke über den Monitor, schalte den Computer ein. Er meldet sich mit einem Plopp. Zu laut, viel zu laut. Blaues Licht schimmert auf, wird aber gut geschluckt von der Decke. New York bei Nacht als Bildschirmhintergrund. Große Stadt, Millionen Lichter. Davon träumst du also, du und Leo in New York, Arm in Arm auf dem Broadway. Wird nichts, wird leider nichts. Arthur Koenen sitzt dir im Nacken, Detektiv, spezialisiert auf Ehebruch und den Zoo am Bahnhof Zoo.

Die Programme bauen sich auf. Ich gehe ins Schlafzimmer. Ein Doppelbett, mittig aufgestellt, ein Kleiderschrank, ein Stuhl. Ein Filmplakat hängt an der Wand gegenüber dem Bett. Das Bett ist gemacht, ein Luchs liegt auf dem Kopfkissen. Woher kommt dieser Hang zu Kuscheltieren bei erwachsenen Frauen? Ich öffne den Kleiderschrank, Hoffnung auf einen schnellen Beweis. Manchmal lassen Liebhaber ein paar Sachen im Schrank ihrer Gespielinnen hängen. Ich schätze, dass die Frauen das mögen. Als wäre er hier ein bisschen zu Hause, käme nicht nur zum Geschlechtsverkehr vorbei. Nichts hat so viel mit Illusion zu tun wie eine Affäre. Man denkt immer, der Betrogenen wird etwas vorgespielt. Stimmt. Aber der Geliebten wird noch mehr vorgespielt.

Nichts von einem Mann. Nie wird es einem leichtgemacht, nie, nie. Im Schrank hängen zwei Kleider von ihr und ein dunkler Hosenanzug. Sie gefällt mir besser in Kleidern. Sie kann Kleider *tragen*, sie hängen nicht wie Säcke, sie schwingen um sie herum. So muss es sein. Ein paar Blusen, eine ist von einer Klarsichtfolie umhüllt und hängt auf einem Bügel aus schmalem Draht. Dutzende von diesen Bügeln hängen im Schrank. Sie wäscht nicht selbst, sie lässt reinigen. Unterwäsche und Strümpfe, davon einige verpackt, sind in Körbe gestapelt. Ich sehe die Wäsche einer Frau, die betrachtet werden will. Von ihm. Ich ziehe die Hand, die auf dem Wäschestapel liegt, weg.

In der Wohnung oben klingelt ein Telefon, klingelt und klingelt. Es weckt mir noch das Haus auf. Warum kann man hier nicht in Ruhe arbeiten, nachts um halb drei?

Endlich Stille. Ich gehe in die Küche, die nicht aussieht, als würde hier gekocht. Eine Espressokanne auf dem Herd, ein Teller mit Krümeln und eine Kaffeetasse in der Spüle. Sie ist heute früh aufgebrochen. Über dem kleinen Tisch hängt ein Foto in einem Rahmen. Sehe ich mir später an.

Ich gehe zurück ins Wohnzimmer und setze mich an den Schreibtisch. Eine Lesebrille liegt vor dem Computer. Warum reist Anna ohne Lesebrille? Oder hat sie zwei, eine für den Computer, eine für Bücher, Zeitungen? Für einen Detektiv ist die Welt ein Wust von Fragen. Die meisten kann er, ehrlich gesagt, nicht beantworten. Ich setze die Brille auf und kann erstaunlich gut sehen damit. Muss ich zum Augenarzt? Ich lege die Brille ab.

Ich frage mich, was mir diese Wohnung sagt. Keine Pflanzen. Sie ist nur in den Wochen hier, wenn der Bundestag zusammentritt. Dies ist kein Liebesnest. Wenn sie eine Affäre mit Leonard Schilf hat, dann ist sie nicht das Mäuschen, das zu Hause wartet, bis er kommt, und die restliche

Zeit damit verbringt, das gemeinsame Nest zu verschönern. Ich habe da mal eine putzige Wohnung gesehen. Wie gesagt, der dritte Einbruch. Diese Wohnung ist da für den Schlaf und die Arbeit, nicht für die Liebe. Wobei nirgendwo so viele falsche Signale gesendet werden wie in der Liebe. Man muss das immer bedenken. Vielleicht ist diese Wohnung für die Liebe da, aber Leonard Schilf soll das nicht merken.

Ich stecke den Kopf unter die Decke. Auf dem Schreibtisch ihres Computers liegen ein paar Ordner, die nach Politik klingen. Ausschuss. Agenda. Plenum. All diese Wörter, die deren Leben so groß machen und unseres so klein. Für mich ist das nicht weiter interessant, ich gucke sofort, welchen E-Mail-Server sie hat. Da muss ich rein, dafür bin ich hier. Ich brauche das Passwort.

Ich tauche unter der Decke wieder hervor, sitze reglos am Schreibtisch. Drüben geht ein Licht an, eine Frau tapert in eine Küche. Sie geht zum Kühlschrank, öffnet, trinkt Milch aus einer Flasche. Sie stellt sich ans Fenster, schaut hinaus, trinkt wieder. Sie ist Ende vierzig, könnte eine Kundin von mir sein. Wo ist ihr Mann? Im Bett? Ihrem? Gott, dieser ewige Verdacht. Ich kann die Welt kaum noch anders betrachten, bin damit aber vielleicht der Einzige, der sie richtig betrachtet. Kein Größenwahn, wirklich nicht, Berufserfahrung. Sie stellt die Milch zurück, macht aber den Kühlschrank nicht zu, schaut länger hinein, zu lange, um sich noch retten zu können. Sie nimmt etwas heraus, es könnte Schokolade sein. Sie verlässt die Küche, das Licht geht aus.

Ich taste die Unterseite des Schreibtischs ab, nichts. Sie macht es mir wirklich nicht leicht. Mädchen mit den grünen Augen, du wirst mich doch nicht ärgern. Du machst Sachen mit einem verheirateten Mann, das ist riskant, das weißt du, irgendwann fliegen alle auf, fast alle, auch du wirst nicht davonkommen, ich bin dir auf der Spur, mach es mir nicht so schwer. Ich mag dich doch.

Das Gute an Affären ist, dass sie nicht gut zu verheimlichen sind. Ich versuche meinen Job auch deshalb zügig zu erledigen, weil ich nicht will, dass die Bombe ohne mein Zutun platzt. Das kommt vor, es gibt da eine Quote, mit der ich leben muss. Sie wird immer noch stark gefüttert von den notorischen Höschen im Koffer nach einer Dienstreise. Warum schaffen es so viele Männer nicht, ihre Koffer selbst auszupacken? Warum so viel Unerwachsenheit? Leider steigt die Quote seit ein paar Jahren, seitdem jeder immerzu SMS verschickt. Dann liegt das Handy in der Wohnung herum, und die Frau hört abends das Piepen, während der Mann im Bad ist, um sich für ein «geschäftliches Essen» frisch zu machen, und sie schaut mal nach, ob es von einem der Kinder ist, und dann liest sie: «Ich zieh gerade meinen String an, den roten.» Bumm. Mehr muss nicht geschrieben werden, um eine Welt zu zerstören, kleine, gierige Sätze. Das ist genau so einer Kundin von mir passiert. Unschön, für sie, für mich. Sie hat den Beweis, ich muss mich mit weniger Geld begnügen als geplant. Und die nächste Miete wird bald fällig.

Aber diesen Fall werde ich lösen. Leonard Schilf ist zu selten zu Hause bei seiner Frau, um von einer SMS entlarvt zu werden.

Das Passwort, denk über das Passwort nach.

Die meisten Leute schrecken zurück vor abwegigen Passwörtern, aus Angst, dass sie sich selbst nicht daran erinnern können. Sie nehmen etwas Naheliegendes, Familiäres. Ich ziehe meine Taschenlampe aus der Brusttasche, sie ist klein und hat einen Punktstrahl. Man müsste sehr genau schauen, um sie von drüben sehen zu können. Ich lasse das Licht über den Schreibtisch wandern. Er ist leer, bis auf eine Ablage für Stifte, darin ein Tintenroller, ein Bleistift. Ich stehe auf, gehe zum Regal, lasse den Lichtstrahl die Fächer entlangwandern, Ordner, ein paar Bücher mit politischem Inhalt. Nichts Persönliches. Ich habe plötzlich das Gefühl, dass ich es vielleicht doch nicht schaffe. Ein Passwort ist etwas Persönliches, es hat einen engen Zusammenhang mit dem Leben eines Menschen. Wie kann ich Anna Tauerts Passwort herausfinden, wenn sich in dieser Wohnung gar kein Mensch zu erkennen gibt?

Zeig dich, Mädchen, gib mir einen kleinen Hinweis auf dein Leben.

Ich habe nur drei Versuche. Danach wird der Zugang gesperrt. Ich erwäge Leo, aber sie hat ihn wahrscheinlich kennengelernt, als sie schon ein Mailprogramm hatte. Leo wird mein dritter und letzter Versuch, meine Verzweiflungstat.

Ich muss überlegen. Ich mag diese Momente, in denen Schlauheit gefragt ist, meine Sherlock-Holmes-Momente. Kombinieren. Als Passwort nimmt man etwas, das man gerne eintippt, gerne liest. Niemand würde es sich antun, den Namen seines Feindes mehrmals am Tag zu schreiben.

Ich habe eine Idee, und die ist nicht schlecht. Ich stehe auf und gehe in die Küche, betrachte noch einmal das Foto, das an der Tür des Kühlschranks hängt. Es ist das einzige Foto in dieser Wohnung. Im Punktstrahl der Taschenlampe sehe ich, dass die beiden sich ähnlich sind. Ihre Schwester.

Wie heißt ihre Schwester?

Ich nehme das Bild vom Kühlschrank, schaue auf die Rückseite. Nichts.

Ich öffne die Schiebetür vom Küchenschrank. Seltsamerweise ist das ein beliebter Ort, um Postkarten und Briefe aufzubewahren. Auch Anna hält es nicht anders, ein Packen Karten und Briefe klemmt zwischen den Kaffeetassen. Wenn ich einen Hausstand mit einer Frau gründen würde, würde ich zwei überzählige Kaffeetassen anschaffen, damit man einen dauerhaften Platz für die Postkarten und Briefe hat.

Ich nehme den Stapel heraus und blättere ihn durch. Dreimal oben: «Liebste Schwester». Unten jeweils: «Deine Lennie».

Ich gehe zurück zum Computer. Ich tippe die sechs Buchstaben ein. Es öffnet sich das geheime Reich der Anna Tauert.

Fieber. Ich gehe auf den Postausgang, ich wandere nach unten. Die allermeisten Mails sind gesendet an 39049902 @worldnet.com. Ich öffne eine Mail, wahllos, irgendwo auf halber Strecke.

«Leo, Liebster», lese ich.

Ich lehne mich zurück, atme aus, fast zu laut. Ein großer Moment, alles fügt sich. Eine Theorie ist belegt, Beobachtungen werden bestätigt, eine Arbeit hat sich gelohnt. Ute Schilf wird eine schöne, eine gehaltvolle Mappe von mir bekommen. Ich arbeite ausschließlich mit blauen Mappen, die ich in einem guten Schreibwarengeschäft in Wilmersdorf kaufe. Sie liegen auf dem Tisch, wenn es schwierig wird. Die Wahrheit kommt ans Licht. Ein Moment, der nichts Billiges haben darf, deshalb die guten, blauen Mappen. Blau beruhigt.

«Leo, Liebster, warum nicht Kattowitz?»

Ich bin enttäuscht. Kattowitz ist kein Wort für eine Liebesgeschichte, kein Wort für eine blaue Mappe. Zweifel. Ich öffne hastig die nächste Mail.

«Doch, es ist mein Ernst. Lass uns für ein Wochenende nach Kattowitz fahren, in die hässlichste Industriestadt der Welt, in die sich nie ein deutscher Tourist verirrt, wir nehmen ein kleines Hotel, das immer noch nach Sozialismus aussieht und riecht, und wenn es draußen Asche regnet, liegen wir im Bett, in unserem weißen Bett, und du hältst mich in deinen Armen und liebst mich träge durch den Nachmittag, und weil es nie richtig hell wird wegen der Asche, brennen den ganzen Tag Kerzen, und nirgendwo auf der ganzen Welt kann es so romantisch sein wie in unserem Zimmer in Kattowitz.»

Ich bin erleichtert. Das gibt der Mappe Wucht. Kitsch ist immer ein Beleg für Liebe. Als Detektiv mit meinem Spezialgebiet hat man viel mit Kitsch zu tun. Dieser Beruf ist kein reines Vergnügen, wirklich nicht. Jetzt noch eine schöne Antwort von Leo Schilf, und mein Erfolg ist bestätigt. Ich gehe zum Posteingang, suche nach dem passenden Datum und der passenden Uhrzeit.

«Auch nach Kattowitz fahren deutsche Geschäftsreisende.»

Das hat keine Wucht. Unbrauchbar. Ich öffne seine nächste Mail.

«Können wir nicht eine kleinere Stadt nehmen, ein Dorf? Ein stilles, nicht allzu schönes Dorf nur für uns, in Italien vielleicht. Suchst du ein italienisches Dorf für uns?»

Aha. Die Sache wird klassisch. Italien ist ein Klassiker.

Wenn man ein Detektiv ist mit meinen Schwerpunkten, weiß man, welche Wirkung Italien auf Liebende hat. Die Mehrzahl meiner Dienstreisen führt nach Italien. Venedig, Rom und Florenz sind Städte, in denen ich mich auskenne. Die schwierigsten Fälle knacke ich dort. Viele Kundinnen kommen zu mir, wenn sie erfahren, dass ihr Mann, der unter Verdacht steht, einen Kongress in Florenz hat. Also fliege ich nach Florenz. Manchmal gibt es nicht mal einen Kongress. Wenn es einen Kongress gibt, nimmt er seine Teilnehmer nicht so stark in Anspruch, dass nicht Zeit bliebe für die Liebe.

In Florenz setze ich mich vor dem Palazzo Vecchio ins Café Rivoire, im Sommer draußen, im Winter drinnen hinter die großen Glasscheiben, und schaue mir das Treiben an. Ich habe den Palazzo Vecchio liebgewonnen in diesen langen Stunden. Dieser wuchtige Klotz und darauf dieser schmale Turm, der so ungestüm und doch zerbrechlich zum Himmel strebt. Er sagt mir etwas über das Leben, vor allem das Leben meiner Kundinnen. Egal wie fest sie im Leben stehen, es gibt eine Stelle, an der etwas abbrechen kann. Es sind ja oft starke Frauen, die zu mir kommen, Frauen, die sich nicht alles gefallen lassen, Frauen, die kämpfen. Sie sitzen in meinem Büro, und ich denke an den Palazzo Vecchio ohne Turm.

Irgendwann schlendert der Mann, wegen dem ich in Florenz bin, heran. Er kommt mit einer Frau, eng umschlungen. Sie bleiben vor dem Palazzo Vecchio stehen. Er löst seinen Arm von ihrer Schulter, zeigt hinauf zum Turm, erklärt etwas. Männer müssen immerzu erklären. Ich kenne das vom Zoo. Männer wissen alles über den Palazzo Vecchio und sie wissen naturgemäß auch alles über Tiere. Ich zücke meine Kamera, ich muss nicht heimlich tun. Das ist mir angenehm. Hier fotografiert jeder.

Ich warte, bis sie sich zu mir drehen, zu einem Besuch in Florenz gehört ein Besuch im Café Rivoire. Ich versuche ein schönes Foto zu machen. Der Palazzo Vecchio muss mit drauf, allerdings ohne Turm, denn ich kann nicht mit Weitwinkel arbeiten, weil man die Gesichter erkennen muss. Es ist auch Rücksicht auf meine Kundinnen dabei. Ich werde nicht der Einzige sein, dem beim Anblick des Palazzo Veccio der Gedanke kommt, beim Turm handle es sich um eine Erektion. Ich will da keine Missverständnisse, niemand soll denken, ich würde Symbolfotos mit schäbigem Witz schießen. In meinem Beruf, in dem es so häufig um schmutzige Dinge geht, ist eine würdige Präsentation das A und O.

Manchmal gibt es eine Rückfrage zur Spesenabrechnung. Die heiße Schokolade im Café Rivoire kostet sechs Euro. An einem Tag des Wartens trinke ich zwei, dazu ein Stück Kuchen, macht zwanzig Euro. Meine Kundinnen, obgleich meist wohlhabend, stören sich an solchen Preisen. Es hat keinen Sinn, ihnen zu erklären, wie wunderbar die heiße Schokolade im *Rivoire* schmeckt. Dem Detektiv ist eleganter Genuss nicht gegönnt. Er soll ein bescheidenes Leben führen, damit sich seine Kundinnen deutlich von ihm abheben können. Ich ziehe mich auf die Position zurück, dass man einiges verzehren muss im *Rivoire*, will man nicht Ärger bekommen mit den Kellnern. Sie akzeptieren das, manchmal mit spitzen Bemerkungen über das allzu gute Leben eines Detektivs. Ich überhöre solche Worte.

Die Zahlungsmoral ist insgesamt gut. Man will keinen Streit mit seinem Detektiv. Ein Streit, gar ein Rechtsstreit, verlängert die Sache, und einen Detektiv, hat er seinen Auftrag erfüllt, will man loswerden. Es ist schwer genug, mit den Ergebnissen seiner Arbeit zu leben. Mahnbriefe vom Detektiv erinnern daran, dass diese Ergebnisse auf eine etwas verrufene Art zustande gekommen sind. Das soll der Mann, der Täter, oft nicht wissen. Nach dem Ergebnis steht Moral gegen Unmoral. Die Frau will eine unbefleckte Moral für sich. Deshalb erwähnt sie den Detektiv oft nicht und zahlt fristgerecht, damit er nicht Briefe schickt oder eines Tages vor der Tür steht. Der Detektiv ist ein Mensch, dem vieles zuzutrauen ist.

Ich gehe zurück zu Annas Mails. Ich will wissen, ob sie nach Italien gefahren sind. Ich öffne ihre nächste Mail, ihre übernächste, die nächsten zehn.

Sie war so glücklich, dass er mit ihr nach Italien fahren wollte. Italien. Liebe. Große Liebe. Sie hat sofort damit begonnen, einen passenden Ort für die gemeinsame Reise zu suchen. Es war nicht leicht. Offenbar musste sie einen Ort finden, der in den Reiseführern nicht vorkommt. Mir war so viel Vorsicht noch nicht begegnet. Ich war ein bisschen erleichtert. Sie hat mir keine Chance gelassen, meinen Auftrag nur mit schöner Arbeit zu erledigen. Sie ist in gewisser Weise selbst schuld, dass ich bei ihr einbrechen musste.

Anna sucht enthusiastisch. Sie macht ein paar Vorschläge, die sie bald verwirft. Dann: «Ich hab's, jetzt habe ich es wirklich, Castel di Sangro in den Abbruzzen. Stell dir vor, es gibt dort nicht ein altes Haus, erst haben die Amerikaner alles platt gebombt, dann die Deutschen, nur eine Kirche ist übriggeblieben. Italien ohne alte Häuser, niemand macht dort Urlaub außer uns. Wie viel Zeit hast du, zwei Nächte, bittebitte, ich will zweimal neben dir aufwachen, dich spüren, bevor ich wach bin, deine Hand auf meinem Bauch, das Fenster steht offen, es ist so warm wie in Italien, es riecht nach Italien, es klingt nach Italien, es sieht vielleicht nicht so aus wie Italien, aber das macht uns nichts, wir kommen doch eh nicht aus dem Bett, wir stehen den ganzen Tag nicht auf, und abends, wenn wir essen gehen, ist es dunkel, und wir sehen nicht, dass es nicht aussieht wie Italien, aber im Restaurant schmeckt es wie Italien, und alle sprechen Italienisch, keine Touristen, kein Deutsch auf der Speisekarte, echtes Italien, und du bist bei mir, und ich bin bei dir, und du hast keine Angst, und du kannst nur mit der Gabel essen, weil ich deine linke Hand nicht loslasse, aber Spaghetti werden in Italien ohnehin nur mit der Gabel gegessen, sag mir, wann es geht, ich buche das Hotel in Castel di Sangro, City of love. Love and Kiss und große Sehnsucht, Anna.»

Puh.

Nächste Mail: «Nein, nein, gar nicht, es ist wundervoll, es gibt da einen Nationalpark mit Bären, echten Bären, die wir nie sehen werden, weil wir im Bett bleiben, aber wir wissen, dass sie da sind, und das reicht uns, das macht uns glücklich. Weißt du schon, wann du kannst?»

Ich muss hier weg. Ich hätte längst aus dieser Wohnung verschwinden müssen. Aber jetzt will ich wissen, ob sie wirklich gefahren sind.

Es war nicht leicht für die beiden, einen Termin zu finden, es war höllisch schwierig. Schließlich findet er doch einen. Ende Mai sind sie nach Castel di Sangro gefahren. Das heißt, sie ist Donnerstag gefahren. Er wollte Freitag in aller Frühe nachkommen. Sie konnten ohnehin nicht zusammen nach Rom fliegen, das war ihm zu gefährlich. Leo Schilf wollte unter keinen Umständen mit ihr gesehen werden. Er hat ihr nicht geschrieben, was er seiner Frau erzählt.

In Rom, lese ich, hat Anna den Zug genommen. Sie kam spätabends an, machte einen Rundgang und war essen. Dann schreibt sie: «Es ist nicht so schlimm hier, wie du vielleicht denkst, denn sie haben das Städtchen ganz hübsch wiederaufgebaut, aber keine Sorge, so schön, dass Touristen kommen könnten, ist es auch wieder nicht, und kein Deutsch auf der Speisekarte, und alles voller Bären, in jeder Espressobar zwei, drei Bären, und es ist ein bisschen kühl, weil der Ort neunhundert Meter hoch liegt, und ich vermisse dich und ich werde nicht schlafen, weil ich so aufgeregt bin, du bei mir, ich und du, endlich wir.»

Er antwortet mit fünf Worten: «Deine Hand ist meine Hand.»

In die Mappe oder nicht? Ich denke das sofort mit, bei jeder Mail. «Deine Hand ist meine Hand» klingt vertraut, klingt nach mehr als nur Sex. Meine Kundinnen wollen, dass es nur Sex ist. Das können sie verzeihen. Und ich will, dass sie verzeihen können. Ich streiche die Mail im Kopf. Es werden sich noch welche finden, die nur nach Sex klingen.

Er ist nicht nach Castel di Sangro gekommen. Freitagnacht um halb vier, als sie wahrscheinlich schlief, schickt er eine Mail mit der Absage: «Anna, was jetzt kommt, ist schlimm. Ich kann nicht kommen. Der Kanzler hat eben angerufen und mich für morgen nach Berlin bestellt. Er will mit mir über die Rebellen sprechen, dringend. Ich muss dahin, es geht nicht anders. Ich bin untröstlich, ich liebe dich.»

Ich habe ein bisschen Angst, ihre Antwort aufzurufen. Ich male mir aus, wie sie morgens aufgewacht ist in diesem trostlosen Castel di Sangro, das sie sich schöngeguckt, schöngeschrieben hat. Ihre Gedanken sind bei ihm, sie freut sich auf die nächsten zwei Tage, und dann sieht sie, dass über Nacht eine Mail eingetroffen ist. Erst freut sie sich, dann kommt die Panik. Warum hat er ihr so spät noch geschrieben?

Um 8.01 Uhr antwortet sie, wahrscheinlich gleich nach dem Aufwachen.

«Als kleines Mädchen habe ich oft auf der Treppe vor unserem Haus gesessen und gewartet, auf nichts Bestimmtes, ich habe nur darauf gewartet, dass einer kommt und etwas passieren lässt, etwas Schönes, etwas Gutes, ich war immer glücklich auf der Treppe, weil ich mir ausmalte, was alles Schönes passieren könnte, welche Botschaften oder Geschenke ein Besucher mitbringen könnte, und so habe ich mich gestern gefühlt, wie das Mädchen auf der Treppe, glücklich in der Erwartung und glücklicher noch als damals, weil ich ja wusste, dass ganz sicher einer kommt und etwas Schönes passieren wird.»

Mehr schreibt sie nicht, nur das. Ich glaube nicht, dass ich feuchte Augen habe. Meine Augen sind etwas angestrengt vom Lesen in der Düsternis unter der Decke. Ich brauche wirklich eine Brille.

Es kommt keine Antwort, Leo Schilf war wahrscheinlich schon auf dem Weg nach Berlin, ins Kanzleramt. Um 12.13 Uhr schickt Anna die nächste Mail ab: «Ich habe mich entschieden zu bleiben. Der Ort ist öde ohne dich, aber ich sitze in Espressobars und schreibe an einer Rede, die ich demnächst vor der IG Metall in Nürnberg halten soll, so vergeht die Zeit, und es gibt einen Sinn, und ich dachte, es wäre okay, aber dann sprach mich der Mann hinter der Theke an, gleich auf Deutsch, und er sagte, es seien schon Leute da gewesen, die glücklicher ausgesehen hätten als ich, und da habe ich geheult, und er hat mich den Espresso nicht bezahlen lassen. Kannst du nicht heute Abend kommen, egal wann? Kannst du nicht morgen früh kommen, morgen Mittag, morgen Abend? So lange braucht dich dein Kanzler doch nicht. Mit den Rebellen werdet ihr doch auch fertig, wenn ihr nicht stundenlang über sie redet. Deine Rebellin.»

Um zwei Uhr morgens kommt seine Reaktion, nur ein Satz: «Wenn es keine Rebellen gäbe, hätte ich auch nicht zum Kanzler gemusst.»

Ich verstehe nicht ganz, was er meint, aber es klingt gemein.

Sie antwortet sofort: «Was willst du mir denn damit sagen? Dass ich selbst schuld bin, dass ich allein in diesem gottverdammten Bärenkaff rumhängen muss? Dass es meine eigene Blödheit ist, dass ich zu diesen Rebellen gezählt werde und dem Kanzler Sorgen mache? Dass du mich gerne in Castel di Sangro gefickt hättest, nur leider, leider, bin ich ja so widerborstig und mach nicht mit bei eurem Scheißplan, und deshalb geht das nicht? Strafe muss sein bei einem kleinen Mädchen, das nicht hören will, nicht wahr? Dann muss sie sich halt selber ficken.»

Schweigen. Großes Schweigen.

Drüben geht Licht an. Es ist ein Badezimmerfenster, gekörnt, man sieht nur Schatten. Ich sehe einen Schatten, der seine Hose runterzieht und sich setzt. Ich muss hier weg. Ich bin wahnsinnig, noch hier zu sein.

Sie: «Komm bitte.»

Er: «Du weißt, dass das nicht geht.»

Sie: «Woher soll ich das wissen?»

Er: «Weil ich jetzt nicht mehr begründen kann, warum ich dringend nach Italien muss.»

Ich verstehe das erst nicht. Anna erklärt es mir: «Weil du sie schonen musst, deine arme Frau? Weil du ihr weder die Wahrheit zumuten kannst noch eine Lüge, die dich etwas kostet, weil sie deine arme Frau misstrauisch machen könnte? Das darf nicht sein, sie muss doch im Wahlkampf wieder mit aufs Bild mit ihren dicken Titten, die machen sich doch so gut auf den Bildern. Und dann kann sie wieder mit Schürze überm kurzen Rock in der Küche stehen und sexy Pflaumenkuchen backen für die Homestory. Sag ihr mal, dass sie zu alt ist für kurze Röcke. Und die gutgeratenen Kinder, die so liebenswürdig kritische Fragen stellen an den Papa, sind auch da und sitzen gesittet auf dem Sofa, und du erzählst noch mal, wie ihr euch kennengelernt habt, du und deine Ute, und wie schön alles ist trotz deines anstrengenden Berufs, der ja so viel fordert von dir und der Familie, aber alle halten zusammen, weil jeder weiß, wie wichtig das ist für Partei und Staat und Land und Kanzler, was du da machst, und dann geht es schon, und der Hund ist auch sehr nett, und es kotzt mich so an, wie du es dir nicht vorstellen kannst.»

Zwei Minuten später kommt ihre nächste Mail: «Warum musst du alles öffentlich machen, nur mich nicht?»

Er hat nicht geantwortet, wieder nicht. Sie hat keine Mail aus Castel di Sangro mehr geschrieben. Ich weiß nicht, wie lange sie geblieben ist, was sie noch gemacht hat. Am Montag, als sie wahrscheinlich wieder zurück in Berlin war, hat sie sich entschuldigt für ihre letzten Mails. Er hat die Entschuldigung sofort angenommen. «Sorry for my part», hat er geschrieben. Zwei Tage später hat sie wieder eine Mail von ihm bekommen. Sie wird zu einem Gespräch einbestellt. Es ist eine offizielle Mail, kein persönliches Wort. Unter «CC» ist zu sehen, dass noch sechs andere Abgeordnete diese Mail bekommen haben. Eine Kopie ging an das Kanzleramt. Über den Inhalt des Gesprächs wird nichts gesagt. Der Ton ist bestimmt, fast befehlend.

Ihre Antwort kommt nur vier Minuten später. «Was soll das? Soll ich da mit dir sitzen, weit weg von dir, auf der anderen Seite des Tisches, neben der doofen Schmal-Spüling und den anderen und dir in aller Ruhe erklären, warum ich nicht für euer Gesetz stimmen werde, niemals, und dann wirst du mir drohen, mit Parteiausschluss oder nie mehr ozeanisch Küssen im Aufzug, und wir giften uns an im Ton der Schmal-Spüling, und du schreist, und ich nehme deine Hand und ich streiche über die dunklen Härchen auf deinem Handrücken, während du mir lauthals erklärst, warum wir den Sozialstaat abwracken müssen, aber ich lasse deine Hand nicht los, auch wenn dir das lieber wäre vor der Schmal-Spüling und den anderen, und ich frage dich, ob du mir was Nettes sagst, nur ein nettes Wort vor den anderen und ich wäre gerettet, aber du schaffst es wieder nicht. Aber ich komme trotzdem, ja, die Einladung ist angenommen, danke, Donnerstag, 17 Uhr in deinem Büro, pünktlich.»

Er entschuldigt sich. Er schreibt, er hätte ihr noch eine persönliche Einladung geschickt, aber die Mail an alle habe schnell verschickt werden müssen. An den drei Tagen bis zum Gespräch schicken sie sich eher routinierte und förmliche Briefe.

Am Morgen des Gesprächs erzählt sie ihm einen Traum. «Wir waren im Theater, du und ich, und wir waren zu spät, weil wir immer zu spät sind, wir haben so viele Termine, alle sitzen schon, und wir haben unsere Plätze in der ersten Reihe, Mitte, volles Haus, *Richard II*. Das Licht ist noch an, alle sitzen schon, und dann kommen wir, und in der ersten Reihe rechts müssen sie aufstehen, weil wir von rechts kommen, und wir schlängeln uns vorbei, und alle gucken auf uns und alle sehen uns, und ich habe nicht geschlafen bei diesem Traum. Love, Anna.»

Ihre nächste Mail kommt gegen Mitternacht. «Wie kannst du es wagen, so zu sein, wie kannst du so kalt daherreden, so ungerührt, so kanzlerhaft drohend, wie kannst du alles verraten, was du gedacht hast, was du denkst in Wahrheit, wie kannst du so königlich deinen Zigarillo rauchen und die Partei zwingen zu tun, was der Kanzler will, wie kannst du Realismus von uns fordern, als würdest du wissen, was die Realität ist? Wie kannst du es wagen, mich nicht anzugucken, nicht ein einziges Mal, immer nur die Schmal-Spüling und manchmal den Freudenreich, wie kannst du dein Herz so einfrieren? Und wie kann ich dasitzen inmitten deiner Fußballschals und Bergmannshelme und Familienfotos und dich hassen für das, was du sagst, und nicht aufhören, dich zu lieben dabei? Und wie kann ich bereit sein, für euer Scheißgesetz zu stimmen, wenn du mich dafür ans Tageslicht holst, wenn du mich existieren lässt? Ich wäre hundehaft folgsam, wenn du in deiner Rede vor dem Bundestag, deiner Rede, in der du die Fraktion auf das Scheißgesetz einschwörst, sagst, am Schluss vielleicht, nachdem du uns erklärt hast, wie die Realität ist und was die Realität fordert und dass jeder seinen Beitrag leisten muss und dass es richtig ist, den Zahnersatz aus eigener Tasche zu finanzieren, weil wir dann nämlich gerettet sind und wieder mithalten können mit den Indern und Chinesen, und ich höre mir das alles an und ich schreie nicht, weil ich nur auf einen Satz warte, einen letzten Satz, und dann, du sammelst gerade dein Manuskript ein, sagst du diesen Satz, und der heißt: Und im Übrigen liebe ich Anna. Du hättest meine Stimme, und das macht mich so wütend, wie du es dir nicht vorstellen kannst, Liebster.»

Drei Minuten später schreibt sie: «Tränen.»

Mehr nicht, nur das eine Wort.

Ich werde auch diese Mail ausdrucken und das Blatt in die blaue Mappe legen. Ute Schilf soll wissen, dass nicht sie die Unglückliche ist und die andere die Glückliche. Unglück gibt es in diesem Spiel für alle beteiligten Frauen.

2 Sie kam an einem Donnerstag. Sie hatte angerufen, eine Frau von Ende vierzig. Meine Hauptkundschaft. In jedem Alter der Geschlechtsreife wird betrogen, aber die größte Angst haben die Frauen, die auf die fünfzig zugehen. Sie sehen ihr Gesicht im Spiegel, sie sehen die jungen Frauen und die Blicke ihrer Männer. Sie haben Angst, dass sie verlassen werden und allein bleiben. Es geht um dreißig Jahre, dreißig Jahre allein oder mit alten Daddeln, die auf den Tod zuwanken und sabbernd Pflege einfordern. Andere kriegen sie nicht mehr.

Haben die Frauen einen Verdacht, kommen sie zu mir. Ich tue meine Arbeit. Ich sage nicht, dass sie wahrscheinlich recht haben. Achtzig Prozent haben recht. Sie kriegen die blaue Mappe, darin Fotos oder Briefe, sie geben mir Geld. Die meisten Frauen sind nicht gekommen, weil sie ihre Männer verlassen wollen, wenn der Beweis vorliegt. Sie wollen wissen, woran sie sind, um kämpfen zu können. Deshalb zerstört meine Arbeit die Liebe nicht, sie gibt ihr eine neue Chance. Ein Detektiv rettet mehr, als dass er zerstört. So sehe ich das.

Ins Büro wollte sie zunächst nicht kommen, viele wollen das nicht. Sie haben Angst vor Schmuddeligkeit, nehme ich an. Sie wissen nicht, dass sie mir unrecht tun. Ich halte Ordnung, Neringa putzt für mich, die Möbel sind nicht neu, aber auch nicht schäbig. Es stehen keine Ordner herum, niemand soll das Gefühl haben, ein Fall zu werden, ein Kriminalfall. Niemand soll das Gefühl haben, dass sein Auftrag etwas Bleibendes hinterlässt. Die Leute wollen vergessen sein, sobald sie die Beweise haben. Deshalb sehen sie bei mir kein Archiv. Ich habe es im Hinterzimmer. Im Büro stehen auf dem Schreibtisch zwei Telefone, eins ist tot. An den Wänden hängen ein van Gogh, ein Matisse, Ausstellungsposter, die schon vor meiner Zeit hier waren. Das Licht ist ein Problem, aber mehr als ein Büro im Souterrain wirft meine Arbeit nicht ab. Ich habe drei Deckenstrahler, eine Schreibtischleuchte und eine Stehlampe. Kaltes Licht, die Sonne lässt sich nicht ersetzen.

Es ist nicht leicht, als Detektiv zu überleben in diesen Tagen. Das Geld sitzt fest in den Taschen oder es ist keines da. Zwar folgt der Betrug nicht den Konjunkturen, dafür aber der Drang nach professioneller Aufklärung. Man klärt den vermuteten Betrug selbst auf, wenn man Sorge hat, demnächst seinen Zahnersatz aus eigener Tasche zahlen zu müssen. Oder man guckt weg. Vielleicht bin ich auch zu gründlich, zu gewissenhaft, um gut über die Runden zu kommen. Hätte ich nicht den festen Auftrag vom Zoo, wäre es wirklich eng.

Wir trafen uns im Café. Ich hatte gefragt, ob sie nach

Steglitz kommen könne. Gemeint war, ob Steglitz sicher für sie sei, ob sie niemanden hier kenne. Sie verstand das sofort. Steglitz sei gut, sagte sie. Ich hörte das Zögerliche in ihrer Stimme. Niemand ruft gern bei einem Detektiv an. Obwohl die Frauen vermuten, dass sie die Betrogenen sind, fühlen sie sich als Betrüger, sobald sie mich anrufen. Jetzt beginnen sie eine Heimlichkeit. Jetzt laden sie eine Schuld auf sich, als wäre ich ihr Liebhaber.

Sie klang nach gutem Benehmen, nach Geld, nicht nach Berlin. Ich bekomme viele Aufträge aus der Provinz. Eine Menge Geschäftsreisen führen nach Berlin. Die Frauen wollen wissen, was ihre Männer in der Hauptstadt treiben. Einmal kam ein Auftrag aus Tokio, ein fernöstlicher Beitrag zur Quote von achtzig Prozent.

Ich war früh im Café, eine Viertelstunde vor der Zeit. Das gehört sich so. Man möchte nicht auf seinen Detektiv warten, die Hierarchie ist klar. Es ist in Ordnung. Ich bin gerne hier und oft, ein kleines Café in der Nähe der Schlossstraße. Es ist gemütlich, nicht kühl wie die neuen Cafés. Es ist nett. Es ist eine Welt ohne Verruchtheit. Vergilbte Wände, ein Stillleben an der Wand, runde Tische, Kaffeegeschirr klappert, Kaffeelöffel klirren, eine Espressomaschine faucht. In einer Vitrine stehen Torten auf vier Etagen, Käsekuchen, Schwarzwälder Kirsch, Herrentorte, alles da. Die Kellnerin trägt ein schwarzes Kleid und darüber eine weiße Schürze und schlurft in Gesundheitsschuhen herum. Die Zeitungen sind von Holzleisten gebändigt. Alles, was man tut, wirkt wie eine weitere Harmlosigkeit.

Ich sitze oft hier und mache mir Gedanken über die Gäste. Ich entwerfe Leben für sie und versuche daraus zu schließen, welche Torte sie aus der Vitrine bestellen. Ich habe mir eine kleine Typologie der Tortenvorlieben erarbeitet, ein Spiel, klar, aber ein Detektiv muss diese Spiele spielen. Er muss Vermutungen anstellen. Ein Detektiv muss gut vermuten können. Wenn einer hier hereinkommt und einen Espresso bestellt und gut gekleidet ist, schick gekleidet ist, und erst einmal keine Torte bestellt, aber dauernd zur Vitrine hinüberguckt, dann bestellt er irgendwann Käsekuchen. Käsekuchen ist die einzige Torte, die als halbwegs cool durchgeht. Die Trefferquote liegt bei vierzig Prozent. Das ist schon was. Die höchste Quote habe ich, man ahnt es wohl, bei Schwarzwälder Kirsch. Es gibt einfach diese Schwarzwälder-Kirsch-Omas. Siebzig Prozent.

Sie kam acht Minuten zu spät, eine mittelgroße Frau, gut eins siebzig, schätzte ich. Ich stand auf, damit sie wusste, mit wem sie verabredet ist. Ein kurzer Händedruck, ich sage immer sofort, dass in diesem Café mal Romy Schneider gesessen hat. Ein Foto hängt an der Wand, mit Unterschrift. Es muss sofort geredet werden bei diesen Begegnungen, es darf keinen Moment der Peinlichkeit geben. Ich erzähle von Romy Schneider und betrachte die Frauen, die mir gegenübersitzen.

Bei dieser hier sah ich sofort, dass die Aufmachung eleganter ist als die Herkunft. Ich sah in diesem Gesicht eine Jugend und die Überwindung einer Jugend. Ich würde sagen, da ist jemand als Kind zu oft in Spielwarengeschäften gewesen, ohne etwas kaufen zu können. Da ist jemand ein paarmal nicht mit Freundinnen in den Urlaub gefahren, weil kein Geld da war. Da ist jemand zu oft zu lange auf schlechten Partys gewesen. Sie war zu billig angezogen und hat darunter gelitten. Diese Frau hat lange mehr gewollt, als zu kriegen war. Das konnte ich sehen. Früher Verdruss prägt sich tief in Gesichter. Dazu kommt bei ihr späte Genugtuung. Dass sie es doch noch geschafft hat, dass sie das Leben, das sie verdient hat, erobern konnte. Verdruss und Genugtuung, das ist die Mischung, die dieses Gesicht prägt. Ein schönes Gesicht. Für eine Achtundvierzigjährige. Sie weiß, dass jeder diesen Nachsatz denkt, und sie leidet daran, dass nicht mehr alles an ihr so perfekt ist wie die Nase, eine gutgewachsene Nase, gerade, bescheiden klein. Nasen ändern sich nicht, außer durch Alkohol. Und sie ist keine Trinkerin. Vielleicht ist da ein Hang zum frühen Glas Sekt, aber nichts Bedrohliches. Schwarze Augen, groß, sehr schön, ägyptisch fast. Etwa so wie Nofretetes Auge. Das rechte, das linke ist ja leer. Wir hier in Berlin kennen unsere Nofretete, gerade wir Detektive. Liebespaare zieht es häufig zu ihr. Die Männer sagen dann: «Du bist so schön wie Nofretete.» Das finden die originell. Ich hab's zweimal gehört. Diese Frau hier hat Tränensäcke unter ihren Nofreteteaugen, ziemlich deutlich. Sie denkt darüber nach, sich diese Tränensäcke wegmachen zu lassen, da bin ich sicher. Botox gegen die Falten nimmt sie schon. Das Gesicht ist verdächtig glatt, ein flächiges Gesicht, das wenig verbergen kann. Sie denkt wahrscheinlich jeden Morgen vor dem Spiegel, dass sie abnehmen muss. Manchmal ist sie verzweifelt, dass in ihrem Leben nie alles zusammenpasst. Nun hat sie das richtige Leben, aber das falsche Alter.

Ich hatte sie schon mal gesehen, im Fernsehen, glaube ich. Mir gefiel ihr Haar, langes, dichtes Haar, brünett, keine Spur von Grau, viel Glanz. Sie hatte es an ihrem Hinterkopf kunstvoll zu einem Dutt gebunden. Sie trug ein schwarzes Kleid, eng anliegend, schwarze Strümpfe, Pumps. Das Kleid war mit zwei Schnallen über der Brust geschlossen. Schöner Busen, groß, hoch. Echt? Wir leben in einer Zeit der Fälschungen, eigentlich eine Zeit für Detektive. Ich frage mich, wann der erste Mann anruft, dem ich nachweisen soll, dass die Brüste seiner Frau naturbelassen sind. Vielleicht schaffe ich es doch noch aus dem Souterrain heraus.

Ihren Namen kannte ich nicht. Sie hatte sich nicht mit

einem Namen gemeldet, auch typisch. Es gibt wenige Überraschungen nach fünfzehn Jahren als Detektiv. Die Frauen haben sich noch nicht endgültig entschieden, wenn sie anrufen, das denken sie jedenfalls. Wollen nur mal einen Test machen und danach wieder in der Anonymität verschwinden, nichts zurücklassen. Fast alle geben mir dann den Auftrag.

Sie hatte sich schöngemacht, rote Lippen, schwarze Augen, blasses Rot auf den Wangen. Die meisten Frauen machen sich schön für ihren Detektiv. Sie wollen ihm zeigen, dass sie es nicht verdient haben, betrogen zu werden, als müssten sie den Detektiv davon überzeugen, den Auftrag anzunehmen, ihm Argumente liefern, dass ein großes Unrecht geschieht. Ich bin ihnen dankbar dafür, nicht nur wegen der Schönheit, die sie mir zeigen, auch wegen des Gedankens. Ich gebe nicht auf, daran zu glauben, dass ich einen Kampf gegen das Unrecht führe.

Sie fiel auf in diesem kleinen Café in Steglitz, das hatte sie nicht bedacht, aber sie schien unbekümmert, hatte keine Angst vor Entdeckung. Wir sprachen über Hunde, weil sie fast über einen Bobtail gestolpert wäre, der am Eingang lag. Sie hatte früher einen Dobermann gehabt, der vierjährig einem Herzinfarkt erlag. Wir schwiegen, kleine Gedenkzeit für den Dobermann. Jetzt hat sie eine Dogge. Ich wunderte mich, dass sie keine Handtasche dabeihatte. Die meisten kommen mit Handtasche, weil sie Fotos mitbringen, Fotos ihres Mannes, manchmal auch der Frau, die im Verdacht steht, Gespielin zu sein, falls es die eigene Freundin ist. Nicht selten ist es die eigene Freundin. Ich schaue die Fotos flüchtig an, entscheide, ob sie brauchbar sind, und lasse sie in meiner Aktentasche verschwinden. Bei den Fotos kommen die Tränen, es ist der schlimmste Moment, für sie, für mich. Auf dem Tisch liegt das Bildnis des Mannes, er lächelt in die

Kamera, sympathisch, gewinnend. Man traut ihm nichts Böses zu. Meistens stammt das Foto aus glücklicheren Tagen. Die Frauen weinen. Ich habe immer ein Stofftaschentuch dabei, weiß, sauber, gebügelt. Gehört zum Service. Die Frauen nehmen das Stofftaschentuch gern, manche lächeln, weil sie es nicht mehr gewöhnt sind, ein Stofftaschentuch gereicht zu bekommen. So überwinden wir den Moment.

«Mein Mann hat ein Geheimnis», sagte sie, nachdem wir eine Weile über die Vor- und Nachteile von Hunderassen gesprochen hatten. Ich bin kein Experte, ich stellte Fragen zu Hunden und ließ sie reden. Sie müssen sich freireden. Sie müssen in der Lage sein, etwas Intimes mit einem fremden Mann zu besprechen. Es fängt oft so an. Sie sagen gern «Geheimnis». Es klingt besser, als wenn man sagt: «Ich glaube, mein Mann betrügt mich.» Ich nehme das mit neutralem Gesicht zur Kenntnis. Dann kommen meine Fragen. Ich beginne damit, das Gespräch vom konkreten Fall zu lösen. «Die meisten Frauen, die zu mir kommen, haben gewisse Anhaltspunkte für ihren Verdacht», sage ich zu meiner Kundin. Sofort ist es nicht mehr der Fall dieser einen Kundin, sondern das Schicksal der Frauen schlechthin. So redet es sich leichter.

Diesmal hatte ich keinen Erfolg damit. Sie zuckte mit den Schultern. «Es ist so ein Gefühl», sagte sie. Auch das höre ich oft, aber meistens kommen nach längerem vorsichtigen Befragen doch ein paar kleine Hinweise, die mir helfen können. Nicht so in diesem Fall. Sie verrührte die aufgeschäumte Milch ihres Capuccinos und sagte nur: «Ich spüre das.» Kurz darauf: «Ich weiß es einfach.»

Es hatte keinen Sinn, auf diesem Weg weiterzumachen. Deshalb fragte ich bald: «Wie lebt Ihr Mann?»

Ihr Blick war bei den Torten in der Vitrine. Als sie mich wieder anschaute, lächelte sie, erst süß, dann bitter. Nichts kenne ich besser als dieses Lächeln, das süß beginnt und dann umschlägt, weil sich der vermutete Betrug über eine schöne Erinnerung legt. «Mein Mann ist Leonard Schilf.»

Ich muss zugeben, dass mir nicht sofort einfiel, wer Leonard Schilf ist. Natürlich kenne ich ihn, ich gucke die Nachrichten, ich lese Zeitungen, ich bin halbwegs informiert, auch wenn ich nicht sagen kann, dass ich mich wirklich für Politik interessiere. Sagen wir es so: Ich lese die Schlagzeilen und ärgere mich wie alle. Alle paar Jahre gehe ich wählen und weiß nicht wen. Manchmal allerdings bin ich ganz dankbar für das Bild der Unfähigkeit, das die Schlagzeilen malen. Es nimmt Druck aus dem eigenen Leben. So gut wie die Spitzen dieses Landes mache ich meinen Job schon lange.

Ich weiß, dass Leonard Schilf Partei- und Fraktionsvorsitzender ist. Jeder weiß das. Aber ich kam nicht drauf, als Ute Schilf seinen Namen nannte. Ich hatte nicht damit gerechnet, dass mich die Gattin eines berühmten Politikers aufsuchen würde. Mir ist klar, dass die Grundlage meines Gewerbes, der Betrug, auch in der Politik eine Rolle spielt, vielleicht gerade da, aber wozu braucht man Detektive, wenn Journalisten alles durchleuchten?

Sie sah meinen fragenden Blick, und ich sah ihre Verachtung.

«Schauen Sie nie die Nachrichten?», fragte sie mit einem Lächeln, das mir einen Platz bei den Dummen zuwies.

Mir fiel ein, wer er ist, und dann rutschte mir ein törichter Satz heraus. «Er hat Leibwächter», sagte ich.

Sie lächelte wieder.

«Verdammt schwirig, einen Politiker zu beschatten», sagte ich, «einen Spitzenpolitiker, bei dem die Leibwächter ständig darauf achten, ob ihm jemand folgt, ihn ausspioniert.»

«Ich war immer froh, dass er Leibwächter hat», sagte sie. «Ich bin es immer noch.»

Wir schwiegen. Es gibt immer einen Moment der Liebe in diesen Gesprächen. Die Frauen kommen nicht, weil sie hassen, sondern weil sie lieben. Sie versuchen erst, neutral zu klingen, aber irgendwann kommt der Moment der Liebe, ausgedrückt zumeist durch einen Satz der Sorge. Schlichte Frauen lassen sich zu den Worten hinreißen: «Ich will aber nicht, dass ihm etwas passiert.» Als würden wir Detektive jemandem ein Haar krümmen, als würden wir unsere Aufträge als Vendetta begreifen. Ich habe schon einen Beschatteten davor bewahrt, halb totgeschlagen zu werden. Ein blaues Auge habe ich mir dabei geholt.

«Trauen Sie sich das nicht zu?», fragte sie.

Eine Frage, die ich kenne, die mich nicht beleidigt. Da wird ein allzu simpler Köder ausgelegt.

«Nein, Leonard Schilf traue ich mir nicht zu.» Ich schaute ihr dabei in die Augen, fest, sicher. Man darf solche Sätze nicht verzagt sagen.

Sie schob die Unterlippe vor, so dass sie halb die Oberlippe verdeckte. Ich glaube, dass sie so ihren Mund verschließen wollte, weil eine Beleidigung in ihrem Kopf lauerte, eine abfällige Bemerkung über einen Mann, der sich etwas nicht zutraut. Aber sie erinnerte sich an ihre spät erworbene Eleganz und sagte nichts. Sie nahm einen Schluck Capuccino. Sie weinte. Ich sah es erst nicht, weil ich eine Zigarette aus der Packung gezogen hatte und den Filter betrachtete. Mir war unbehaglich zumute, ich hatte nicht oft mit überheblichen Frauen zu tun gehabt. Ich war überrascht, als ich ein Schluchzen hörte und drehte meinen Kopf rasch zu ihr. Die Tränen hatten fast die Höhe ihrer Lippen erreicht. Sie musste schon eine Weile lautlos geweint haben. Ich nahm das Taschentuch heraus und reichte es ihr. Sie nahm es, trocknete aber nicht ihre Tränen. Sie zerknüllte das Taschentuch. Ein Typ glotzte, der Besitzer des Bobtails. Er saß neben der Tür und tat so, als lese er eine Zeitung. Ich stand auf und ging zu ihm hin.

«Entschuldigung, könnten Sie es vermeiden, die Dame so anzustarren.»

Er war verblüfft, er wollte auffahren, aber überlegte es sich anders. Ich bin nicht groß, aber kompakt. Ich laufe, ich habe eine Hantel in meinem Büro. Ich schlage mich nicht gern, musste es aber immer wieder tun. Ich glaube, es liegt an meinem Gesicht. Es ist ein breites Gesicht mit einer starken, etwas plumpen Nase, großen Poren. Die Haare sind nach hinten gekämmt, Geheimratsecken, nicht beunruhigend groß für mein Alter. Man sagt mir nach, ich ähnle Harvey Keitel. Ich weiß nicht, ob das stimmt. Ich weiß nur, dass sich bestimmte Typen aufgefordert fühlen, in mein Gesicht zu schlagen.

Er nahm die Zeitung vors Gesicht, als lese er einen Leitartikel, und mimte Konzentration.

Ich setzte mich wieder. Ihr Weinen verebbte, sie entfaltete das Taschentuch, tupfte ihr Gesicht ab. Dann gab sie es mir wieder, Spuren von Schwarz, von Rot.

«Gibt es nicht doch einen kleinen konkreten Hinweis, eine Änderung im Verhalten Ihres Mannes, die Sie auf diesen Verdacht bringt?»

Sie ordnete ihr Haar. Dabei schaut sie zur Vitrine.

«Der Käsekuchen ist sehr gut», sagte ich.

«Er redet kaum noch», sagte sie.

Sie bestellte einen Käsekuchen.

«Zwei», sagte ich.

Sie saß weit weg von mir, zurückgelehnt in ihren Stuhl, den rechten Ellbogen auf die Armlehne gestützt, das Kinn in eine Hand gelegt. Die Finger verdeckten halb ihren Mund.

So redet man mit Leuten, mit denen man nicht wirklich reden will.

«Er hat immer viel erzählt. Ich muss die Zeitungen nicht lesen, im Bundeskanzler kann ich mich nicht täuschen.»

Ich fragte mich, warum sie das gesagt hatte, den letzten Satz. Ich wusste nicht viel über das Verhältnis des Bundeskanzlers zu seinem Partei- und Fraktionsvorsitzenden. Aber sie schienen mir ihre Sache einträchtig durchzuziehen.

«Ich bin seine Vertraute», sagte sie. «Ich habe das, was man gesunden Menschenverstand nennt. Er schätzt meinen Rat. Das mit der Steuerreform haben wir gemeinsam durchgezogen, verstehen Sie. Wir besprechen das alles, mein Mann ruft oft an und fragt mich um Rat. Wir haben auch zusammen entschieden, dass wir Fred volle Rückendeckung bei seiner Irakpolitik geben. Man muss sich da raushalten, das endet im Unglück, das sage ich Ihnen. Wir können nicht das Leben deutscher Soldaten für eine verlorene und falsche Sache aufs Spiel setzen.»

Fred ist Fred Müller, der Bundeskanzler, nehme ich an. Mir ist solches Verhalten bekannt. Die Frauen, die zu mir kommen, rühmen die Rolle, die sie für ihren Mann spielen. Ich glaube, sie tun das, um mir klarzumachen, dass sie ein Recht haben, ihren Mann beschatten zu lassen. Sie wollen nicht nur einen Detektiv, sondern einen Verbündeten. Ich nickte.

«Aber jetzt redet er kaum noch mit mir.»

«Hat er Frauen erwähnt, die er mag oder mit denen er besonders viel zu tun hat?»

Routinefrage, führt aber nicht selten zum Erfolg. Es gibt Männer, die wollen nicht, dass ihre Frauen eines Tages, bei Entdeckung, aus allen Wolken fallen. Sie wollen nicht, dass ihre Frauen erkennen müssen, es hat da eine zweite

Welt gegeben, von der sie nichts ahnen konnten. Deshalb ist die nette, geschätzte Kollegin, von der manchmal in neutralem Ton erzählt wird, bei einem bestimmten Typus von Männern die Geliebte. Es sind die eher weichen Typen, die mit dem schlechten Gewissen.

Sie schüttelte den Kopf. Wir schwiegen eine Weile und aßen Käsekuchen.

«Er hat eine Büroleiterin, mit der er sehr eng zusammenarbeitet, sehr vertraut, aber das ist ausgeschlossen, dass er mit der etwas hat. Sie ist vollkommen unattraktiv, hager, als hätte sie nie Zeit zum Essen, hat sie wahrscheinlich auch nicht.»

Beim Wort «hager» hatte sie sich kurz, fast unmerklich gestreckt. Ihre Brüste kamen vor, sehr eindrucksvoll, sehr schön.

Ich ging mit ihr den Katalog durch, die Fragen nach der Adresse, den Gewohnheiten, den Freunden, die eine Wohnung als Liebesnest zur Verfügung stellen könnten, die Koordinaten für das große schmutzige Spiel. Ich mochte sie für die Würde, mit der sie die Antworten gab. Ihr Ton blieb ruhig, kein Flattern, auch nicht bei den peinlichen Fragen. Niemand wird gern von einem Fremden gefragt, ob der eigene Mann Vorlieben für besondere Sexpraktiken habe, Sexpraktiken, die er zu Hause nicht leben will oder kann, weil seine Frau nicht mitmacht. Gibt es einen Hinweis darauf, klappere ich die Clubs ab. Leichter Job, ein paar Scheine für die Mädels, und schon gucken sie kichernd auf das Foto, das ich ihnen vorlege.

Leider kennen die Frauen die Vorlieben ihrer Männer oft nicht. Ich hatte mal eine Kundin, die war ein scheues, graues Wesen und hatte mir gesagt, ihr Mann, Museumschef, sei vollkommen normal im Bett, eher langweilig. Sie wurde rot, sie senkte den Blick. Sie wünsche sich manchmal mehr von ihm, hat sie gesagt. Ich habe mir die Zähne ausgebissen an diesem Museumschef, ich kam ihm nicht auf die Spur und gab den Auftrag zurück. Das ist immer eine peinliche Sache, auch wenn ja möglich ist, dass nichts vorliegt. Ich war mir in diesem Fall sicher, ein sauberer Kerl.

Nach ein paar Wochen saß sie wieder in meinem Büro im Souterrain. Sie sah furchtbar aus, nicht grau, sondern weiß, klapprig wie ein Gaul, der bald stirbt. Sie legte ein Video auf meinen Schreibtisch. Das habe bei ihr im Wohnzimmerschrank gestanden, zwischen den anderen Videos, alles anspruchsvolle Filme, französische, dänische. Eines Abends, als sie allein war, hat sie das Video entdeckt und gedacht: Kenne ich noch nicht, schaue ich mir an. Dann sah sie ihren Mann.

Ich schenkte ihr mein Stofftaschentuch, sie sah aus, als würde sie es noch eine Weile brauchen. Als sie weg war, habe ich mir das Video angeschaut, nur die ersten Minuten. Er hat gern junge Asiatinnen gefoltert. Ich glaube, dass sie recht hatte, als sie sagte, es sei kein Versehen gewesen, dass das Video im Wohnzimmerschrank stand. Er wollte von seiner Frau so gesehen werden.

Warum? Ich weiß es nicht. In meinem Beruf, mit der Spezialisierung Zoo und Ehebruch, hört man irgendwann auf, diese Frage zu stellen. Die Dinge passieren, weil sie möglich sind. Sie sind einfach in der Welt. Die Zivilisierung des Menschen ist nicht abgeschlossen, solange es den Trieb gibt. Der Trieb macht uns irgendwann zu Barbaren, mehr oder weniger. Meine Meinung.

Ute Schilf ist nie rot geworden. Sie sprach mit großem Ernst und machte manchmal Pausen nach meinen Fragen, um mir zu zeigen, dass sie wirklich konzentriert nachdachte, dass sie zur totalen Kooperation bereit sei. Ich fand sie intelligent, aber nicht übermäßig. Es gibt bei Frauen eine spezielle Intelligenz, die daher kommt, dass sie in einer intelligenten Umgebung leben.

Als Letztes fragte ich Ute Schilf: «Kann es nicht sein, dass Ihr Mann zu erschöpft ist, um zu reden? Den Sozialstaat aus den Angeln zu heben ist doch keine kleine Sache.»

Mir war die Frage sofort peinlich. Schlaumeier. Sozialabbau ist immer gut für den Detektiv. Macht die Leute ärmer, dann gehen sie klauen, und Anfänger sind leicht zu kriegen.

Sie war pikiert. Es war auch professionell betrachtet ein Fehler, sie das zu fragen. Wenn die Frauen zu mir kommen, haben sie ihren Verdacht so lange bezweifelt, bis sie sich sicher sind. Erst war der Zweifel eine Hoffnung. Vielleicht stimmt es ja doch nicht, er ist treu, integer, loyal, so wie ich ihn immer gekannt habe. Sie beobachten ihren Mann weiter, der Verdacht wächst, der Zweifel verschwindet. Sie wollen keine Einwände mehr hören. Ich stelle eine solche Frage nicht, wenn ich einen Auftrag wirklich will.

«Erstens», sagte sie, «teile ich Ihre Auffassung nicht, dass der Sozialstaat aus den Angeln gehoben wird. Wir machen Korrekturen, die notwendig geworden sind, weil der Kostendruck für die Wirtschaft durch die Globalisierung zu groß geworden ist .»

Braves Mädchen. So ähnlich hatte ich das von Leonard Schilf auch schon gehört.

«Zweitens», sagte sie, «kenne ich meinen Mann sehr gut und kann durchaus beurteilen, ob er aus Erschöpfung nicht mit mir redet oder aus Unwillen.»

Aber sie stand nicht auf und ging, wie ich mir vielleicht erhofft hatte. Sie fragte nach meinen Bedingungen, und wir waren uns bald einig. Beim Thema Ehebruch wird nicht viel gefeilscht. Ein paar Worte der Erklärung, eine Unterschrift, dann waren wir fertig.

In meinem Beruf verlässt man ein Café nie gemeinsam. In dem Moment, da man sich vertraglich bindet, geht man getrennter Wege. Das ist das Widersprüchliche an der Situation meiner Kunden. Um eine Heimlichkeit zu entdecken, müssen sie heimlich werden. Weil sie der Gedanke quält, ihr Partner könne ein Geheimnis haben, laden sie sich selbst eins auf. Als Kunde eines Detektivs betritt man eine klandestine Welt, weil man Aufklärung möchte. Paradox.

Sie stand auf, gab mir die Hand, ein freundlicher, fast warmer Blick. Ich war jetzt eine Hoffnung für sie. Als sie hinausging, behielt ich den Mann mit der Zeitung im Blick. Er wagte es nicht. Ihm entgingen schöne Beine, ein bisschen nach außen gestellt, aber trotzdem.

3 Nachdem ich den Vertrag mit Ute Schilf abgeschlossen hatte, ging ich in mein Büro und googelte mir das Leben von Leonard Schilf zusammen. Nach dem Lesen hatte ich das Gefühl, alles über ihn zu wissen. Er hatte schon alles hundertmal erzählt. Schilf, Jahrgang 1954, war in Datteln aufgewachsen, einer kleinen Stadt im nördlichen Ruhrgebiet, früher mal Zechenstadt. Sein Vater führte dort ein Kurzwarengeschäft.

«Da habe ich schon früh die Sorgen der kleinen Leute kennengelernt», sagte Schilf in einem Interview. In einem anderen: «Die kleinen Leute aus Datteln haben von ihren Sorgen immer im Kurzwarengeschäft meines Vaters erzählt.» Oder: «Von den Sorgen der kleinen Leute muss mir niemand etwas erzählen. Denen habe ich schon als kleiner Junge im Kurzwarengeschäft meines Vaters zugehört.»

Ich habe diesen Satz in der einen oder anderen Form dreiundvierzigmal gelesen, nicht nur als Zitat. «Leonard Schilf hat die Sorgen der kleinen Leute im Kurzwarengeschäft seines Vaters kennengelernt», stand in mehreren Zeitungen.

1971 brach er das Gymnasium ab und ging nach Berlin.

«Ich konnte die Enge und Bedrücktheit im Kurzwarengeschäft meines Vaters nicht mehr aushalten.» Das hat er einem Dutzend Journalisten erzählt. Es war die übliche Rebellion jener Tage. Der Vater war Soldat an der Ostfront gewesen. Leonard Schilf machte ihn für Krieg und Holocaust verantwortlich. In Berlin hat er offenbar ein recht wildes Leben geführt. Tagsüber renovierte er Wohnungen und war in der Hausbesetzerszene aktiv. Einem Journalisten sagte er: «Ich war kein Schläger, aber ich war immer wütend, auf den Staat und seine Büttel, auf die Faschisten, die wir überall vermutet haben. Eigentlich haben wir darauf gewartet, angegriffen zu werden, damit wir uns verteidigen konnten. Wir saßen in unseren Buden und haben immer wieder ‹Guns of Brixton› von The Clash gehört: *When they kick at your front door / How you're gonne come / With your hands on your heads / Or on the trigger of your gun?* Wir hatten keine Waffen, aber wir hatten uns den Kopf darüber zermartert, was wir tun würden, wenn uns die Bullen die Tür eintreten würden. Wir saßen in unseren Buden und haben darauf gewartet, dass die Tür eingetreten würde. Als die Bullen kamen, haben sie geklingelt.» Der meistbezweifelte Satz seines Lebens heißt: «Ich habe viel demonstriert, aber ich habe nie einen Stein geworfen.»

Viele Journalisten haben das nachrecherchiert, Dutzende von Leuten wurden befragt. Sie waren dicht dran, Leo Schilf Gewalt nachzuweisen, aber der letzte Beweis ist nicht geglückt. In einem ausführlichen Interview lese ich:

Das Magazin: «Sie sind wirklich nie gewalttätig geworden?»

Schilf: «Ich habe nie einen Hehl daraus gemacht, dass ich am Rand der Gewalt gelebt habe, aber es ist nicht zur Gewalt gekommen, und die Gewaltnähe kann ich mir verzeihen. Die Demokratie stand noch auf der Kippe, wir hätten sie verteidigen müssen.»

Das Magazin: «Dann kam Brokdorf und Ihre berühmte ‹Wende zum Politischen›.»

Schilf: «Ja, die berühmte Wende (lacht). Ich bin mit einem Freund dorthin gefahren. Ich mochte keine Kernkraftwerke, aber weniger aus Angst vor einem Super-GAU. Für mich waren sie ein weiterer Schritt in den Überwachungsstaat. Wir sind frühmorgens um fünf aufgebrochen. Mein Freund hatte einen alten R 4. Je näher wir der Wilster Marsch kamen, desto mehr Sperrungen gab es. Die Polizei hat uns ständig umgeleitet, und wir wurden immer wütender. Dann ging es endgültig nicht mehr weiter, und wir mussten den R 4 zehn Kilometer vor dem Bauplatz abstellen. Wir sind zehn Kilometer über vereiste Äcker gestolpert, wir haben gefroren, wir waren so wütend wie noch nie. Ich war kurz davor, Steine zu werfen.»

Das Magazin: «Es gibt ein Foto, in dem Sie einen Molotowcocktail in der Hand halten.»

Schilf: «Der Bauzaun war mit Polizisten und Wasserwerfern gesichert. Als wir dort ankamen, hatte die Gewaltfraktion gerade ihre Tätigkeit aufgenommen. Steine flogen, die Colakisten mit den Molotowcocktails wurden nach vorn getragen. Ich ging immer näher zum Bauzaun hin und plötzlich hatte ich einen Molli in der Hand. Die Lunte brannte schon. Die ersten Flaschen flogen, sie zerplatzten bei der Landung, Flammen züngelten über den Boden. Die Polizisten taten nichts. Sie standen da und wehrten den Steinhagel mit ihren Schilden ab. Die Mollis hatten sie noch nicht erreicht. Ich hatte einen starken Arm damals, gestählt von Rüttelplatte und Presslufthammer, ich stand weit vorn, ich hätte den ersten Molli ins Ziel bringen können. In diesem Moment habe ich innerlich einen brennenden Menschen vor mir gesehen. Ich wusste, wie das aussieht. Auf dem Bau war mal einer mit dem Schweißbrenner an den Benzinkanister für die Rüttelplatte gekommen. Die Stichflamme war ihm ins Gesicht geschossen. Ich habe den Molli zurückgestellt in die Colakiste und bin gegangen.»

Schilf verließ Berlin, machte das Abitur nach und studierte Jura in Bochum. Während des Studiums begann seine Parteikarriere. Sein Wahlkreis ist Essen-Süd. Er hat ihn, etwas überraschend, bei einer Urabstimmung gewonnen. Schilf lebt er mit seiner Familie in Kettwig, einem wiederholt als «idyllisch» beschriebenen Stadtteil im Essener Süden.

Ute Schilf ist seine zweite Frau. Die Erste hatte er während seiner Renovierungsarbeiten in Berlin kennengelernt und mit vierundzwanzig geheiratet. Sie haben ein Kind. 1984 haben sie sich scheiden lassen. Auf den Zeitungsfotos ist sie eine unscheinbare Frau mit dem Gesicht der kleinen Verhältnisse. Sie ist früh pummelig geworden. Ich kenne das. Bei Fußballstars und anderen, die Erfolg haben, ist es ähnlich. Sie beginnen mit den Frauen aus ihren Jugendmilieus, dann steigen sie auf, nehmen die Frauen aber nicht wirklich mit. Ihr Aufstieg ist auch ein Aufstieg in eine neue Schönheitsklasse. Eleganz wird wichtig, Auftritt. Und natürlich: Jugend. Zehn Jahre jünger ist noch wenig. Zwanzig Jahre, auch dreißig. Ich kenne das aus hundert Geschichten, die ich von Frauen gehört habe. Es ist nicht schön, aber es ist so.

Ute Schilf wird in den Zeitungen ständig «die elegante Frau an seiner Seite» genannt, auch «die schöne Frau des Parteivorsitzenden». Sie hat bis zur Geburt ihres ersten Kindes in einer Modeboutique in Düsseldorf gearbeitet. Sie trafen sich bei einem Stadtteilfest im Essener Süden. Schilf hat das einem Journalisten so geschildert: «Ich sah sie am Weinstand. Sie ist mir sofort aufgefallen, und natürlich wollte ich sie ansprechen.» Er war noch verheiratet.

Mit welchen Worten er sie angesprochen habe, will der Journalist wissen.

«Die Partei hatte einen Stand auf dem Stadtteilfest, es war Wahlkampf, und wir haben da rote Schirmmützen verteilt. Ich habe mir ein paar von den Mützen genommen und sie am Weinstand verteilt. ‹Der würde Ihnen bestimmt auch gut stehen›, habe ich zu meiner späteren Frau gesagt. Sie hat ihn aufgesetzt, und er stand ihr sehr gut.»

Von Ute Schilf ist dazu keine Version übermittelt.

Ich habe mehrere Fotos von Schilf im Internet gefunden. Ich weiß, wie er aussieht, man sieht ihn oft genug, zu oft, im Fernsehen oder in den Zeitungen. Aber ich hatte ihn noch nie genau betrachtet. Seine Schädeldecke ist kahl, nur an den Seiten wachsen Haare, die er auf Stoppellänge kürzt. Als er fotografiert wurde, saß er offenbar unter Punktstrahlern. Er hat drei helle Punkte auf der glänzenden Kopfhaut. In seinem Gesicht stehen Intelligenz, Überlegenheit. Er hat ein rundes Kinn und volle Backen, der Kopf verjüngt sich nach oben hin. Er hat Mick-Jagger-Lippen und man vermutet einen Hang zu obszönen Küssen. Es gibt einen Widerspruch zwischen diesem Gesicht und dem weißen Hemd, der Krawatte, der Weste, dem Sakko. Ich mache manchmal einen Test, wenn ich mir Männergesichter anschaue. Ich stelle mir vor, im Mund stecke ein Lolli, man sieht den Stiel. Es gibt Gesichter, an denen ändert diese Vorstellung nicht viel. Sie bleiben seriöse, biedere, ernste Gesichter von Männern, die sich einen kleinen

Scherz erlaubt haben. Es gibt Gesichter, die verändern sich komplett durch den Lolli. Sie zeigen plötzlich Unreife, Verspieltheit. Ich bin mir nicht sicher, aber ich glaube, Leonard Schilf ist der zweite Typus.

4 Für den übernächsten Tag war auf seiner Homepage eine kleine Wahlkampftour durch Schleswig-Holstein angekündigt. Ich ließ mich als freier Journalist akkreditieren. Ich habe einen Presseausweis. Ein Bekannter bei unserem Steglitzer Wochenblatt bestätigt mir gern, dass ich dort hin und wieder kleine Artikel schreibe. Mache ich aber nicht.

Wir trafen uns frühmorgens in Kiel, auf dem Parkplatz der Staatskanzlei. Für die Journalisten stand ein kleiner Bus bereit, wir waren zu acht. Wir wurden nach Travemünde gebracht. Ausfahrt mit einem Heringsdampfer, las ich auf dem Ablaufplan, den sie uns gegeben hatten. Das Schiff lag am Kai, vor dem Schiff stand eine Metallschleuse, und ich wusste, was für ein Hornochse ich war. Hatte ich nicht Ute Schilf groß von Leibwächtern erzählt, hatte Bedenken gezeigt, weil Politiker so gut geschützt werden? Ich hätte es wissen müssen. Und jetzt stand da diese verdammte Schleuse, und ich hatte meinen Colt wie immer unter der linken Achselhöhle. Ich war schon aus dem Bus gestiegen, als ich die Schleuse sah, und der Bus fuhr gerade davon. Bei der Schleuse standen drei Männer eines Sicherheitsdienstes. Ein Polizeiauto fuhr vor, im Gefolge zwei schwarze Limousinen, die hintere mit Blaulicht auf dem Dach. Drei Leibwächter sprangen aus der hinteren Limousine, öffneten die Türen der anderen Limousine, und der Partei- und Fraktionsvorsitzende stieg aus, mit ihm eine Frau, die ich schon mal im Fernsehen gesehen hatte. Der Pressesprecher drängte uns, auf das Schiff zu gehen. Man würde ablegen, sobald die Ministerpräsidentin und der Partei- und Fraktionsvorsitzende das Schiff betreten hätten. Die beiden standen noch da und schüttelten Leuten die Hände. Ein Leibwächter wartete bei der Schleuse, die anderen deckten die Politiker. Ich kam mir so blöd vor, so minderwertig. Ich hatte zwölf Jahre bei der Bundeswehr abgesessen, hatte die letzten zwei Jahre damit zugebracht, mich auf ein Leben als Detektiv vorzubereiten und war sehr gut vorbereitet, als ich einer wurde, und dann habe ich in fünfzehn Berufsjahren nicht einen schwerwiegenden Fehler gemacht, und jetzt das hier. Ich schlenderte zum Wasser. Mein Colt hatte mich tausendvierhundert Mark gekostet, ich mochte ihn.

Er hat mir das Leben gerettet, als ein Typ auf mich losging, den ich mit seiner Geliebten im Auto fotografiert hatte. Ich mag es nicht, wenn Leute beim Vögeln die Augen geöffnet haben. Was soll das? Wer das Vögeln genießt, schließt die Augen. Wieso müssen solche Typen noch in ekstatischen Momenten alles mitkriegen wollen? Wieso müssen sie mir das Leben so schwermachen? Er war in der Geschäftsführung einer Bankfiliale, die Kleine war eine Praktikantin. Er war groß wie ein Schrank. Als er mich sah, stürzte er aus dem Auto, öffnete den Kofferraum und rannte dann mit einer Axt auf mich zu. Helfersyndrom wahrscheinlich. Hatte eine Axt im Kofferraum, um Unfallopfer aus brennenden Autos zu hauen. Ich wollte nicht wegrennen. Es wäre so lachhaft gewesen, der Typ trug nur eine Unterhose. Ich zog den Colt. Das hat ihn beruhigt.

Ich schaute ins Wasser des Hafenbeckens, grün, schleimig. Es ist nicht schön, dort zu enden. Ich griff unter mein

Sakko, mein schöner Colt, viele Übungsschüsse, aber nur ein Schuss im Einsatz, tödlich. Es war am Jaguarkäfig. Ein Kind hatte seinen Arm durch das Gitter gesteckt, der Jaguar biss zu und riss das Kind gegen das Gitter. Ein schönes Tier, aber was sollte ich tun? Ich schoss ihm zwischen die Augen. Der Arm konnte gerettet werden, ein im doppelten Sinn guter Schuss, und doch bin ich mir nicht sicher, ob die Raubtierpfleger mich noch mögen.

Die Leute auf dem Schiff schauten zu den Politikern, zum Glück. Ich stand an der Kaimauer, zog meinen Colt und warf ihn in die Ostsee. Es platschte, als er auftraf. Zwei Möwen flatterten hoch.

«Was war das?» Der Pressesprecher stand neben mir. Er sah hinunter zum Wasser.

«Ein Fisch.»

«Kommen Sie», sagte er, «wir werden heute noch genug Fische sehen.» Er grinste, er zog mich am Ärmel. Ich ging durch die Schleuse, sie piepte, und schon machte einer der Jungs von der Bewachungsfirma Anstalten, mich abzutasten. Er würde mein Holster finden, das immer noch unter meine Achselhöhle gegurtet war. Ich hatte es versiebt. Dann spürte ich, wie jemand gegen meine Schulter drückte, ich wurde an dem Wachmann vorbeigeschoben. Es war der Pressesprecher. Er sagte, dass nun wirklich keine Zeit mehr sei, ich würde die Ministerpräsidentin schon nicht umbringen. Wir gingen auf das Schiff, das bald ablegte.

Jeder neue Auftrag beginnt mit einer Paranoia. Ich sehe überall Frauen, die mit dem Mann, den ich beobachten soll, ins Bett gehen könnten. Ich sehe eine Welt voll Ehebrechern, sobald ich einen Vertrag abgeschlossen habe. Das heißt nicht, dass ich mir keine Gedanken gemacht habe, welcher Typ von Frau in Frage kommt. Ich nenne das mein *profiling,* ich schaue mir die Kerle an und überlege, welche

Vorlieben sie haben könnten. Ich habe zwei Anhaltspunkte, den Mann und die Frau, meine Auftraggeberin. Ich habe zwei Theorien dazu, die Schönheitsklassentheorie und die Gegensatztheorie. Mit der ersten liege ich meistens richtig. Ein gutaussehender Mann geht zwar zur Not mal mit einer hässlichen Frau ins Bett, aber er nimmt sie nicht als Geliebte. Als Geliebte nimmt er eine Frau, die mindestens der gleichen Schönheitsklasse angehört wie er selbst und wie seine Frau. Ich sage mindestens, weil der gleiche Satz für Frauen nicht gilt, jedenfalls nicht so kategorisch. Sie gucken auch nach anderen Dingen, Macht, Geld, man weiß das ja. Aber wenn ich die Geliebte eines Mannes suche, schaue ich mir nur die Schönheitsklassen aufwärts an. Obwohl man auch Überraschungen erleben kann, weshalb man dann doch niemanden außer Acht lassen darf. Trotzdem ist die Schönheitsklassentheorie hilfreich, denn es geht in meinem Beruf auch um Wahrscheinlichkeiten.

Mit der Gegensatztheorie ist es schwieriger. Ich gehe davon aus, dass ein Mann nach einer Geliebten sucht, die anders ist als die Gattin. Deshalb, das wissen meine Kundinnen zum Glück nicht, beobachte ich sie schon in unserem ersten Gespräch auf Eigenschaften hin, die man, zumal nach langen Jahren, als Schwäche empfinden könnte. Wobei ich leider oft erlebt habe, dass sich Männer Frauen aussuchen, die der Gattin ähneln, oder sie sogar langsam in einen Klon der Gattin verwandeln, zum Beispiel zum selben Friseur schicken. Eine meiner Routinefragen ist mittlerweile, ob sich der Mann neuerdings für ihren Friseur interessiert oder nach der Bezeichnung für den Haarschnitt fragt. Ein Ja ist immer ein alarmierendes Zeichen. Ich lasse mir die Adresse des Friseurs geben und beobachte ihn eine Weile. Ziemlich erfolgreiches Mittel.

Ehrlich gesagt ist die Gegensatztheorie nicht besonders

zuverlässig. Aber sie führt dazu, dass man sich seine Gedanken macht, dass man nach einer Geliebten *sucht*. So ist nämlich mein Berufsverständnis, dass ich mich nicht nur an die Fersen von jemandem hefte, sondern dass ich aktiv suche. Moderne Detektivarbeit müsste immer so sein.

Auf dem Heringsdampfer waren ungefähr achtzig Leute, davon dreißig Frauen. Die meisten schieden aus, weil sie zu alt waren. Mir war nicht klar gewesen, dass sich vor allem die Alten für Politik interessieren, graue Haare oder kaum noch Haare. Die Jüngeren waren meist Schnösel, angezogen, als wären sie schon Bundeskanzler und müssten für Modezeitschriften posieren. Es blieben, nach grober Schätzung, vier Frauen, die nach der Schönheitsklassentheorie in Frage kamen, davon zwei, die das Potential hatten, die Gegensatztheorie zu bestätigen.

Ich suchte nach einer intelligenten Frau. Ich stellte mir vor, dass jemand wie Leonard Schilf Sehnsucht nach einem scharfen Verstand hat. Er hat keine dumme Frau, aber vielleicht leidet er unter dem Terror ihres gesunden Menschenverstands, der ja oft Ersatz für Intelligenz ist. Vielleicht nervt ihn, dass sie für jedes Problem schnell eine naheliegende Lösung findet und sie so verkündet, dass es keinen Zweifel mehr geben kann. Vielleicht will er eine Frau, die auf Umwegen grübelt, die das Gegenteil immer gleich mitdenkt und erst nach langem Abwägen zu einem Urteil kommt, das sie sofort mit Zweifeln behaftet, aber dann doch unerbittlich gegen seine Einwände verteidigt. So stellte ich mir seine Traumfrau vor. Schönheit ist dabei nicht unwichtig, aber zweitrangig. Man kann sich an Schönheit sattsehen, man kann auch von großen Brüsten die Schnauze voll haben. Vielleicht sehnte er sich nach äußerlicher Unscheinbarkeit. Ich suchte eine Frau, die angenehm anzuschauen war, aber nicht Blicke auf sich zog. Ich dachte, dass ich die Schönheitsklassentheorie in diesem Fall etwas relativieren muss. Jung? Auf jeden Fall. Ich war mir sicher, dass ich nach einer jungen Frau suchen musste. Ute Schilf ist sich selbst zu alt, also ist sie es längst für ihren Mann, der dauernd beim Bundeskanzler sitzen muss, und der Bundeskanzler hat eine Frau, die zu seinen Lebzeiten nicht mehr anders aussehen wird als ein Schulmädchen kurz vor dem Abitur. Das nagt an Schilf, da bin ich mir sicher.

Das Schiff nahm Kurs auf die See. Es war weiß, Möwen folgten uns. Schilf und die Ministerpräsidentin waren in einer Kajüte verschwunden. Nach einer Weile kamen sie an Deck und schüttelten Hände. Ich folgte ihnen dichtauf, mit den Fotografen. Ich hatte einen Block in der Hand und machte zum Schein Notizen. Die Leibwächter fuhren ihre Ellbogen aus, sie guckten wie Leute, die töten würden. Ich versuchte ihnen nicht auf die Nerven zu gehen, sie sollten sich mein Gesicht nicht einprägen. Ich würde ihnen wohl häufiger begegnen. Ich sah scharf hin, als Schilf der ersten Frau nahe kam, die ich sowohl nach der Schönheitsklassentheorie als auch nach der Gegensatztheorie für eine Kandidatin hielt. Mitte zwanzig, Jeans, weiße Bluse mit Rüschen, zwei Knöpfe offen, Brille, blond. Hübsch.

Natürlich kenne ich das Foto, das alle kennen. Nach dem ersten Treffen mit Ute Schilf ging ich gleich in mein Archiv und holte es hervor. Bill Clinton umarmt Monica Lewinsky. Großes Dokument, eines der besten Stücke meiner Sammlung. Man könnte sie die Sammlung der peinlichen Begegnungen nennen. Sie ist wichtig für mich. Ich kaufe deshalb viel Regenbogenpresse und durchforste sie nach Paparazzi-Fotos. Ich betrachte diese Fotos genau, schaue mir die Gesichter an, die Situationen. Es gibt Gesichter und Körperhaltungen für Situationen, die illegitim sind, die ein Versprechen verletzen. Ich habe das studiert, Schuld kann man sehen, sie brennt sich in Gesichter, sie krümmt Rücken, bestimmt Schritte. Liebe kann man sehen, Gier, sogar verborgenes Verlangen ist nicht vollständig verborgen. Ich weiß es, ich habe das so lange betrachtet, auf Bildern, in der Realität. Clinton und Lewinsky, der Präsident und die Praktikantin. Er geht einen dichten Haufen Menschen entlang, schüttelt Hände. Dann kommt diese Frau mit dem dicken Gesicht und der dicken Frisur, sie umarmt ihn, sie strahlt so, strahlt, strahlt, strahlt. Als ich das Foto in der Zeitung gesehen habe, als alles heraus war, die Begegnungen im Oval Office, die Zigarre, da dachte ich, sie hätten es mir vorher zeigen sollen. Seine Frau hätte es mir zeigen sollen, ich hätte ihr alles gesagt. Es ist nicht nur die Freude, einen geliebten Menschen in den Arm nehmen zu können. Es ist der Triumph, es öffentlich zu tun. Endlich kann das, was sonst so peinlich verheimlicht werden muss, gezeigt werden, eine Umarmung in aller Offenheit, harmlos scheinbar, aber zwei Menschen wissen, dass es nicht harmlos ist. Sie umarmen sich als Liebespaar, jedenfalls denkt das die Lewinsky in diesem Moment. Clinton denkt vielleicht an die Zigarre. Ich hatte das Foto eine Zeitlang als Hintergrund auf meinem Laptop.

Ich habe nicht viele Bilder mit Politikern. Sie passen besser auf als Popstars, als Fürstentöchter. Aus England kommt einiges, dort haben sie eine Tradition im Abschießen von Ministern, Deutschland hält sich zurück. Ich habe das Foto des Kanzlers mit seiner heutigen Gattin, damals die Frau, die seine damalige Frau ablösen sollte. Gott, wie glücklich sie da sind, wie töricht sie grinsen. Das Glück bringt nicht unbedingt unsere schönsten Gesichter hervor.

Schilf näherte sich der Kandidatin. Jetzt noch der alte Mann mit dem Elbsegler auf dem Kopf, dann sie. Ihre Hand war schon zweimal nach oben gezuckt, um sie Schilf zu reichen, aber der Alte ließ ihn nicht gehen, schüttelte seine

Hand, als wolle er sie lösen, um sie mitnehmen zu können als Beweis, das diese Begegnung wirklich passiert war. Er sagte etwas, immer wieder, ich verstand es nicht. Er grinste, strahlte. Ich sah Schilfs Gesicht nicht, ich sah, dass die Leibwächter nervös wurden, einer klopfte dem Alten auf die Schulter, er ließ die Hand nicht los. Im Gesicht der Kandidatin flutete zum dritten Mal ein Lächeln der Begrüßung heran. Sie ließ es wieder verebben, weil Schilf immer noch vom Alten gefangen gehalten wurde. Dann war seine Hand frei, ich sah ein kurzes Zucken im Gesicht des Alten, Schmerz. Wahrscheinlich hatte ihm einer der Leibwächter gegen das Schienbein getreten. Schilf machte einen Schritt weiter, jetzt war er bei der Kandidatin, sie ergriff seine Hand, große Zähne, rein politisches Lächeln. Wahrscheinlich war sie in der Partei und wollte selbst Politikerin werden.

Ich war mir sicher, dass sie mit ihm ins Bett gehen würde, aber sie war noch nicht mit ihm ins Bett gegangen und deshalb uninteressant für mich. Ich registrierte, dass er ihre Hand länger hielt als andere, es gab einen Moment der Verzögerung, des Genusses, nahm ich an.

Das Schiff hatte die freie See gewonnen, schaukelte über die Bugwellen eines Passagierschiffes, das aus Skandinavien kam. Schilf war fertig mit dem Händeschütteln. Ich hatte auch bei den anderen Kandidatinnen nichts Auffälliges bemerkt. Ich konnte mich entspannen, von hier würde der entscheidende Hinweis nicht kommen. Ich konnte mich darauf konzentrieren, Schilf kennenzulernen. Er stand mit der Ministerpräsidentin im Bug des Schiffes. Ihre Arme fuhren mit gravitätischem Schwung aus, die Finger gestreckt, als zeigten sie sich gegenseitig die Welt. Es sah aus, als zeigten sie auf die Welt, die ihnen gehört, die von ihnen beherrscht wird.

Die Leute liehen sich Angeln aus. Der Pressesprecher

kam zu mir und fragte, ob ich auch angeln wolle. Ich war mir unsicher, ob ein Journalist mitmachen würde. Ich lehnte ab – sich heraushalten, nur beobachten, das schien mir für einen Journalisten passend. Der Pressesprecher blieb bei mir stehen und erzählte, dass das Schiff ein Sonar habe, mit dem Heringsschwärme geortet würden.

«Schauen Sie, die Leinen haben sieben Haken», sagte er und zeigte auf die Angel, die jemand Schilf in die Hand gedrückt hatte.

«Wo sind die Köder?»

«Gibt's nicht. Liegt das Schiff über einem Schwarm, schwimmen die Heringe massenhaft in die Haken hinein.»

«Klingt nicht besonders sportlich», sagte ich und bereute es sofort. Ich wusste nicht, ob ein Journalist so etwas sagen würde. Der Pressesprecher zuckte die Schultern.

«Es geht darum, dass die Leute erfolgreich sind, dass sie mit dem Gefühl nach Hause fahren, fette Beute gemacht zu haben», sagte er.

«Ist Schilf deshalb hier?», fragte ich und wusste sofort, dass dies ein Fehler war. Was sollte das? Ich bin eigentlich ein Schweiger, rede tagelang mit niemandem und jetzt diese ausgespuckten Fragen.

Schilf warf die Leine aus, recht weit, ein paar Leute klatschten. Der Pressesprecher guckte mich an. «Was meinen Sie damit?», fragte er.

Ich kam da nicht mehr raus und sagte das Naheliegende. «Er geht dahin, wo es Erfolge gibt.»

Dem Pressesprecher wurde eine Angel in die Hand gedrückt. Er ließ die Leine achtlos ins Wasser plumpsen. Er sah mich wieder an. Ich musste aufpassen. «Er geht dahin, wo die Leute sind», sagte er.

Schilf und die Ministerpräsidentin redeten sich launig in ein Wettangeln hinein. Ringsum standen ein paar Leute, die wahrscheinlich zur Partei gehörten. Ich sah das an dem eilfertigen Lachen und dem beständigen Nicken. Für solche Leute konnte Schilf nichts Falsches sagen, nichts Peinliches. Sie nickten und lächelten zu jedem Satz. Es ist praktisch, solche Leute zu haben. Das Leben wird unwirklich, also leichter.

«Ich spür was!», rief Schilf, ein bisschen zu laut, zu jovial, zu auffällig zweideutig. Großes Lachen ringsum. Er kurbelte. Jemand stieß mich zur Seite, ein Kameramann, ich machte unwillig einen Schritt nach rechts, Glück für den Penner, dass ich nicht auffallen durfte. Ich spürte einen Schlag gegen den Kopf, drehte mich um und sah halb über mir das Objektiv einer Kamera, die auf das Wasser gerichtet wurde. Ich ärgerte mich, dass mir zehn Zentimeter fehlen, um ein großer Mann zu sein, sah dann aber, dass der Fotograf auf einem Klapphocker stand. Schilf kurbelte. Wir tunkten unsere Blicke in das grüne Wasser, der erste silbrige Schimmer, die Kameras klickten. Ein Mann drängelte von hinten, wurde vom Fotografen angeblafft. «Aber ich muss auch was sehen», schrie der Mann, «sonst kann ich nicht beschreiben!» Geboxe, Rangeln mit den Ellbogen. Ich war eingequetscht und hielt meinen Platz nur mit Mühe. Ein Hering hing am obersten Haken, er zappelte wild, als er aus dem Wasser gezogen wurde. Die Leute schrien «Oh!» und «Ah!». Schilf kurbelte weiter, der zweite Haken war leer, dann kam wieder ein Hering, dann noch einer. Fünf Fische hingen an seiner Leine. Er hievte sie über die Reling, stand dann mit seinen Heringen zu den Fotografen gewandt. Er trug einen dunkelblauen Anzug und eine Krawatte, rot mit feinen goldenen Streifen. Applaus, sehr viel Applaus, Rufe.

Noch mehr Leute drängten herbei, alle wollten den Vorsitzenden mit seinen Heringen sehen. Die Ministerpräsidentin konnte jetzt auch was zeigen, sie hatte vier Fische gefangen. Die beiden standen nebeneinander, neben sich das große Zappeln im Todeskampf. Die Kameras klickten hysterisch. Jemand rief: «Jetzt was auffen Kopp geben!» Der Vorsitzende vom Ortsverein reichte Schilf eine kleine Keule aus rotem Plastik. «Auffen Kopp, dem Hering!», wurde geschrien. Schilf hielt die Keule hilflos in der Linken, in der Rechten war die Angel. Der Vorsitzende vom Ortsverein machte eine Bewegung des Zuschlagens, kurz und trocken, lächelte dazu aufmunternd. Schilf wusste nicht, was er tun sollte. Der Ortsvorsitzende packte den obersten Hering, hielt ihn so, dass Schilf bequem zuschlagen konnte, aber der zögerte. Die Fotografen hatten den Finger auf dem Auslöser. Es herrschte plötzlich Stille. Man hörte Möwen schreien, laut und klagend. Ich war gespannt, was Schilf tun würde, ich dachte an seine Frau. Sie war so elegant. Ich zog meine Kleinkamera, die ich immer in der Brusttasche habe, zielte und sah jetzt Schilf verkleinert mit der Keule. Er ließ sie sinken. Der Vorsitzende des Ortsvereins riss ihm die Keule aus der Hand und schlug den fünf Heringen rasch die Schädel ein, dann den vieren der Ministerpräsidentin. Neun Leichen, sie hingen schlaff herab. Schilf schaute verzweifelt nach jemandem, der ihm die Angel abnehmen könne, aber jetzt wedelte der Vorsitzende des Ortsvereins mit einem Messer. Der Hering müsse gleich ausgenommen werden, krähte er, packte den obersten Hering der Leine und hielt ihn Schilf hin, dazu das Messer. Schilf zögerte. Dann nahm er das Messer, ein rascher Schnitt, und etwas Helles glibberte aus dem Bauch des Herings hervor. Wieder Applaus. Ich fotografierte wie von Sinnen, die anderen um mich herum auch. Heute schäme ich mich ein bisschen für diesen Taumel. Schilf entdeckte den Pressesprecher, drückte ihm mit panischer Eile die Angel und das Messer in die Hand und ließ sich von seinen Leibwächtern eine Schneise durch die Gaffer kämpfen.

Er begegnete einem Mann in Matrosenuniform, der ein Tablett mit Schnäpsen trug und Schilf nicht ohne Schnaps passieren lassen wollte. Schilf kippte den Schnaps und verschwand in der Kajüte.

Die Fahrt dauerte zwei Stunden. Später wurde auf dem Oberdeck eine Talkshow aufgeführt. Ein Mann stellte Schilf und der Ministerpräsidentin Fragen, die vorwegnahmen, dass die beiden alles gut und richtig machten. Ringsum hielten die Leute ihre Leinen ins Wasser und zogen massenhaft Heringe heraus. Ein Massaker. Das Sonar funktionierte hervorragend. Bald war das Schiff verschleimt mit Heringsglibber, und überall klebten die silbrigen Schuppen, auch in den Haaren und Gesichtern. Es sah aus, als hätten sich alle geschminkt und geschmückt, als würde auf See ein seltsamer Karneval gefeiert.

Als wir in den Hafen liefen, sang ein Matrosenchor Seemannslieder. Die Leute, die reichlich getrunken hatten, sangen lauthals mit, Bierflaschen rollten klirrend über das Deck. Hunderte von Möwen umlagerten das Schiff und stürzten sich auf Heringsinnereien und Heringe, die zu klein waren, um dem Anglerstolz zu genügen. Sie flogen über Bord und wurden kunstvoll von spitzen Schnäbeln aufgefangen. Schilf schüttelte noch einmal Hände, eine Frau fiel ihm um den Hals, eine ältere Frau, uninteressant für mich. Dann stand er vor mir, und ich ärgerte mich. Kein Blickkontakt mit Zielpersonen, das ist meine Regel. Sie sollen keine Gelegenheit bekommen, sich zu erinnern, gerade bei längeren Observationen ist dies die Voraussetzung für den Erfolg. Was ist peinlicher als ein ertappter Detektiv? Eine Riesenscheiße ist das, mir zum Glück erst zweimal passiert, in den ersten Jahren. Schilf erwischte mich in einem unaufmerksamen Moment, oder besser gesagt: Ich hatte nicht damit gerechnet, dass er plötzlich und in diesem

Tempo Hände schütteln würde. Ich musste noch viel lernen über Politiker.

Aber ich hatte Glück. Er stand nie wirklich vor mir, seine Hand schüttelte meine Hand in einer zügigen Bewegung Richtung Landungssteg. Wir hatten keinen Blickkontakt. Als er meine Hand drückte, sah er schon den Mann rechts von mir an, dem er als Nächstes die Hand geben würde. Wahrscheinlich hatte er mich kurz angesehen, als er der Frau links neben mir die Hand schüttelte. Ich glaube kaum, dass er sich irgendetwas eingeprägt hat. Wahrscheinlich hat er mich nicht wahrgenommen. Der Druck seiner Hand war schlaff, aber nicht feucht. Als er an mir vorüberging, glitzerte er im Licht der sinkenden Sonne wie ein Zauberer aus einem Kinderbuch. Seine Hände, seine Kopfhaut und das Revers des Sakkos waren beklebt mit silbrigen Heringsschuppen.

Er verließ das Schiff als Zweiter, hinter seinem Sicherheitsbeamten, sein Schritt war sehr schnell. Ich brauchte noch eine Weile, war eingezwängt zwischen Halbbetrunkenen, die Eimer und Plastiktüten voller Heringe von Bord schleppten. Wir wurden zu einer Halle gefahren, wo Schilf und die Ministerpräsidentin Reden vor tausend Leuten hielten. Ich sah nichts Verdächtiges.

5 Am Tag nach der Heringstour ging ich in den Zoo. Es war ein Sonntag, schönes Wetter, ein Tag für Diebe. Ich habe vor sechs Jahren, als ich finanziell in großer Not war, einen Vertrag mit dem Zoo geschlossen. Sie hatten Probleme mit Taschendieben, wie ich der Zeitung entnehmen konnte. Ich ging zum Direktor und sagte ihm, dass ich seine Probleme lösen könne. Wir einigten uns darauf, dass ich von April bis Oktober an einem beliebigen Tag in der Woche im Zoo nach Taschendieben fahnde. Ich muss zugeben, dass mir dieses Engagement zunächst peinlich war. Ich hatte sicher nicht mit der Absicht, mich in Löwen- und Affenhäusern herumzudrücken, eine Laufbahn als Detektiv begonnen. Ich hatte an große Wirtschaftskriminalität gedacht, an Spionage und Ähnliches. Aber ich kam nicht klar mit der Geschäftswelt. So bin ich bei Ehen und Tieren gelandet.

Mittlerweile mag ich diesen Job, nicht nur weil er mir, wie man so sagt, soziale Sicherheit gibt. Ich bin gern bei den Tieren. Wobei ich nicht gerade Experte für den Davidhirsch bin oder für das Panzernashorn, das sich nie regt. Ich habe wenig zu tun mit den Tieren, die kaum Zuschauer anlocken. Ich habe seit fünf Jahren nicht mehr am Gehege des Murmeltiers gestanden. Es ist fast immer in seiner Höhle, und kaum einer bringt die Geduld auf zu warten, bis es sich mal zeigt. Und wo kein Gedränge ist, ist auch kein Taschendieb. Das ist eine der simpleren Regeln meines Berufs. Um erfolgreich zu sein, um meinen Vertrag zu rechtfertigen, muss ich mich bei den Stars des Zoos aufhalten, im Gedränge bei den Affen, bei den Löwen, natürlich beim Pandabären, bei den Robben und Nilpferden sowie bei den Elefanten, wenn sie Nachwuchs haben. Ich mache fette Beute bei den Elefantenbabys. Gut geht auch der Keller mit den Nachttieren, obwohl ein Schild am Eingang eigens vor Taschendieben warnt. Aber wer passt schon auf seine Wertsachen auf, wenn die Fledermaus flattert oder die Springmaus hüpft.

Am liebsten ist mir das Raubtierhaus mit dem Löwen Kairu und den beiden Löwinnen Jamira und Assyra. Es gibt dort eine Holzbank, auf der ich gern sitze und diesen majestätischen Tieren zusehe. Es riecht streng, aber das macht mir nichts. Vor mir stehen die Leute und gaffen, dahinter sind die Löwen. Die Leute tragen Jacken aus Kunststoff in peinlicher Buntheit. Manchmal wünsche ich, wir hätten alle ein Fell. Wir sähen besser aus darin. Die Löwinnen kleidet es hervorragend, und sie sind dabei ja nicht schmucklos. Ihr Bauch ist getüpfelt, und sie haben dunkle Flecken hinter den Ohren. Die Schwanzquaste ist ebenfalls dunkel.

Ich knabbere meist an Stullen herum, damit man denkt, ich mache hier ein Picknick, wie so viele. Ich sehe dabei aus wie ein Mann, der zufrieden kaut und dabei in Gedanken versunken ist, und ehrlich gesagt, oft bin ich es auch, vielleicht zu oft. Aber es gibt kein Problem, der Direktor ist zufrieden mit meiner Ausbeute. Dieser Ort ist für mich ideal, um nachzudenken, um die Probleme zu lösen, die sich mir bei den Eherecherchen stellen. Ich schaue den Löwen zu und grüble und manchmal fische ich einen Taschendieb aus der Menge.

Am Tag nach der Heringstour dachte ich darüber nach, ob Leopold Schilf ein Ehebruch zuzutrauen war. Ich hatte einen Mann gesehen, der Leuten etwas vorspielen konnte. Er hatte dieses Schiff gehasst, er mochte die betrunkenen Männer und Frauen nicht, aber es war ihm fast immer gelungen, allen das Gefühl zu geben, er sei gern hier, als könne er sich kaum einen schöneren Ausflug vorstellen als auf einem Heringsdampfer. Er war schneller mit seinem Lächeln als Wyatt Earp mit seinem Revolver. Es war sofort da, wenn ihn jemand ansprach, anschaute. Es erstarb nicht, wenn ihm Blödsinn zugemutet wurde oder Kritik. Ich hatte selten ein so bewegliches Gesicht gesehen wie seins. Er war perfekt im Imitieren. Wenn ihn jemand traurig ansprach, spiegelte sich diese Trauer in seinen Zügen. Freude durchzuckte sein Gesicht, wenn sein Gegenüber glücklich wirkte. Am besten war er im Fach Ernsthaftigkeit. Wurde ihm ein Problem vorgetragen, saugte er es förmlich an, bis es sein eigenes war und für alle Zeiten sein würde. Das jedenfalls sagte sein Gesicht. Es versprühte Anteilnahme in jeder Hinsicht, und nur jemand, der ihn genau beobachtete, sah, dass diese Anteilnahme sofort versiegte, sobald er sich abwandte, und in Sekundenschnelle war sein Ausdruck der nächsten Begegnung angepasst. Er hatte eine Intensität nur für Sekunden, in der langen Reihe seiner Regungen wirkte er wie ein Mensch von höchster Flüchtigkeit. Sein Gesicht war wie eine Maske, die in einem Daumenkino von Seite zu Seite drastisch variiert wird. Anders gesagt: Er war ein begnadeter Schauspieler für kurze, schnelle Rollen. Ich dachte, dass hinter dieser Reihung von Intensitäten Langeweile steckte.

Es gab nur kurze Begegnungen, er hastete immer nach wenigen Augenblicken weiter, sich beim Zurückgelassenen mit den Bedürfnissen des Nächsten entschuldigend und das Gleiche immer wieder. So linderte er das Verlassen immer mit einem guten Zweck, den, soweit ich das verfolgen konnte, alle akzeptierten. Hat ja so viel zu tun, ein Politiker.

Ich sah hinüber zu Kairu, der an diesem Tag im Raubtierhaus war. Assyra und Jamira lagen im Freigehege. Kairu gähnte. Danach schmatzt er immer ein bisschen. Er schließt die Augen, öffnet sie. Ich mag diese Unentschiedenheit beim Einschlafen. Obwohl es nichts gibt, was ihm entgehen könnte, erweckt er immer den Eindruck, als sei er in Sorge, ihm könne etwas entgehen. Mit Kairu hier drinnen ist es lustiger als mit den Löwinnen, wie schon ein Schild verrät: «Vorsicht! Löwe spritzt Urin durchs Gitter.» Er macht das wirklich gern, aber die Leute glauben es nicht oder haben das Schild nicht gelesen. Einer wird immer angespritzt. Dann gibt es Gelächter und Tumult. Das sind die Momente, in denen die

Leute ihre Taschen außer Acht lassen, ihre Kinderbuggys vergessen, an denen Beutel hängen, oder vor Wonne nicht spüren, dass ihnen jemand in die Hosentasche langt. Wenn Kairu Urin spritzt, habe ich meist Erfolg bei meiner Arbeit. Es ist fast so, als hätten er und ich einen kleinen Pakt, der mir mein Grundeinkommen sichert.

Er lag auf einer der Pritschen, die an die Wand geschraubt sind. Ein Handy stieß eine absurde Fanfare aus, dann schrie jemand: «Wir sind bei den Löwen!» Kairu sah nicht hin. Er kennt das schon. Er lag da, seine rechte Tatze hing von der Pritsche, und er schaute nicht unfreundlich in sein Publikum.

Ich war mir sicher, dass Leonard Schilf seine Frau betrügen konnte. Für mich war entscheidend, dass er bereit war, anderen etwas vorzuspielen. Das bedeutet nicht, dass man bereit ist, seine Frau zu hintergehen, aber es macht es wahrscheinlicher.

Ich ging noch zu den Robben und erwischte ein Mädchen, das in eine Tasche griff, Junkie. Sie kommen rüber vom Bahnhof Zoo, wo sie den ganzen Tag herumlungern, und wenn sie Geld brauchen, versuchen es manche bei den Tieren. Es ist ein Risiko. Sie müssen zehn Euro für den Eintritt investieren, und wenn ich sie erwische, ist das Geld umsonst ausgegeben. Ich wartete eine halbe Stunde, bis die Polizei da war. Sie haben viel zu tun, sie leiden unter ihrer schlechten Ausstattung. Ich muss manchmal lachen, wenn sie mit ihrem grünsilbernen Opel Corsa angefahren kommen. Kann sich einer vorstellen, man hätte *French Connection* oder *Bullet* mit Opel Corsas gedreht? Mit Kleinwagen? Und unsere Polizisten essen gern, sie sind dick, sie passen kaum in einen Opel Corsa. Sie sind schon vom Aussteigen erschöpft, und das soll unseren Verbrechern Respekt einjagen? Darüber würde ich gerne mal mit Leo Schilf reden. Ich übergab das Junkiemädchen der Polizei und fuhr mit dem Bus ins Regierungsviertel. Ich wollte mich im Jakob-Kaiser-Haus umsehen, wo Schilf sein Büro hat.

Komischer Bau, fast wie ein Schiff, mit Galerien, deren Geländer wie Relinge aussehen, mit Holzstegen, die auch Fallreeps sein könnten. Wollen die denn alle immer noch Kapitän spielen? Viel Glas, helle Holztäfelung an den Wänden, Sichtbeton, graues Gestänge. Ich lief ein bisschen herum und prägte mir den Schritt der Leute ein. Das war etwas mühsam, weil ich kaum Leute sah.

Ich bin ein Experte für Schritte. Als Detektiv muss man das sein. Mit dem Schritt beginnt die Tarnung, beginnt das Verschwinden. Arbeit für mich heißt: da zu sein, ohne wahrgenommen zu werden. Jede Umgebung hat ihren eigenen Schritt, das Kaufhaus, die Behörde, das Unternehmen, das Hotel, die U-Bahnstation, der Zoo. Ich achte immer zuerst auf den Schritt, um ihn nachahmen zu können. Was das Jakob-Kaiser-Haus betrifft, würde ich von verhaltener Eile sprechen. Es wird nichts überstürzt, man geht zielstrebig, nicht suchend, die Leute kennen sich aus, wenig Besucherverkehr, außer von Journalisten, aber die kennen sich ebenfalls aus. Sie kommen meistens spät zu ihren Terminen, weshalb ihr Schritt schneller ist. Ich übte für beide Rollen, Referent eines Abgeordneten und Journalist. Ich brauche nicht lange, um mir einen neuen Schritt anzugewöhnen, eine Stunde bei uns im Park und ich kann es. Die Leute gucken, wenn ich übe. Sollen sie.

Ich entschied mich, einen neuen Anzug zu kaufen. Im politischen Milieu, das sah ich bald, werden Anzüge getragen wie Säcke. Es ist egal, wie man darin aussieht, Hauptsache Anzug, Hauptsache Krawatte. Man erfüllt eine Konvention und das nicht ungern. Beim Außenminister ist das vielleicht anders, der hat ein Auge für sich. Das kommt wahrscheinlich vom ständigen Abnehmen. Niemand guckt sich so oft an wie Leute, die abnehmen. Ich ging zu Karstadt an der Schloßstraße und kaufte einen dunkelgrauen Anzug in einer Zwischengröße, obwohl ich eine glatte Zweiundfünfzig bin. Er sitzt schlecht, soll er auch.

Mit diesem Anzug, einem weißen Hemd und einer rotblauen Krawatte setzte ich mich am nächsten Tag vor den Bürotrakt von Leonard Schilf. Es war eine blöde Situation. Bis vor sein Büro kam ich nicht, es gab keinen Grund, sich dort aufzuhalten. Ich saß also vor der Tür, die seinen Bereich von der Halle mit den Galerien abtrennt. Gegenüber ist der Fahrstuhl. Vierter Stock. Ich saß da und las Zeitung und wusste, dass ich nicht lange hier sitzen konnte, ohne aufzufallen. Saß und las und guckte unauffällig. Passiert ist nichts. Über mir klackte der Zeiger einer Uhr, wenn er sich um eine Minute weiter bewegte. Er zitterte nach, dann Ruhe. Große Ruhe. Wie können die mit dieser Ruhe ein ganzes Land regieren?, fragte ich mich. Einmal kam ein Bote mit einem Karren vorbei. Er brachte rote und gelbe Mappen. War ein Liebesbrief darin?

Nach einer knappen Stunde sah ich Schilf. Er ging zum Aufzug und drückte den Knopf. Ich sah nur seinen Rücken, etwas krumm. Er stieg in die Kabine und fuhr nach unten. Ich war unschlüssig, ob ich ihm folgen sollte, blieb. Ich starrte auf die Milchglasscheibe, in der sich die Spree spiegelte. Ein Dampfer zog vorüber. Der Uhrzeiger klackte einmal, und dann klingelte der Aufzug, die Türen fuhren zurück, Schilf trat heraus und ging zurück in sein Büro. Ich fand das seltsam. Er war so kurz unterwegs gewesen, als sei er nicht ausgestiegen, als habe er Spaß daran, hin und wieder mit dem Aufzug hoch- und runterzufahren.

Mehr ist nicht passiert in der Dreiviertelstunde, die ich dort saß. Länger sitzen zu bleiben war unmöglich. Ich grübelte den Rest des Tages im Büro darüber nach, warum Schilf scheinbar sinnlos mit dem Aufzug gefahren war.

Am nächsten Tag fuhr ich vom vierten Stock ins zweite Untergeschoss, Endstation, die Tiefgarage, rote Wände. Unten angekommen, drückte ich sofort den Knopf für den vierten Stock. Meine Stoppuhr lief. Als es klingelte, waren siebenundfünfzig Sekunden verstrichen. Als sich die Türflügel zurückschoben, stoppte ich die Uhr bei achtundfünfzig Sekunden. Ich strich einen halben Tag durchs Haus und wartete darauf, dass Leonard Schilf Aufzug fuhr. Ich sah ihn nicht.

Die Abende in dieser Phase verbrachte ich vor seinem Haus. Seine Adresse hatte ich einer Zeitung entnommen. Renovierter Altbau in Mitte, nette Straße, Galerien, Bars, viel Leben. Das Wetter war schön, und ich konnte mich draußen hinsetzen und Kaffee trinken. Er kam spät, nie vor zehn Uhr, manchmal so gegen eins, zwei. Man konnte ihn nicht verpassen. Zwei dicke Limousinen, vorne er, hinten der Begleitschutz. Er stieg immer allein aus. Ich sah nie eine Kandidatin in sein Haus gehen. Kein Hintereingang. Habe ich natürlich geprüft. Seine Wohnung liegt im vierten Stock links. Das Licht brannte wenige Minuten, erlosch. Er las nicht, zu müde. Ich saß da, trank meinen Kaffee.

Einmal hatte er Besuch. Es war ein junger Mann, der eine halbe Stunde, nachdem Schilf zu Hause eingetroffen war, bei ihm klingelte. Bei Schilf ging das Licht im Flur an. Nur wenig später war der junge Mann wieder auf der Straße. Hatte er etwas abgeholt? Etwas gebracht? Ich sah nichts in seinen Händen, er hatte keine Tasche dabei. Hatte er eine Botschaft der Geliebten überbracht? Aber wer braucht heute noch Briefboten für seine Affären? Niemand. Der junge Mann war uninteressant für mich.

Oder ist Leo schwul? Einige von denen sind schwul, wie

man lesen konnte. Ich hatte einen solchen Fall. Die Frau denkt, ihr Mann treibt es mit *einer* anderen, aber es ist so, dass er es mit *einem* anderen treibt. Es war ein leichter Fall. Er fühlte sich sicher in der Schöneberger Schwulenszene, weil er davon ausgehen konnte, dass seine und ihre Heterofreunde dort nicht auftauchen würden. Ich habe nie eine bessere Mappe gehabt als in diesem Fall, aber ich hatte Angst vor der Übergabe. Mir fällt es nie leicht, meine Mappen zu präsentieren, auch wenn es sich um gute, präzise, manchmal schöne Arbeit handelt. Es ist gleichwohl eine Arbeit, der Traurigkeit folgt. Das ist nicht leicht für alle Beteiligten. Ich habe die Stofftaschentücher, ich habe eine gewisse Routine. Die Frauen sind meistens gewappnet für das, was sie erwartet. So kommen wir ganz gut durch diese halbe Stunde, die wir zusammensitzen.

Aber die Frauen wappnen sich dafür, ihren Mann mit einer anderen Frau zu sehen. Sie wappnen sich nicht dafür, dass ihnen ihr Mann entgegenblickt, während er von einem anderen Mann gevögelt wird, um es mal klar zu sagen. Dieses Bild hatte ich in meiner Mappe. Ich wollte ihr die Mappe bei mir im Souterrain präsentieren, aber sie wollte da nicht hinkommen, sie bestand auf dem Café Manzini in Wilmersdorf. Ich könne ihr die Mappe auch schicken, hat sie gesagt. Ich war ihr peinlich, sie wollte nicht mit einem Detektiv zu tun haben. Aber ich verschicke keine Mappen, grundsätzlich nicht. Ein Arzt teilt einem Patienten ja auch nicht per Brief mit, dass er Krebs hat. Auf dem Weg zum *Manzini* habe ich an einem Papierkorb haltgemacht und das Foto zerrissen und weggeworfen. Das fiel mir nicht leicht. Man hat selten ein so eindeutiges Foto wie dieses. Und Eindeutigkeit ist immer ein Lob für den Detektiv. Ich habe ihr gesagt, dass das, was jetzt kommt, nicht leicht ist für sie. Ich habe gesagt, dass man es so und so deuten könne. Sie war ungehalten, eine kleine, schmale Frau mit Sommersprossen und blonden Haaren, die sie mit einem Reif zusammenhielt. Nicht unelegant. Sie wollte endlich wissen, was los ist. Ich zeigte ihr ein Foto, auf dem ihr Mann einen anderen Mann küsst. «Sie können es so sehen», habe ich gesagt, «es ist wie ein anderer Planet, auf dem Ihr Mann auch lebt. Das hat gar nichts mit Ihnen zu tun, vielleicht sind Sie die perfekte Frau für ihn, eine Frau, die er über alles liebt und die ihm alles gibt, was eine Frau geben kann.» Und so weiter. Törichtes Zeug. Ich habe selten in ein so verständnisloses Gesicht geschaut. Sie hat bar bezahlt und ist wortlos gegangen.

Schilf schwul? Kann das sein? Ich habe bei meinen Recherchen für den beschriebenen Fall gesehen, dass es sehr schnell gehen kann in dieser Szene, aber der junge Mann war nicht mal in der Wohnung. Es war höchstens Zeit für eine Übergabe, für ein paar Worte. Da war nichts. Aber ich blieb wachsam, auch bezüglich Männer. Man vergisst allzu leicht, dass die Liebe viele Optionen bietet, nicht nur die, auf die man sich selbst festgelegt hat.

Tagsüber trieb ich mich im Reichstag herum oder im Jakob-Kaiser-Haus. Es war nicht ganz leicht, Leonard Schilf auf den Fersen zu bleiben, er wechselte ständig hin und her, aber in der Dokumentation seiner Tage fehlte mir selten mehr als eine halbe Stunde. Meist saß er in Sitzungen herum oder empfing Journalisten in seinem Büro. Ich fragte mich, wo er die Zeit für eine Liebesgeschichte hernehmen sollte. Ich hatte ihn auch in seinem Büro beobachtet. Das war kein Problem, weil die Fenster so groß waren. Ich stand drüben am anderen Ufer der Spree und sah ihm mit einem Fernglas bei der Arbeit zu. Leute kamen, Leute gingen, er las, telefonierte. Es sah aus wie andere Büroarbeit auch.

Warum hat man nie Glück? Warum ist es nie so, dass die großen Dinge passieren, wenn man gerade hinguckt. Eine

Praktikantin kommt rein und hebt den Rock und setzt sich auf den Schreibtisch, und er nimmt sie so, dass ich ihn gut dabei fotografieren kann. Es muss ja nicht Verkehr mit einer Zigarre sein. Das Spektakuläre ist was für Amerika. Für uns Deutsche würde doch ein ganz normales, herziges Vögeln auf dem Schreibtisch reichen. Es passiert auch, da bin ich sicher. Aber warum passiert es nicht, wenn ich hingucke?

Wenn Schilf zu Veranstaltungen in andere Städte fuhr, folgte ich ihm, beim ersten Mal in meinem Nissan, was natürlich eine blöde Idee war. Die Jungs fuhren zweihundert, ich verlor sie schon auf dem Autobahnring. Ich rief Ute Schilf an und erklärte ihr die Lage. Ob Spesen für schnelle Autos drin waren? «Tun Sie, was nötig ist», sagte sie. Ich holte mir einen Fünfer-BMW und raste mit Schilfs Konvoi nach Leipzig. Ich nahm immer andere Autos, damit die Sicherheitsleute keinen Verdacht schöpften. Mercedes, Audi, einmal einen Lexus. Ich hatte eine feine Zeit auf der Autobahn.

Er fuhr zu seinen Veranstaltungen, erzählte etwas, fuhr zurück. Ich saß in dritter oder vierter Reihe, immer ganz außen, damit ich schnell wegkam. Ich hörte ihn reden, sah mir die Besucher an. Komische Leute. Warum gehen sie dahin? Schlauer können sie bei einer solchen Veranstaltung ja nicht werden. Das kennen sie doch alles aus dem Fernsehen. Viele kommen, um selbst etwas zu sagen. Sie stellen eine Frage, die länger dauert als eine ordentliche Antwort. Sie genießen sich. Politik ist was für Leute, die sich genießen. Nicht nur das: Politik ist was für Leute, die es genießen, wenn andere dabei zuschauen, wie sie sich genießen. Je mehr Kameras, desto größer der Genuss.

Für mich waren die Kameras eine Pest. Gleich nach meiner ersten Veranstaltung mit Schilf sah ich mich nachts im Fernsehen. Ich musste mir jetzt die Nachrichten ansehen und politische Sendungen.

Ich nahm den ganzen Quatsch auf mit DVD und saß in den frühen Morgenstunden, während Schilf schlief, vor dem Fernseher. Ich trank ein Bier, knabberte Salzstangen, hörte unsere Politiker reden, sah zu oft diesen Streifen weiße Haut zwischen Socke und Hosenbein. Diese Burschen tragen fast alle zu kurze Socken. Sie sitzen im Fernsehstudio, ein Bein über das andere geschlagen, und zeigen uns wichtigtuerisch ihre Beinhaut, als sei dieser weiße Streifen eine Art Kapitänsbinde, ein Ausweis von Zuständigkeit. Ich trank noch ein Bier.

Als ich mich im Fernseher sah, stand ich rechts hinter ihm und schaute über seine Schulter. Sie hatten mich so groß aufgenommen, dass man sogar die Poren sah. Ich ärgerte mich, ich hatte das nicht bedacht. Kameras waren gefährlich für mich. Wahrscheinlich guckten sich die Burschen ständig selbst im Fernsehen zu. Und dann steht da immer der Mann, der zwar einen Notizblock in der Hand hält, aber nicht den Worten von Leonard Schilf lauscht, sondern in Richtung Kamera blickt, wo sich die Zuhörer versammeln, die Händeschüttler, bei denen ich meine Kandidatin vermutete. Irgendwo mussten sie sich ja mal begegnen. Natürlich fällt den Politikern jemand auf, der ihnen nicht zuhört, das muss empörend sein für sie, und dann fragen sie sich, wie das sein kann, dass einer ihnen nicht zuhört, und informieren die Sicherheitsleute, damit die sich den mal anschauen, vielleicht ist das ein Irrer. Einem, der ihnen nicht zuhört, ist alles zuzutrauen, denken sie bestimmt. Schon bin ich aufgeflogen, und Ute Schilf guckt mich an mit diesem Blick, der von der obersten Leitersprosse kommt, und lächelt fein. Sie wird nicht sagen, dass sie sich eben einen anderen suchen müsse. Das wäre nicht stilvoll genug. «Schicken Sie mir doch bitte die Rechnung», wird sie sagen, und ich höre: «... die Rechnung für das Honorar, das Sie nicht verdient haben.» Ich mied von da an die Kameras, was nicht leicht war, weil sie immerzu da sind und überall.

So tingelte ich zwei Wochen lang mit Leo Schilf herum, immer die gleichen Szenen, immer die gleichen Worte. Nichts mit Frauen, jedenfalls nichts Erkennbares. Einmal war ich in seinem Wahlkreis, wo er ein neues Kino einweihte, ein großes Haus mit vielen kleinen Kinos darin, wie das jetzt modern ist. Eine mir nicht bekannte Schauspielerin war da und Ute Schilf. Ihr Mann musste die Schuhe ausziehen und in einer Hüpfburg hüpfen. Ihr war das unangenehm. Eine Socke hatte ein Loch. Ich sah ein körperloses Umeinander der beiden, ständige Nähe, aber keine Berührung. Wenn er sprach, zeigte ihr Gesicht ein zustimmendes Glühen. Sie strahlte auch, als er die Schauspielerin herzte, einen Moment zu lang, fand ich.

Etwas stimmte nicht an diesem Tag. Ich merkte das gleich. Viele Situationen haben eine Grundmelodie, eine Harmonie, ein grundsätzliches Einvernehmen der Beteiligten. Und dann kommt einer und stört. Ich merke das. Man hat einen Instinkt mit der Zeit. Man erkennt sie ja nicht auf Anhieb. Der Mann, den ich meine, hatte mittellange Haare, eher altmodisch, Ohren ganz bedeckt. Verschlissener Cordanzug, praktische Schuhe, Brille, Hände in den Hosentaschen. Ich schätzte den Mann auf Ende fünfzig. Ich war ein bisschen beunruhigt. Ein Politiker wurde in den Rollstuhl geschossen, einem anderen wurde die Kehle durchschnitten. Ich würde nicht sagen, dass dieser Mann aussah wie ein Irrer, aber er störte. Alle anderen hier wollten sich amüsieren, der Schauspielerin auf den Hintern gucken, Tacochips verdrücken, in der Hüpfburg hüpfen, der Pudelshow zusehen, sich im Licht zweier Prominenter sonnen und so weiter, nicht jedoch dieser Mann. Er lauerte, er wartete auf eine

Chance. Er suchte nach einem Weg zu Leo Schilf, da war ich mir sicher. Er war ganz auf ihn ausgerichtet, folgte seinen Bewegungen mit kleinen, tastenden Schritten, hielt inne, schaute. Er kämpfte einen Kampf gegen die eigene Scheu.

Die Trottel von Leibwächter merkten nichts. Etwas mehr Aufmerksamkeit kann man doch erwarten, gerade in diesen Zeiten, wo schon das normale Leben ist wie in einem Weltkrieg. Jeden kann es jederzeit treffen, jeder kann jederzeit einen Anschlag verhindern. Gerade in Berlin ist jede U-Bahnfahrt ein Husarenritt, denn irgendwann muss ein Anschlag kommen, und jeder kann derjenige sein, der ihn verhindert. Der Terror macht uns alle zu Kombattanten, und umso mehr sollten wir von Leibwächtern erwarten dürfen, dass sie Gefahren erkennen. Aber diese hier freuten sich an der Schauspielerin, während der Typ im Cordanzug drauf und dran war, mir einen Auftrag zu versauen. Ein toter Leo Schilf betrügt niemanden.

Ich stellte mich in seine Nähe. Ich musste Leo Schilf beschützen. Es war ein eher kleiner Mann, drahtig, ein Gesicht, das nicht nach Siegen aussah, wüst, verlebt. Das sind die besten Schläger. Ich roch ein Rasierwasser, das ich auch im Zoo manchmal rieche bei den Männern, die ohne Frauen da sind. Leo Schilf löste sich aus der Gruppe, die ihn umgab, hielt entschuldigend sein Handy hoch. Er stellte sich ein paar Schritte neben die Hüpfburg und telefonierte. Die Leibwächter folgten ihm nicht. Der Mann im Cordanzug zog eine Hand aus der Hosentasche und ging los, er steuerte auf Schilf zu, eiliger Schritt, dies war seine Chance. Ich hängte mich dran. Ich war unbewaffnet, hatte mir noch keinen neuen Colt besorgt, ein Fehler, aber ich bin klamm im Moment. Ich wollte ihn von hinten anspringen, ihn niederreißen. Noch wenige Schritte, und jetzt wurde Schilf aufmerksam. Ich wollte springen, aber dann sah ich ein Erkennen in Schilfs Gesicht, eine Mischung aus Freude und Erschrecken, und er ließ das Handy sinken und streckte dem Mann die Hand entgegen. Ich drehte ab, beschämt, blamiert. Ich schlich davon, warf einen Blick zurück. Sie standen da und redeten, die Köpfe eng beieinander, als dürfe niemand sonst hören, was sie sagten. Eine interessante Situation für einen Detektiv, aber ich verbot mir jedes weitere Schauen, sogar das Nachdenken. Ich hatte mich gerade erst in einer Nebensache getäuscht und dabei fast den ganzen Auftrag vermasselt, ich sollte mich lieber auf die Hauptsache konzentrieren.

Es ist ein schmaler Grat. Es ist ein Geschäft der Vermutungen. Sicherheiten gibt es nicht, aber viele Irrtümer darf es auch nicht geben. Ich wurde nervös. Es gibt Fälle, die einen zum Versager machen.

6 Ich war zweimal im Zoo in dieser Zeit, und meine Ausbeute war null, obwohl sich Kairu alle Mühe gab, mir zu helfen. Ich grübelte und grübelte. Das alles brachte nichts, gar nichts. Es war eine elende Zeit.

Es war der Aufzug, der mich rettete. Ich hatte Schilf noch zweimal bei diesen seltsamen Fahrten beobachtet. Er brauchte jedes Mal achtundfünfzig Sekunden, stieg also tatsächlich nicht aus. Den Grund dafür musste ich finden. Ich setzte mich auf eine Galerie am Ende der Halle. Von dort konnte ich das Geschehen am Fahrstuhl auf allen fünf Galerien einsehen. Ich saß dort ein paar Stunden mit meiner Zeitung und schaute hinüber. Dann sah ich sie. Sie kam um die Ecke gebogen, dritter Stock, ihr Gang fiel mir auf. Sie trug flache Schuhe, wahrscheinlich weil sie groß war. Ihr Schritt war eher träge, lustwandlerisch, ungewöhnlich für hier. So ging sie über die Galerie zum Aufzug. Ich hielt den Atem an. Auf ihrem Weg lag eine Toilette. Bitte nicht, flehte ich. Ich hatte sie hin und wieder im Fernsehen gesehen, sie galt als Rebellin, weil sie nicht mitmachen wollte beim Sozialabbau. Sie ging an der Toilette vorbei. Als sie noch zehn Meter vor sich hatte, kam im vierten Stock Schilf aus seinem Bürotrakt. Er stellte sich vor den Aufzug, drückte den Knopf. Sie stand unter ihm und wartete an der Tür des Aufzugs. Er stieg ein.

Ich war glücklich in diesem Moment. Ich hatte eine Spur.

Interessanterweise kam die Frau nicht mit hochgefahren. Der Aufzug hielt nicht im dritten Stock, erst im vierten. Schilf stieg aus, ging in sein Büro. Sie kam einige Minuten später. Wahrscheinlich hatten sie Angst, dass sie jemand durch einen Zufall kurz hintereinander beim gemeinsamen Ab- und Auffahren erwischt. Das musste Verdacht erregen. Allerdings war ihr Risiko nicht besonders groß, weil so wenige Leute unterwegs waren.

Ich folgte der Frau zu ihrem Büro. Anna Tauert, MdB. Sie kam in Frage, so viel war klar, obwohl ich ihr Gesicht nur kurz gesehen hatte, als sie sich an ihrer Tür umdrehte. Ich nickte ihr zu und ging zügig weiter. Sie war jung, vielleicht Ende zwanzig, sie war attraktiv, wenn auch nicht schön, sicher nicht so schön wie Ute Schilf mit Ende zwanzig. Ich sah helle Haut, mittellanges, blondes Haar, gewellt, die Augen blau oder grün. Ich konnte es danach nicht genau sagen und ärgerte mich darüber. Sie war größer als die Schilf, fast so groß wie Leo Schilf, vielleicht genauso groß. Sie trug einen dunklen Anzug mit Nadelstreifen, großes Revers.

Zurück im Büro, recherchierte ich im Internet. Es gibt nicht viel. Sie stammt aus Schmalkalden in Thüringen und hat in Erfurt auf Lehramt studiert, Deutsch, Englisch und Sport. Als in Schmalkalden eine Fabrik geschlossen werden sollte, hat sie mit anderen dagegen protestiert. So kam sie zur Politik. Als sie in einem kurzen Interview gefragt wurde, wie sie in den Bundestag gekommen sei, sagte sie: «Bei den Sitzungen unseres Ortsvereins saßen nur fünf Leute, und ich war bald im Stadtrat, weil es sonst keiner machen wollte, und war bald im Bundestag, weil der, der es gemacht hatte, nicht mehr antreten wollte, und andere gab es nicht. Deshalb bin ich jetzt dabei.»

Während ich las, rief mich Ute Schilf an. Sie wollte wissen, ob es einen Fortschritt gebe, einen Hinweis auf das Geheimnis.

«Ich habe gerade eine Theorie entwickelt», sagte ich. Es gab einen Moment der Stille.

«Soso, eine Theorie», sagte sie schließlich.

Ihr Ton war ein bisschen spitz, nicht offen verletzend, aber ich hörte eine Spur Herablassung.

«Und was ist das für eine Theorie, wenn ich fragen darf?»

«Es ist zu früh, darüber zu reden.»

Sie schwieg wieder. Man will nicht, dass der Detektiv ein Geheimnis hat. Er soll Geheimnisse mitteilen, dafür ist er da. Aber ich teile nur Ergebnisse mit, nie Zwischenstände, schon gar nicht Spekulationen.

«Ich denke, dass ich Ihnen nächste Woche mehr sagen kann.»

«Ich warte auf Ihren Anruf.»

Wie spitz das klang. Ich verstand sie, ich fühlte mich selbst nicht wohl. Ich verbriet seit zwei Wochen ihre Spesen und hatte nicht mehr als eine Theorie.

Ich brauchte einen Plan. Nicht um die beiden endgültig zu überführen, das schien mir am Aufzug unmöglich. Sie würden sich wohl kaum küssen, wenn ich mit ihnen fuhr. Ich wollte eine kleine Bestätigung für meine Theorie, einen Hinweis, dass ich auf der richtigen Spur war. Nichts ist schlimmer, als tagelang die falsche Spur zu verfolgen. Teil zwei des Plans war, ein Stück im Aufzug mitzufahren, zuzusteigen, um zu erspüren, ob ich sie beim Küssen unterbrochen und vom weiteren Küssen abgehalten hatte. Was ich erspüre, ist kein Beweis für andere, das weiß ich. Es ging um einen Hinweis für mich, nicht für Ute Schilf. Teil eins des Plans war die logische Voraussetzung für Teil zwei. Ich musste ungefähr wissen, wie sich Leute verhalten, die erstens beim Küssen unterbrochen und zweitens vom weiteren Küssen abgehalten werden.

Ich hatte nur einen Versuch. Wäre ich zweimal mitgefahren, wären sie auf mich aufmerksam geworden. Ich schwebte da ohnehin schon am Abgrund, hatte mich schon zu lange im Jakob-Kaiser-Haus rumgetrieben. Ein paar Leute fingen an zu gucken.

Ich begann mit Teil eins an einem frühen Abend bei uns im Park. Es war Anfang September und immer noch sehr warm. Die Sonne stand tief. In unserem Park wird viel geküsst. Die jungen Liebespaare gehen ein bisschen spazieren, dann halten sie sich eine Weile am Teich auf und sehen den Karpfen zu. Die Jungs versuchen die Mädchen zu überreden, die Karpfen zu streicheln. Die Karpfen lassen das mit sich machen, sie schwimmen dicht unter der Oberfläche und haben nichts gegen eine sanfte Hand. Den Mädchen ist das zuwider, dann machen sie es doch. Manche kreischen. Danach dauert es nicht mehr lange, bis geküsst wird. Sie setzen sich auf eine Bank und küssen.

Ich ging eine Weile umher, müßiger Spaziergängerschritt, suchte nach einem geeigneten Paar und folgte ihm. Sie liefen Arm in Arm vor mir her, blieben hin und wieder stehen und küssten sich. Der Junge war achtzehn, das Mädchen vielleicht zwei Jahre jünger. Sie waren beide schlank und mittelgroß und hatten schwarze Hosen an und schwarze Hemden. Ihre Gürtel waren mit Eisen beschlagen, das Haar des Mädchens war blond gefärbt, das Haar des Jungen schwarz. Nicht gerade Punks, aber in der Richtung, wild sahen sie nicht aus. Sie gingen zum Teich. Das Mädchen streichelte einen Karpfen. Sie kreischte nicht. Die beiden gingen weiter, die Küsse wurden heftiger, länger, und ich wusste, dass sie sich bald setzen würden. Die nächste Parkbank war frei, und sie setzten sich. Das Mädchen legte sich in die Arme des Jungen, und der Kuss begann. Jetzt durfte ich nicht zögern. Ich gab ihnen zehn Sekunden, dann stellte ich mich vor sie hin.

«Können Sie mir bitte sagen, wie spät es ist?»

Alles in allem war es keine Überraschung, was ich sah. Sie fuhren auseinander, aber interessanterweise nicht sofort, sondern es gab eine kleine Verzögerung, ein allmähliches Lösen der Lippen, wie mit Bedauern, dann erst fuhren die Köpfe zurück. Sie sahen mich an, und der erste Ausdruck, den ich in ihren Gesichtern sah, war Harmlosigkeit. Gespielte Harmlosigkeit, würde ich sagen. Dann kam leise Empörung hinzu. Bedauern sah ich auch, mehr bei ihr als bei ihm. Er war schon damit beschäftigt, das Problem zu lösen und sah auf die Uhr. Im selben Moment sah ich bei ihr eine kleine Bestürzung, dass er so willfährig war und nichts unternahm gegen den Eindringling, sondern meiner Bitte nachkam. Die Bestürzung löste sich auf in der Hoffnung, dass ich bald verschwinden möge. Vielleicht habe ich das nicht alles sofort bei diesem Paar gesehen. Ich habe mehrere Tests gemacht, und es kann sein, dass ich nicht mehr die Reaktion des ersten Paares erinnere, sondern das Gesamtergebnis meiner kleinen Beobachtung.

Nur einer wollte mir was aufs Maul hauen, gab aber gleich Ruhe, nachdem ich ihm den Arm umgedreht habe. Das Mädchen rief noch «Wichser», aber das war alles. Teil zwei meines Tests kam bei diesem Paar natürlich nicht mehr in Frage.

«Zwanzig nach sechs», sagte der Junge nach seinem Blick auf die Uhr.

«Ach, dann habe ich ja noch etwas Zeit», sagte ich und setzte mich zu ihnen auf die Bank, neben das Mädchen.

Mir war klar, dass sie irgendwann weiterküssen würden, aber ich hatte auch richtig eingeschätzt, dass sie einen Moment brauchten, um sich zu sammeln, um sich klarzumachen, dass es heutzutage kein Problem ist, sich auf einer Parkbank zu küssen, wenn ein älterer Kerl daneben sitzt. Aber öffentliches Küssen, ich meine, heftiges öffentliches Küssen, ist noch immer mit einer gewissen Scham belegt, wie ich vermutet hatte und im Park bestätigt fand. Sie warteten, und was ich jetzt mehr spürte als sah, war Feindschaft. Sie hassten mich dafür, dass ich in ihren Genuss eingebrochen war, ihn unterbrochen hatte. Interessant war in diesem Fall, dass sie sich nicht ansahen und gemeinsam hassten. Sie starrten vor sich hin, und jeder hasste für sich. Das heißt, die Verbindung zwischen ihnen, die ich unterbrochen hatte, wurde nicht sofort wiederaufgenommen. Sie akzeptierten die Trennung, so dass diese große Intensität des Hasses, die ich spürte, vielleicht auch daher kam, dass sie sich selbst ein wenig für ihre Fügsamkeit hassten. Diese Reaktion war bei allen Paaren gleich.

Ich verließ den Park gegen zwanzig Uhr in großer Zufriedenheit. Manchmal weiß ich selbst nicht, ob ich es zu weit treibe mit den Forschungen für meinen Beruf. Wenn ich aber sehe, dass sie nicht vergeblich sind, dass ich zu neuen Erkenntnissen komme, bin ich zufrieden.

Es war ein Mittwoch, als ich meinen Plan ausführte. Gegen neunzehn Uhr war ich im Jakob-Kaiser-Haus, trug den übergroßen Anzug, schritt zügig aus. Ich trieb mich im dritten Stock herum, bis ich Anna Tauert den Gang entlangschlendern sah. Dann eilte ich durch das Treppenhaus in den ersten Stock. Sie sollten nicht sofort unterbrochen werden. Der Kuss sollte sich schon in seiner ganzen Schönheit entfaltet haben. Ich drückte den Knopf, ich war ein bisschen nervös. Ich wusste, dass mein Test im Park unter anderen Bedingungen stattgefunden hatte, als ich hier vorfand, dass Schilf und Tauert womöglich schon häufiger unterbrochen worden waren und eine gewisse Routine darin hatten. Aber so weit ich das bis jetzt verfolgt hatte, sahen sie sich nicht oft, und jeder Kuss musste ihnen viel bedeuten. Der Aufzug kam, die Tür fuhr langsam zurück. Dadurch hatten sie eine Menge Zeit, sich zu sammeln. Die Ergebnisse von Teil eins meines Tests konnte ich vergessen. Ich sah nichts. Sie standen einen Schritt auseinander, guckten mich beide freundlich an, er freundlicher als sie. Ich nickte, Schilf nickte zurück, sie nicht.

Bei ihr meinte ich eine leichte Röte auf den Wangen festzustellen, aber das Licht im Aufzug war nicht gut. Es bedeutete nichts. Keine Spuren von Lippenstift bei ihm. Sie trug keinen, sah ich jetzt, und nahm das eher als kleine Bestärkung für meine Theorie. Wenn sie in den Aufzug stieg, um ihn zu küssen, wäre es Irrsinn gewesen, Lippenstift aufzutragen. Sie war tatsächlich genauso groß wie er.

Ich trat in den Aufzug. Beide machten einen halben Schritt zur Seite, er nach links, sie nach rechts, so dass ich in der Mitte stand. Die Tür schloss sich. Es fiel kein Wort. Ich sah auf die Knopfleiste, das zweite Untergeschoss war gedrückt. Ich blieb in der Mitte stehen, drückte keinen Knopf. Damit war die Situation klar. Ich würde sie bis in den Keller begleiten, es gab keine Hoffnung mehr, dieser Kuss war zerstört. Der Aufzug setzte sich in Bewegung, und da spürte ich es: Feindschaft, Hass von beiden Seiten. Sie stierten vor sich hin, suchten keinen Kontakt zueinander. Ich fühlte mich in den Park versetzt.

Im Kellergeschoss stiegen wir aus und gingen in die Tiefgarage. Ich ging immer weiter, zügig, bestimmt, als wollte ich zu meinem Auto. Dann stellte ich mich an die Fahrertür eines Autos, das so stand, dass ich zur Tür vom Aufzug zurückschauen konnte. Schilf war weg. Sie stand da, als rauche sie eine Zigarette, aber sie rauchte nicht.

Als sie gegen halb neun Uhr das Jakob-Kaiser-Haus verließ, folgte ich ihr. Sie nahm eine U-Bahn nach Moabit. Ich stellte mich so, dass ich ihr Gesicht betrachten konnte. Sie hat verschieden große Augen, das sah ich zuerst. Grüne Augen. Das linke Lid hängt ein wenig tiefer als das rechte, Spuren von Sommersprossen. Das Thema dieses Gesichts ist Übereinstimmung. Ich sah eine hohe Bereitschaft, das Leben, das sie hat, gut zu finden. Man hat ihr Sicherheit mitgegeben. Ich vermute als Elternhaus ein Reihenhaus mit hellen Möbeln, praktisch eingerichtet, auch etwas nachlässig, weitgehend schmucklos. Sie geht jetzt spielerisch darüber hinaus, dezente Schminke, eine Perle im Ohr. Es ist auch ein Wartegesicht. Anna Tauert wartet auf etwas. Da muss noch etwas hinein in dieses Gesicht. Es muss sich noch füllen, muss Züge bekommen.

Ich folgte ihr bis zu ihrer Wohnung. Sie ging schneller als auf ihren Wegen zum Aufzug. Sie trug einen knielangen Rock, darüber einen kurzen Sommermantel mit einem Gürtel. Der Mantel war etwas zu kurz für den Rock. Ihre Taille wirkte sehr schmal, ihr Becken breit. Wahrscheinlich war das durch den Gürtel überzeichnet, ich konnte mir aber vorstellen, dass es das war, was ihr manchmal an ihrer Figur missfiel, wenn sie sich prüfend vor dem Spiegel drehte, ihr zu breites Becken.

Sie verschwand im Haus, und bald ging oben das Licht an. Ich wartete bis in den frühen Morgen, aber niemand kam. Ich wunderte mich über diese Frau. Ich konnte mit großer Gewissheit sagen, dass sie Leonard Schilf in den vergangenen zwei Wochen nicht für längere Zeit getroffen hat. Das Einzige, was sie von ihm hatte, waren diese kurzen Fahrten im Aufzug, diese schnellen Küsse, bei denen sie Angst vor Unterbrechung haben musste. Was sollte das alles?

7 Ich habe einen Ausflug mit Anna Tauert gemacht, Samstag, Sonntag. Sie war nach Görlitz eingeladen. Sie sollte ein Familienfest besuchen und am nächsten Morgen an einem «Politischen Frühschoppen» teilnehmen. Ich wusste das von ihrer Homepage. Was mich daran interessierte, war die Übernachtung. Und auf Leo Schilfs Homepage war derselbe Frühschoppen eingetragen, nicht aber das Familienfest. Wenn sie seine Geliebte war, würde er gleichwohl am Abend vorher anreisen. Da war ich mir sicher.

Ich holte sie gleichsam von zu Hause ab. Wir fuhren zusammen Bus, wir fuhren Zug, Doppeldecker, saßen oben, zweite Klasse, aber guter Blick. Flaches Land, braune Felder. Sie las Illustrierte. Ich saß ein paar Reihen hinter ihr, sah zwischen den Sitzen hindurch ihre rechte Hand blättern. Ich las nicht, ich dachte an sie, die blonde Frau, mein Wild. Ich war hier, um ihr Glück zu zerstören. Es ist nun mal mein Job, ein guter Job. Er ist nützlich. Ich lese jetzt immer so viel über Familie und dass es nicht genug Kinder gibt und so viele Scheidungen. Das ist wohl so. Ich bin einer der wenigen in diesem Land, die etwas dagegen unternehmen. Aber vom Finanzamt ist nicht das geringste Entgegenkommen zu erwarten. Man wird behandelt wie ein Staatsfeind. Darum sollten sich Anna Tauert und Leo Schilf mal kümmern.

Wir stiegen aus, standen gemeinsam auf einem Bahnsteig, warteten auf den Zug. Wir waren allein, wir und der Automat für Süßigkeiten. Sie stand davor, schaute hinein, kaufte nichts. Ich sah sie von hinten, dunkle Hose, kurzer Mantel, ein Rollkoffer. Es ist mein Schicksal, Menschen vor allem von hinten betrachten zu müssen, von hinten oder aus der Ferne. Wer Menschen nahekommen möchte, sollte nicht Detektiv werden.

Sie drehte sich um und warf mir einen Blick zu. Ich guckte versonnen auf das Gleis, ich kann nichts besser spielen als Abwesenheit. Ein Mann mit Trenchcoat, Aktenkoffer und Reisetasche. Ich hatte mich für einen Hut entschieden. Nichts ist auffälliger als ein Hut in diesen Zeiten, ich weiß, aber wenn man ein auffälliges Gesicht hat wie ich, ist ein Hut eine Ablenkung. Und wenn man ihn absetzt, ist man ein anderer. Für Observationen, bei denen mehrere Begegnungen unvermeidlich sind, ist ein Hut hilfreich.

Wir saßen wieder im Zug, sie las nicht mehr. Wir schauten beide hinaus, waren vereint in dem, was wir sahen. Sie beugte sich dicht an die Scheibe, als ein Storch auftauchte. Er stand reglos auf einer Wiese. Ich sah ihr Profil. Was für eine schöne, zarte Nase, gerade, spitz, aber ohne Schärfe. Eine perfekte Nase, würde ich sagen. Sie strich ihr Haar zur Seite.

Verachte ich die Frauen, die mit den Männern meiner Kundinnen Ehebruch begehen? Hasse ich sie? Nein. Ich will nur, dass sie aufhören damit. Ich habe manche dieser Frauen nackt gesehen, schöne Frauen, ich habe sie in den

Momenten ihrer höchsten Lust gesehen, aber ich konnte, abgesehen von einer schlimmen Phase, immer nur denken, dass das aufhören muss, aufhören wird, denn wenn ich es sehe, ist es schon zum Beweis geworden. Ich bin kühl in den Momenten, wenn ich den Auslöser meiner Kamera drücke, kein Zögern, ein Finger senkt sich auf einen Knopf, leichter Druck, fast zart. Danach kommt Phase zwei. Eine Ehe wird gerettet oder zerstört. Gerettet ist mir lieber, aber in jedem Fall ordnen sich Verhältnisse. Klarheit, Wahrheit – das ist es, was der Detektiv zur Welt beiträgt. Die Politik könnte jemanden gebrauchen wie mich.

Ich folgte ihr zum Hotel, nahm dort ein Zimmer und ging mit ihr und den Leuten, die sie abholten, zum Festzelt, ohne Hut, mit Bart. Ich hasse es, mir einen Bart anzukleben, ich komme mir kindisch vor, aber manchmal ist es notwendig. Jeans, kariertes Sakko. Ich sah fürchterlich aus.

Eine Blaskapelle spielte, als Anna mit ihrer Begleitung ins Festzelt schritt. Sie wurde an einen Tisch an der Bühne gebeten. Das Zelt war voll, ich fand knapp Platz in einer hinteren Ecke und saß unbequem mit Gesäßkontakt nach rechts und links. Eine Weile spielte nur Musik, ich sah Anna nicht. Bier, Spießbraten, Schweiß, Hitze, großes Gesichterglühen. Ich mag solche Versammlungen nicht, der Mensch ist in Ballung nicht zu ertragen.

Ein paar Leute hielten Reden, sie grüßten und grüßten, Namen, Namen, Funktionen. Dann stellte sich ein kleiner, runder Mann ans Pult, wenig Haare, eine spitze Nase. Er begrüßte noch einmal die, die schon mehrfach begrüßt worden waren, aber er tat es mit einer Eindringlichkeit, die sie zu Freunden machte. Erst jetzt waren sie wirklich begrüßt, erst durch seine Worte wurden sie wahrhaft anwesend. Ich hatte bis dahin nur auf Annas Auftritt gewartet, aber jetzt horchte ich auf. Wenn dieser Mann mit so wenigen Worten

Bedeutung zuteilen konnte, was konnte er dann noch? Da war etwas mit dieser Stimme, ein Wohlklang, aber auch eine Beunruhigung. Sie schlich durch das Zelt wie ein Raubtier auf der Jagd, samtpfotig, aber eben doch mit einer Anspannung und Kraft, die das Heraufziehen einer bösen Tat erahnen ließ. Das Gemurmel war verstummt, es gab nur noch diese Stimme und geballte Aufmerksamkeit.

Er erzählte Schicksale. Es entstanden Menschen, die gebeutelt waren. Ich kenne diese Geschichten von meinen Taschendieben aus dem Zoo, aber sie haben von ihren Leben nie so anrührend berichten können wie dieser Mann, dessen Tonfall ständig zwischen Schärfe und Süßlichkeit schwankte und der uns zur Anteilnahme zwang, und ehe wir das richtig merkten, war es schon eine Anteilnahme für uns selbst, weil dies keine fernen Schicksale waren, sondern unsere eigenen von morgen. Ich sah mich schon mit Zahnlücken durch die Straßen streifen und in Mülltonnen nach Pfandflaschen suchen. Ich hatte schon Mitleid mit mir selbst und wurde langsam wütend gegen jene, denen ich dieses Schicksal zu verdanken hatte, den Politikern in Berlin.

Ich bin immer bereit, wütend auf die in Berlin zu sein, aber jetzt war es mir unheimlich, weil ich in den letzten zwanzig Minuten nicht einen eigenen Gedanken gefasst hatte, sondern nur von diesem spitznasigen Mann geführt worden war. Ich sah ihn mir näher an, er war dick, aber straff, außer am Hals, wo ihm loses Fleisch über den Kragen quoll. Er trug ein dunkelblaues Sakko und eine rote Krawatte. In seinen Bewegungen war etwas Fließendes, wie bei dicken Tänzern, denen die Musik zu einer unvermuteten Leichtigkeit verhilft. Er schwitzte nicht. In seiner Stimme war jetzt die Schärfe einer Klinge. Er hatte nur kurz über den Kanzler geredet, von dem ja nichts anderes zu erwarten sei als dieses verfluchte Zahnersatzgesetz. Er sei ja längst seinen Unternehmerfreunden verfallen. Wahrhaft enttäuscht habe nur der Vorsitzende, der sich nun auch ins «neoliberale Lager davongemacht» habe. Ich hätte gerne Annas Gesicht gesehen in diesem Moment, aber ich sah nichts von ihr, saß eingeklemmt zwischen schweren Männern.

Er redete jetzt nur noch von Leo Schilf, und es war, als würde man einem Messerwerfer im Zirkus zusehen. Immer näher landeten die Messer neben Schilfs Körper, und schließlich trafen sie mitten hinein. Es war längst nicht mehr still im Zelt. Schon seit einer Weile herrschte ein Brausen, das aus einer vielstimmigen Empörung kam. Die Zuhörer, die zu Beginn der Rede erstarrt waren, zeigten längst auch körperlich Erregtheit. Sie bebten und wippten und winkten. Und wenn man erwartete, der Redner würde dem fernen Leo Schilf gleich «Verräter» zurufen, weil seine Sätze nur in diesem Wort enden konnten, dann sprang schon einer auf und schrie: «Verräter!» Der Redner selbst benutzte solche Wörter nicht. Es war, als verteile er die letzten, die tödlichen Messer, damit sich andere für ihn zu Mördern machten. Ich schwitzte, alle schwitzten außer dem Redner. Unser Schweiß tropfte vom Zeltdach zurück auf unsere Köpfe.

«Aber zum Glück», sagte der Redner, «gibt es noch Politikerinnen wie Anna Tauert, Politikerinnen mit sozialem Gewissen und dem Mut zur eigenen Meinung. Ein herzliches Willkommen für Anna Tauert, unsere Rebellin.»

Großer Applaus.

Sie stand auf. Sie trug eine Jeans und eine Jacke mit schwarzweißem Muster, erhob sich fast zögernd aus der aufgeregten Masse. Ihre Schritte waren steif, ihre Arme weit abgewinkelt. Sie schaute auf die Zuhörer, und ich kannte sie noch nicht gut genug, um ihre Blicke deuten zu können, aber es war nicht ausgeschlossen, dass Widerwillen darin lag, vielleicht Ekel. Anna schwieg, als warte sie auf Ruhe, aber es wurde nicht ruhig, weil die Leute so aufgeputscht waren. Sie wollten keinen neuen Anlauf, sondern auf der Höhe ihrer Erregung bleiben. Anna stand reglos da, noch heller als sonst, weiß fast im trüben Licht des Zeltes. Die Leute um mich herum, die lange nicht zum Trinken gekommen waren, tranken ihr Bier jetzt in großen Schlucken. Anna begann zu reden.

Wenn Ute Schilf hier gewesen wäre, dann hätte ich nach Annas Rede mein Honorar kassieren können. Ich hätte ihr nur sagen müssen: «Das war die Rebellin, die Frau, die das Zahnersatzgesetz bekämpft hat wie niemand sonst, aber haben Sie gehört, wie sie Ihren Mann verteidigt, wie sie um Verständnis für ihn geworben hat? Das kann nur Liebe. Ihr Mann hat eine Affäre mit Anna Tauert.» Eine Mappe hätte ich nicht gebraucht.

«Leo Schilf ist kein Verräter», war ihr erster Satz. Ihre Stimme flatterte dabei wie ein kleiner, aufgeregter Vogel. Plötzlich war es wieder still im Zelt. Aber es gab nur wenige Sekunden der Stille. Dann setzte das Brausen erneut ein, und diesmal war es zunächst halblaute Empörung gegen die Rednerin, bis es sich von der Rede löste, weil die Zuhörer ein Gespräch miteinander begonnen hatten, in kleineren Kreisen, teils mit eigenen Rednern. Anna redete mehr oder weniger für sich. Und für mich, muss ich zugeben. Ich habe ihr zugehört, zunächst mit der Professionalität des Detektivs, der Indizien sammelt, dann aber mit wachsender Bewunderung und Zuneigung für diese Frau, die sich so tapfer gegen den Spitznasigen und seine hundertfünfzig Verbündeten stellte. Ich habe in meinem Berufsleben einige Momente großer Liebe erlebt, mit meinen Kundinnen, von denen sich manche, noch als sie durch meine schreckliche Mappe blätterte, für ihren Mann entschieden hat. «Und doch gehört er zu mir», ist ein Satz, der zu den schönsten Schätzen meines

Berufslebens zählt. Aber Annas Rede gehört nun auch dazu, das kann ich nicht verhehlen.

Sie redete erst mit flatternder, dann mit sicherer Stimme. Ich würde nicht sagen, dass es ein brillanter Vortrag war, sie betonte gleichförmig, sie stand steif. Sie ließ sich aber nicht verunsichern durch die Unruhe, auch nicht durch gelegentliche Zwischenrufe.

So ging das eine halbe Stunde, und an meinem Tisch sprach man längst über die Bundesliga, bis sich ein Mann halb umdrehte und ein Wort mehr sagte als rief: «Fotze.»

Es entging niemandem. Es ist ein Wort, das sich Gehör verschafft. Es war einen Moment lang still im Zelt. Anna sprach nicht weiter, ich sah den Kampf, den sie mit ihrem Gesicht austrug. Das Wort war dort eingeschlagen. Sie schluckte etwas weg, sie wollte neu ansetzen, schluckte noch einmal. Das erste Geräusch, das zu hören war, war ein Lachen, das nicht heraussollte und deshalb zum Prusten wurde. Es kam von einer Frau, die mir schräg gegenübersaß. Ich hörte andere prusten, erste Lacher. Ein paar Leute lachten jetzt. Es war verschiedenes Lachen, Schadenfreude, Verachtung, die Freude daran, etwas Unerwartetes erleben zu können, auch die Freude daran, sich endlich, nach diesem Wort, einen Blick zwischen die Beine dieser jungen, hübschen Frau vorstellen zu dürfen. Wer nicht lachte, starrte Anna an. Auf einmal war sehr viel Lust im Zelt, Lust an Blamage, Entblößung, Spektakel. «Fotze» ist ein Wort, das eine Welt verändern kann.

Am Abend saßen wir zusammen im Restaurant unseres Hotels. Wir saßen natürlich nicht an einem Tisch, sondern weit auseinander, aber wir waren die letzten Gäste und deshalb waren wir dort doch irgendwie zusammen. Sie hatte mit den Leuten, die sie vom Bahnhof abgeholt hatten, gegessen. Es war ein Essen, bei dem nicht viel gesagt wurde und das nicht lange dauerte. Ich las beim Essen, später holte ich mein Laptop hervor und tat, als würde ich arbeiten. In Wahrheit spielte ich Poker, ein kleines Laster von mir. Als die Leute weg waren, holte auch Anna ihren Laptop aus ihrem Zimmer. Sie trank Wein und schrieb. Aber sie schrieb nicht lange. Sie blickte bald von ihrem Laptop auf und blickte ins Leere. So saß sie eine Weile, und ich fragte mich, woran sie dachte. An Leo? An den Tag heute? Ich versuchte, nicht zu ihr zu schauen. Als ich doch schaute, weinte sie. Ich stand auf und gab ihr mein Stofftaschentuch. Das habe ich gemacht, obwohl ich das nicht machen sollte. Sie nahm es mit einem Lächeln und tupfte sich die Wangen ab. Es war dasselbe Stofftaschentuch, das ich Ute Schilf gegeben hatte, ein Erbstück, es trägt das Monogramm meines Vaters, alter, schwerer Stoff. Ich stand vor ihr mit meinem Bart und schämte mich mehr für den Bart als für den Verrat, den ich begangen hatte. Sie gab mir das Taschentuch zurück. Als sie mir den Arm mit dem Taschentuch entgegenstreckte, sah ich blaue Adern unter ihrer hellen Haut. Es wurde kein Wort gewechselt, ich ging zurück zu meinem Platz. Sie lächelte mir noch einmal zu, dann senkte sich ihr Blick wieder auf das Laptop.

Später habe ich an ihrem Zimmer gehorcht und gewacht. Niemand kam. Der Frühschoppen mit Leo Schilf fand nicht statt, ich weiß nicht, warum. Anna ging unbegleitet zum Bahnhof zurück. Das heißt, ich war natürlich bei ihr, ohne Bart, ohne Hut, sehr großer Abstand. Ich glaube nicht, dass sie mich gesehen hat, auch nicht im Zug. Aber ich sah sie. Die ganze Rückfahrt sah ich ihr blondes Haar zwischen den Stuhllehnen. Ich glaube, dass sie geschlafen hat.

Nach dieser Reise wusste ich, dass Ute Schilf ihren Mann nicht zu Unrecht verdächtigt. Aber ich hatte nichts in der Hand. Die Kussgeschichte, die Rede, all das taugte nichts für die Mappe. Deshalb bin ich jetzt hier. Deshalb sitze ich in dieser Wohnung, zu der ich mir Zutritt verschafft habe. In die ich eingebrochen bin. Ich muss es zugeben: Ich habe bis jetzt keinen guten Job gemacht. Ich habe meine Pistole verloren, ich habe mich von einer Fernsehkamera erwischen lassen, ich hätte fast einen harmlosen Kerl zu Boden gerissen. Irgendwie komme ich nicht klar mit der Politik. Sie macht mich nervös. Wie soll man Leute beobachten, die es gewohnt sind, beobachtet zu werden, und deshalb das, was sie verbergen wollen, äußerst geschickt verbergen? Aber erwischt habe ich sie doch. Mit einem Einbruch. Kein Wort davon zu Ute Schilf.

Es regnet. Es ist ein dünner Regen, man sieht ihn kaum in der Dunkelheit. Man sieht ihn nur unter den Laternen. Als wären es Duschen, die goldenes Wasser regnen lassen. Ich muss hier weg. Gleich stehen die Busfahrer der Frühschicht auf. Dies ist eine Gegend für Busfahrer. Ich will nicht erwischt werden, wenn ich aus Annas Wohnung komme. Aber eins muss ich noch wissen, den letzten Stand. Die letzten Mails haben sie vor zwei Tagen ausgetauscht. Ich gehe zum Posteingang, öffne eine Mail mit dem Betreff «Rede»: «Ich habe Angst.»

Nur das, drei Wörter. Es ist drei Uhr achtzehn, wahrscheinlich hat er an seiner Rede für den Parteitag geschrieben. Sie hat ihm noch geantwortet. Sie hat gewusst, dass er an seiner Rede schreibt, und sie hat gewartet, bis sie noch etwas von ihm hört. Sie hat wahrscheinlich eher an einen Gruß zur Nacht gedacht, etwas Liebevolles, einen elektronischen Kuss, so in der Art. Aber: «Ich habe Angst.»

Wenige Minuten später die Antwort: «Dir kann nichts passieren, ich liebe dich.»

Er antwortet nicht. Nach einer halben Stunde schreibt

sie: «Das werden sie sich nicht trauen, du bist wichtig für sie, nur du kannst diese Partei führen. Jeder weiß das.»

«Hoffentlich.»

«Ich wünsche mir ein Wort von dir, nur ein Wort. Es ist nicht leicht, dieses Wort in einer Rede vor dem Parteitag unterzubringen, ich weiß, aber ich wünsch es mir so, dass da ein Wort nur für mich ist. Bitte, ja? Versprichst du es mir?»

Er will erst nicht, er fürchtet sich vor diesem Wort, die wichtigste Rede seines Lebens, die Rede, die über sein politisches Schicksal entscheidet, und er soll irgendein dummes Wort unterbringen. Will er nicht. Dann endlich: «Na gut. Welches Wort?»

«Oktopus.»

«Warum Oktopus?»

«Ich mag es nicht, dass du von den wenigen Stunden, in denen wir ein Liebespaar sind, ein ganz normales Liebespaar, das Wichtigste vergisst. Fast ein normales Liebespaar, muss man sagen, denn küssen dürfen wir uns ja nie in der Öffentlichkeit, um Himmels willen niemals küssen, es könnte ein Fotograf in der Nähe sein oder eine Freundin deiner Frau. Gott schütze uns vor den Freundinnen deiner Frau. Wir haben uns nicht öffentlich geküsst auf der Abgeordnetenreise nach Barcelona, aber wir haben in diesem kleinen Restaurant gesessen, abseits der Touristenpfade natürlich, zur Kathedrale konnten wir ja nicht wegen der deutschen Touristen, aber es war ein schönes, kleines Restaurant, und du hast Oktopus auf galizische Art gegessen, wenn du dich erinnerst, weißen Oktopus mit rotem Paprika, und du hast mir zum ersten Mal gesagt, dass du dir ein Leben mit mir vorstellen kannst, nicht dass es dazu gekommen ist, zu diesem Leben, aber ich weiß seitdem, dass du es dir vorstellen kannst, und mir bedeutet das etwas, wie du dir vielleicht denken kannst, wenn du mal die Zeit findest, an mich zu denken. Ich denke seitdem ständig dieses Wort, ich habe es im Brockhaus nachgeschlagen. Es ist griechisch und heißt Achtfüßer. Krakenart. Du hast Oktopus gegessen, als du mir die Sätze gesagt hast, die mir am meisten bedeuten. Und deshalb: Oktopus.»

Er geht nicht mehr darauf ein. Sie verabreden sich für die Nacht des zweiten Tages im Delegiertenhotel, in ihrem Zimmer. Meine Chance auf ein Foto.

Ich hole meinen USB-Stick aus der Brusttasche und kopiere den gesamten Posteingang und den ganzen Postausgang. Und die Entwürfe kopiere ich auch. Dann schalte ich den Computer aus und verlasse ihr Arbeitszimmer. Ich fahre noch in dieser Nacht nach Bochum zum Parteitag. Zwar dürften die Mails als Beweis reichen, aber eine richtig schöne Arbeit ist nur eine Arbeit mit einem Foto. Meine Kundinnen wollen Fotos. Ich hoffe, dass ich für Ute Schilf ein schönes Foto schießen kann.

Ich bin schon an der Tür, als ich innehalte und noch einmal zurückgehe. Ich gehe in Annas Schlafzimmer. Ich lege mich auf ihr Bett, auf den Rücken, die Hände sind unter dem Kopf verschränkt. Die Füße ragen über den Rand. So liege ich eine Weile. Ich denke nicht viel. Eigentlich sehe ich immer nur das eine Bild, Anna im Zelt. Nach diesem unsäglichen Wort, das ihr an den Kopf geflogen ist, hat sie weitergeredet. Sie hat nicht aufgehört, Leo Schilf zu verteidigen, noch eine Viertelstunde lang in dem Gelächter und der Unruhe. Die anderen im Zelt sahen eine weitere Verräterin. Ich sah große Liebe.

II

1 Er steht auf, er sitzt ganz außen, es sind nur wenige Schritte bis zum Pult, er trägt sein Manuskript bei sich. Er legt sich die Blätter zurecht, streicht mit den Fingern die Kanten glatt. Er hat noch nicht in den Saal geschaut. Jetzt nimmt er das Glas, das vor ihm steht, eine hastige Bewegung zum Mund, er trinkt langsam, sein Adamsapfel tanzt bei jedem Schluck, und man sieht, dass er durch das Glas in den Saal schaut, als brauche er das Glas zum Schutz, als wolle er das alles nur verschwommen wahrnehmen. Seine Augen sind groß und fischig hinter dem Glas. Ich stehe vorne im Pulk der Kameraleute, schon schmerzt eine Rippe. Das Glas ist leer, er senkt den Arm, langsam erst, dann lässt er es fast fallen, es landet hart auf dem Pult, ein Knall, der die Stille im Saal aufsprengt. Seine Haut glänzt. Jetzt streicht er mit der flachen Hand über sein Manuskript, mehrmals. Er schaut auf, schaut in den Saal. In der ersten Reihe sitzt seine Frau. Anna sitzt hinten bei den Delegierten aus Thüringen. Ich beobachte, ob er nach ihr schaut, aber sein Blick ist unbestimmt. Die großen Lippen öffnen sich. Wie zum Kuss, muss ich denken. Sie schließen sich wieder. Er trinkt noch einmal. Dann beginnt er.

«Liebe Genossinnen, liebe Genossen.»

Ich gehe zurück zu den Pressesitzen, ich gehe so, dass ich an Anna vorbeimuss. Ich sehe sie nahe beim Gang sitzen, sie schaut ihn nicht an. Ihre Arme liegen verschränkt auf dem Tisch, ihr Rücken ist gebeugt, ihr Mund ist gegen den Unterarm gepresst. Es sieht aus, als würde sie an ihrer Haut saugen, ihrer hellen Haut.

Er liest seine Rede vom Blatt. Er hält sich fest an den Buchstaben, die er sich aufgeschrieben hat. Zehn Minuten höre ich zu, das Wort Oktopus fällt nicht. Es wäre mir nicht entgangen. Ich habe Solidarität gehört, Freiheit, Gerechtigkeit, all das. Aber nicht Oktopus. Ich klappe meinen Computer auf, höre Schilf nur noch mit halbem Ohr zu. Ich lese die Mails, beginne mit dem Anfang ihrer Liebe. Es war Leo Schilf, der das Spiel begonnen hat.

«Habe ich dich erschreckt?»

Das ist der erste Satz, so beginnt ein Betrug.

«Habe ich dich erschreckt, liebe Genossin?»

Er wiederholt den Satz, er scheint ihm gefallen zu haben.

«Es tut mir leid. Der Kanzler hatte den Vorschlag gemacht, dass wir uns an deinen Tisch stellen. Die steht da ganz allein, hat er gesagt. Gehen wir lieber hin, bevor sie traurig wird. Bei uns soll keiner traurig sein, schon gar nicht ein so hübsches Mädchen. Du hast kurz gezuckt, du hast fast nichts gesagt. Unser Kanzler kann manchmal ganz schön einschüchternd sein, ich weiß. Ich wollte dir nur sagen, dass es nicht meine Absicht war, dich zu erschrecken. Ich hoffe, du bist gut angekommen in Berlin und es geht dir gut. Lass es mich wissen, wenn es dir an etwas fehlt für eine erfolgreiche Arbeit. Glückauf, Leo.»

Macht man so Frauen an? Ich bin sonst nie dabei, wenn eine Affäre beginnt. Ich komme immer später ins Spiel, wenn sie schon läuft. Dann kriege ich eine Menge mit, aber von Anfängen weiß ich wenig. Zu den meisten Frauen, die ich hatte, fällt mir ein, dass man irgendwann im Bett lag. Neringa ist mehr oder weniger eine berufliche Bekanntschaft, bei der sich der erste Satz aus der Situation ergab.

«Bitte, wehren Sie sich nicht, es ist sinnlos.»

Das ist mein Standardsatz. Er wirkt nicht immer, bei Neringa hat er gewirkt. Eigentlich wäre es auch ein schöner erster Satz für die Liebe. Ein Satz, der Mut erfordert, der aber auch etwas Großes begründen kann.

Anna antwortet nicht sofort. Wahrscheinlich hat sie sich gewundert über diese Mail. Wahrscheinlich hat sie über die Motive gerätselt. Er hatte nichts getan, wofür man sich entschuldigen muss. Erst am späten Nachmittag schreibt sie zurück.

«Na ja, es war schon komisch, plötzlich neben dem Bundeskanzler und dem Parteivorsitzenden zu stehen, aber erschrocken habe ich mich nicht. Der Kanzler ist ja richtig nett, mit dem kann man ganz normal reden, das heißt, man kann ihm ganz normal zuhören, wenn er redet. Danke für das Angebot, im Moment fehlt es an so vielem, dass ich gar nicht weiß, woran es mir genau fehlt, an Orientierung wahrscheinlich. Es ist komisch, plötzlich durch diese Gänge zu gehen und dazuzugehören, etwas tun zu können für die Wähler und das Land, wenn man das überhaupt kann, aber ich werde es versuchen. Herzlich, Anna.»

Er wartet einen Tag, bevor er wieder schreibt.

«Man kann etwas tun, glaube mir. Wir haben die Wahl gewonnen, und jetzt werden wir regieren. Ich glaube, es wird eine Menge passieren in dieser Legislatur, und es ist gut, dass wir nun so viele junge Abgeordnete haben, Leute mit Elan und frischem Mut, die etwas anpacken, die sich etwas trauen. Es ist schön, dass du dabei bist.»

Sie reagiert nicht. Nach drei Tagen meldet er sich. Es geht um Politisches. Sie antwortet knapp. Über drei, vier Wochen schreiben sie sich politische Mails. Er schreibt ihr über die Koalitionsgespräche, die Kabinettsbildung. Sie erfährt immer ein bisschen mehr, als in den Zeitungen steht.

Sie freut sich darüber, stellt Fragen, gibt gern die Ratschläge, um die er sie bittet. Dann lädt er sie auf einen Kaffee in sein Büro ein. Sie wollen über Afrika reden, Afrika soll Annas Spezialgebiet werden.

«Danke für dieses schöne Gespräch», schreibt er danach. Sie antwortet nicht.

Kurz darauf verabschiedet er sich, weil er für ein paar Tage mit einer Parlamentsdelegation nach Indien reist. Diese Mail endet mit den Worten: »Gerade jetzt möchte ich nicht weg.»

Es ist nicht klar, was er damit meint.

«Gute Reise», schreibt sie.

Am übernächsten Morgen findet sie eine Mail mit dem pompösen Betreff «Indisches Tagebuch I (Delhi)». Schlawiner. Kriegt man so Frauen rum, mit einem indischen Tagebuch?

«Liebe Anna, es ist vier Uhr morgens, aber ich schlafe nicht. Mein Schlaf ist zu Hause geblieben, in Berlin, glaube ich. Ich sitze am Fenster meines Hotelzimmers und schaue hinunter auf den Pool. Niemand schwimmt. Es war ein schlimmer Tag. Ich habe hundert Leute getroffen, aber niemanden kennengelernt. Ich habe fünfzehn Orte aufgesucht, bin aber nirgendwo gewesen. Delhi, Indien. Ich bin in Delhi, aber Delhi ist weit weg. Ich habe es durch die getönte Scheibe des BMWs von der Botschaft gesehen. Oder war es ein Audi? Meistens habe ich in das Gesicht des Botschafters geschaut, hager, gelb, starker Raucher. Er hat mich auf eine Kuh aufmerksam gemacht. Wenn ich nicht im BMW (Audi) gesessen habe, habe ich in Büros gesessen und Gespräche geführt mit Leuten, die alle Stellvertreter waren, Vize, immer Vize. Parlamentspräsident, Parteivorsitzender, Regierungschef, alle Vize. Ich weiß nicht, ob sie die Verführungen der Macht in Indien dadurch ausschalten, dass sie alle Politiker höchstens Stellvertreter werden lassen. Soll ich das Fred mal vorschlagen, dass er künftig nur noch Vizekanzler ist? Oder nehmen die mich nicht ernst und lassen mich deshalb nur mit Stellvertretern sprechen? Am Abend hat der Botschafter einen Empfang gegeben, zweihundert Leute waren da, aber höchstens fünf Inder, und nur einer mit Turban. Ich habe gesagt, was ich den ganzen Tag in den Büros gesagt habe: ‹Unser Sozialstaat ist ein Exportmodell, Indien kann einen Teil seiner Probleme mit der solidarischen Sozialversicherung lösen.› Die Inder wackeln seltsam mit dem Kopf, wenn man ihnen etwas sagt. Es ist wie eine Mischung aus Ja und Nein. Beim Empfang gab es Weißwürste aus Lammfleisch, denn mit Kalbfleisch geht es ja nicht in Indien. Aber warum Weißwürste? Warum müssen sie immer so tun, als sei Bayern Deutschland? Ich glaube, jetzt geht jemand schwimmen, eine Frau, glaube ich. Es ist 4.31 Uhr. Das sagen die grünen Leuchtziffern am Fernseher. Es grünt so grün, wenn Spaniens Blüten blühn. Wir haben *My fair Lady* mal bei uns am Gymnasium aufgeführt, ich war der Professor und in Eliza verliebt, ich meine richtig, in das Mädchen, das Eliza gespielt hat. Das Lied habe ich so gründlich auswendig gelernt, dass es mir immer wieder durch den Kopf spukt, sogar wenn ich beim Kanzler bin. Es grünt so grün, wenn Spaniens Blüten blühn beim Kanzler. Aber das musst du für dich behalten, das ist ein Geheimnis. Versprichst du mir das? Jetzt springt sie ins Wasser. Sie sieht ein bisschen aus wie du aus der Ferne, so schmal und doch so weiblich. Entschuldige. Ich bin sehr müde. Die stellvertretenden Inder haben gesagt, dass sie alles tun werden, um das Wachstum zu fördern. Sie bräuchten Wachstum, Wachstum, Wachstum. Sieben Prozent haben sie schon. Sie haben mich gefragt, warum unser Wachstum so niedrig ist und die Arbeitslosigkeit so hoch. Die Frau schwimmt mit langen Zügen, elegant, geschmeidig. Jetzt schwimmt sie durch den Mond, der sich im Wasser spiegelt. Ich vermisse Berlin. Dein Leo.»

Einsame Männer. Ich kenne diese Briefe. Ich habe einige von ihnen abgefangen und in Mappen gelegt, Kopie ins Archiv. Je weiter Männer weg sind, desto offener werden ihre Briefe. Oder desto peinlicher? Ich bin mir nicht sicher. Liebe ist nur peinlich für den, der nicht liebt. Wenn Männer weit weg sind, trauen sie sich, offenherzig zu sein, weil die Entfernung wirkt wie ein Schleier, als schrieben sie aus dem Verborgenen. Ich bin gespannt auf das «Indische Tagebuch II». Anna äußert sich nicht.

«Indisches Tagebuch II (Bangalore): Wusstest du, dass Bangalore im Bundesstaat Karnataka liegt? Das Beste an Bangalore ist, dass man zehnmal am Tag Karnataka sagen kann. Karnataka. Karnataka.» Spinnt er jetzt komplett? Verliebtheit macht uns zu Kindern. «Sag mal Karnataka.»

Sie antwortet. «Karnataka.»

«Heute waren wir bei all den indischen Firmen, die unsere Probleme lösen, während wir schlafen. Die arbeiten für Siemens, für Daimler, für SAP. Die können alles machen, was sich digitalisieren lässt, und die Leute, die es machen, machen es für vierhundert Dollar im Monat. So schaffen sie uns Probleme, indem sie unsere Probleme lösen. Ich war beim Gouverneur von Karnataka, es gab einen Empfang, und ich habe die Rede gehalten, die ich schon in Delhi gehalten habe. Kaum Applaus. Am Abend hatte ich frei, endlich mal frei, und ich habe mich an den Hotelpool gelegt. Ich war auch schwimmen. Ich muss mehr tun, ich bin zu dick. Dann lag ich am Pool auf meiner Liege, aber es gibt keine Ruhe für uns. Ich lag keine fünf Minuten, da kam ein Mann, den ich schon tagsüber gesehen hatte. Er war bei einigen Terminen dabei, ein Mann in einem dunklen Anzug und mit einer gestreiften Krawatte. Er setzte sich auf die Liege neben mich, ohne zu fragen. Ich mag es nicht, wenn mich Deutsche in einer Badehose sehen, irgendwie mag man das nicht als Partei- und Fraktionsvorsitzender. Aber er setzte sich einfach da hin und stellte sich als Repräsentant der Deutsch-Indischen Handelskammer vor. Er vertrete hier die Interessen der deutschen Wirtschaft und helfe bei Geschäften und Ansiedlungen.

‹Ich habe heute Ihre Rede gehört›, sagte er. ‹Ich bin da anderer Meinung. Schauen Sie sich die Inder an, wollen Sie, dass Ihre Kinder in einer Welt leben, die von Indern beherrscht wird? Wollen Sie, dass Ihre Kinder in Firmen arbeiten, wo Inder die Chefs sind? Oder Chinesen? Wollen Sie, dass unsere Städte nur noch Museen sind, in denen sich reiche Inder und Chinesen vergnügen, während Ihre Kinder zu kargen Löhnen Karten abreißen und Kaffee bringen? Wollen Sie das? Das sind ruppige Leute. Indien ist nicht sanft. Die Rucksacktouristen meinen, dieses Land sei wie Gandhi, sei wie Bhagwan. Aber so ist Indien nicht. Die Inder wollen Geld machen und sie nehmen keine Rücksicht. Die lassen ihre Landsleute auf den Straßen verrecken. Was meinen Sie, was die mit unseren Kindern machen, wenn sie erst mal reich genug sind, um die Welt zu beherrschen?›

‹Und was empfehlen Sie uns?›, habe ich ihn gefragt.

‹Hören Sie auf, unseren Sozialstaat als Exportmodell anzupreisen. Wir sind kein Vorbild mehr. Schauen Sie nach Indien, nach China, schauen Sie sich an, was dort gemacht wird. Schauen Sie, wie man eine Wirtschaft in Fahrt bringt, wie man sieben, acht Prozent Wachstum hervorbringt. Werfen Sie Ballast ab, runter mit den Sozialkosten. Weg mit diesen Totalversicherungen, Schluss mit diesem Totalversichertendasein. Wer keine Risiken hat, wird träge.›

‹Wir sollen also werden wie die Inder und Chinesen, damit wir nicht von Indern und Chinesen beherrscht werden?›

‹Um den Kern unserer Welt zu bewahren, müssen wir sehr viel ändern, jawohl.›

‹Aber was ist der Kern? Der Kern ist unser Sozialstaat. Der Kern ist die Solidarität. Der Kern ist, dass jeder in Würde leben können soll. Da können wir nichts von Indern und Chinesen lernen.›

‹Würde? Fragen Sie mal die Arbeitslosen in Deutschland nach Würde. Wie viele sind es gerade? Schon fünf Millionen?›

Er stand auf, liebe Anna. Er schwitzte stark. ‹Denken Sie mal drüber nach›, sagte er.

Ich habe den Kanzler angerufen. Grainauer hat mir geschrieben, dass es eine Klausur von Leuten aus dem Kanzleramt gegeben hat. Die haben irgendetwas vor, hat er geschrieben. Der Kanzler war gut gelaunt und hat mich gefragt, was ich so erlebe in Indien. Ich habe ihm ein bisschen erzählt und ihn dann gefragt, was in der Klausur besprochen wurde. Er hat gelacht. Unser Gespräch werde doch bestimmt vom indischen Geheimdienst abgehört, und die Inder dürften auf keinen Fall wissen, was in der Klausur besprochen wurde. Wir wollten sie nicht jetzt schon warnen. Ich solle alles erfahren, wenn ich wieder in Berlin sei.

So war das heute, liebe Anna.»

Nichts zu ihr, keine Anspielung, kein Flirt. Es ist acht Uhr morgens, als sie diese Mail erreicht. Sie schreibt prompt zurück: «Welche Farbe hat die Badehose?»

«Dunkelblau.»

«Ich habe dich gestern gegoogelt. Was ist eigentlich ein Kurzwarenladen?»

Er schreibt ausführlich zurück, er kann immer noch nicht schlafen. «Ein Laden für Garne, Knöpfe und so weiter. Ich habe den Kurzwarenladen geliebt, als ich ein Kind war. Es gab nichts Schöneres in meinem Leben als die eine

Stunde, die mir täglich gewährt wurde, dort zu verbringen. Meine Mutter gab die Aufträge der Kundinnen an mich weiter, und nichts tat ich lieber als an die Holzschränke mit den Hunderten von Schubladen zu treten und die gewünschte Ware herauszusuchen. Wir hatten einen ganzen Schrank voller Knöpfe. An den flachen Schubladen war außen ein Muster befestigt, und drinnen fand ich die Knöpfe im Dutzend auf Pappen gebunden. Wir hatten Schränke voller Rollen mit Garnen, Holzrollen für Zwirn, Papprollen für Baumwolle. Aber nichts war so herrlich wie die Schublade mit Gütermanns Seidengarnen. Es war ein eher düsterer Laden, aber wenn ich diese Schublade öffnete, dann funkelten mich fünfzig Farben an. Ich liebte Kundinnen, die nach Seidengarn fragten. Sie gaben mir Gelegenheit, die Sonne aufgehen zu lassen. Ich mochte es auch, meinem Vater bei der Arbeit zuzusehen. Er saß im Hinterzimmer und hat Monogramme auf die Bezüge von Kissen und Decken gezeichnet. Unsere Kundinnen brachten die Aussteuer der Töchter zu uns, wenn die Hochzeit bevorstand. Wir hatten dünne Messingschablonen mit allen Großbuchstaben, und mein Vater zeichnete damit die Monogramme an. Er tat das, wie alles, mit äußerster Gewissenhaftigkeit, ein lautloses Pfeifen auf den Lippen. Nachdem er die Buchstaben mit schwarzer Tinte aufgetragen hatte, spritzte er Spiritus auf die Bezüge, damit die Tinte nicht verwischt werden konnte. Wenn die Buchstaben aufgezeichnet waren, brachte mein Vater die Bezüge mit den gewünschten Garnen zu unseren Stickerinnen, die sie in Heimarbeit aufstickten, für Pfenniglöhne übrigens. Der Höhepunkt des Jahres aber war der Tag, an dem, unangemeldet, der Mann kam, der unsere Meterstangen kontrollierte. Wir hatten drei Holzstangen, mit denen meine Eltern Bänder und Zackenlitze abmaßen. Die Stangen mussten exakt einen Meter lang sein, und ich wusste genau, dass sie einen Meter lang waren, und doch hing jedes Mal eine große Spannung über den Minuten, in denen der Mann vom Eichamt in unserem Laden war. Was, wenn das Holz geschrumpft war infolge der Feuchtigkeit eines regnerischen Sommers? Was, wenn ein Schuft die Stangen heimlich ausgetauscht hatte, um Verderben über meine Eltern zu bringen? Ich sah in diesen Minuten meinen Vater bei Wasser und Brot im Gefängnis sitzen. Der Kontrolleur, ein dicker Mann mit Schnurrbart, hatte selbst eine Stange dabei, die er aus einem Samtsäckchen zog. Dann holte er einen kleinen Spiritusbrenner und einen Stempel mit der jeweils aktuellen Jahreszahl aus seiner Ledertasche. Er legte das auf unseren Ladentisch und ging sich die Hände waschen. Er verstand es, der Prüfung eine gewisse Feierlichkeit zu geben. Einen Vorgang, der theoretisch dreißig Sekunden in Anspruch nahm, dehnte er auf fünf Minuten, fünf Minuten äußerster Spannung bei mir. Und wie erleichtert ich war, wenn die Enden von unseren Meterstangen mit den Enden der Prüfstange genau übereinstimmten. Dann kam der eigentliche Höhepunkt: Der Kontrolleur entflammte den Spiritusbrenner und erhitzte den Stempel, bis er rot glühte, und brannte die jeweilige Jahreszahl in das Holz unserer Stangen. Anschließend machte er sich einen Spaß daraus, mich mit der Hilfe zweier Meterstangen zu vermessen und meine Fortschritte beim Wachstum zu loben.»

«Warum hast du nicht den Kurzwarenladen übernommen? Du könntest ein wunderbares Leben haben.»

«Karnataka», schreibt er.

«Karnataka», schreibt sie zurück.

Er antwortet nicht. Vielleicht ist er in Ohnmacht gefallen vor Müdigkeit. Vielleicht ist er beleidigt wegen ihres Vorschlags. Der nächste Tag vergeht ohne Botschaften. Am nächsten Morgen kommt die Mail «Indisches Tagebuch III

(Varanasi): Weißt du, dass ich schon mal in Varanasi war vor langer Zeit? Ich war Anfang zwanzig und bin mit einem Freund durch Indien gereist. Das heißt, eigentlich wollten wir nur durch Rajasthan reisen, das liegt ganz im Osten in der Wüste. In Pushkar haben wir zwei Mädchen aus Dänemark getroffen, die eine schön, die andere nicht. Wie das so ist. In Pushkar gibt es einen See, drum herum weiße Häuser. Es gibt da ein Café am Wasser, man kann Mango Lassi bestellen. Mango Lassi Special ist mit Haschisch. Wir haben Special bestellt. Das schöne Mädchen hat sich für meinen Freund entschieden, und ich habe die Nacht im Freien verbracht, nicht bei dem anderen Mädchen. Am nächsten Morgen sind die beiden abgereist, wie geplant. Mein Freund hat den ganzen Tag nichts gesagt, und dann hat er mich am folgenden Morgen um fünf Uhr geweckt. Sein Rucksack war schon gepackt. Ich muss sie wiedersehen, hat er gesagt. Und wie willst du sie in Indien finden, unter einer Milliarde Menschen?, habe ich ihn gefragt. Sie hatte ihre Haare schwarz gefärbt. Es war ihm egal. Er wusste nur, dass sie nach Varanasi wollten, etwa zweitausend Kilometer weiter westlich. Er war mein bester Freund, wir haben zusammen gewohnt, zusammen auf dem Bau gearbeitet, zusammen demonstriert. Du hast das alles in der Zeitung gelesen. Ich habe Steine geworfen, Gott, ja, das ist noch ein Geheimnis von mir. Sie haben es nicht herausbekommen, aber es war so. Ich habe auch getroffen. Wenn man wirft, sollte man auch treffen. Wir hatten immer wieder Mädchen, aber es hat uns nicht erwischt. Ihn hat es erwischt. Wir sind der Dänin zweitausend Kilometer hinterhergereist, in Bussen, in denen wir je zwei Inder auf dem Schoß hatten, in Zügen, in denen wir mit drei bis vier Indern auf schmalen Pritschen lagen. Drei Tage haben wir gebraucht bis nach Varanasi, wo mindestens fünf Millionen Menschen leben. Wir sind Tage und Nächte durch die Gassen gestreift und haben sie nicht gefunden. Mein Freund war wie ein Stein, kein Wort, keine Regung.

Ich habe viel an ihn gedacht, als ich heute in Varanasi war. Wir haben ein Projekt für Straßenkinder besucht und einen Scheck überreicht. Ich habe hundert Kindern die Hand geschüttelt und ich hatte Angst, dass ich davon krank würde. Diese Kinder sahen alle nicht gesund aus, und ich musste auch welche auf den Arm nehmen. Oder wollte ich welche auf den Arm nehmen? Ich weiß es nicht. Du wirst das Foto heute in den Zeitungen finden. Oder haben sie es nicht gebracht? Schreib mir bitte, wo du das Foto gesehen hast. Ich habe mir lange die Hände gewaschen.

Was ich eigentlich sagen wollte: Mein Freund hatte die Hoffnung schon aufgegeben. Wir wollten am nächsten Tag weg aus Varanasi. Am Morgen haben wir noch eine Bootstour auf dem Ganges gemacht. Man kann hier einen Kahn mit einem Ruderer mieten. Man fährt früh am Morgen, wenn die Sonne rot über dem Wasser steht. Ein paar Inder haben sich am Ufer gewaschen, unser Boot war das einzige. Dann sahen wir, dass uns ein Boot entgegenkam. Es war noch weit weg, hinten stand der Ruderer, davor saßen zwei Leute. Mein Freund hat gestarrt wie ein Irrer. Ich sah jetzt auch, dass es ein Mann und eine Frau waren, ein blonder Mann und eine schwarzhaarige Frau. Die Boote sind sehr langsam aufeinander zugefahren. Es war die schöne Dänin. Der Typ war Australier, jedenfalls trug er ein T-Shirt, auf dem ‹Australia› stand. Sie lag in seinen Armen, sie hat einmal kurz zu uns geschaut und dann nur noch zum Ufer, wo Leichen verbrannt wurden für eine rituelle Bestattung. Mein Freund hat den Blick nicht von ihr gelassen, er hat ihr nachgestarrt. Wir waren noch drei Wochen in Indien, und ich durfte sie nicht mehr erwähnen.

Aber eigentlich wollte ich noch etwas anderes sagen:

Heute Morgen haben wir auch eine solche Bootstour gemacht, und ich habe so gehofft, dass uns ein Boot entgegenkommen würde, und in dem Boot sitzt du.»

So endet das indische Tagebuch. Zwei Tage später war Leo Schilf wieder in Berlin. Nach drei weiteren Tagen kommt folgende Mail von ihr: «Danke für diese wundervolle Nacht.»

2 Ich klappe mein Laptop zu. Ich gehe mir einen Kaffee holen. Es ist leer im Foyer. Niemand steht an dem Stand mit den roten Stiften, den roten Hemden, den roten Taschen, den roten Make-up-Spiegeln. Mein Handy klingelt, es ist Neringa. «Sag mir was Nettes», sagt Neringa, und ich kann nicht, ich kann irgendwie nicht. Ich schweige, sie legt auf. Ich bestelle mir einen Kaffee.

Sie ist ein gutes Mädchen. Sie fragt mich manchmal, ob ich zu ihr komme, wenn sie babysittet. Das ist ihr Job, dreimal, viermal die Woche auf Kinder aufzupassen, meist in Dahlem, wo die Leute wohnen, die Geld haben. Tagsüber putzt sie deren Häuser. Nachts ist sie dort nicht gern allein, in diesen Villen, in denen so viel Wertvolles vermutet wird, zu Recht. Ich leiste ihr deshalb Gesellschaft, wenn es meine Zeit erlaubt, meist ohne Wissen ihrer Arbeitgeber, die es nicht schätzen, wenn der Babysitter Herrenbesuch hat. Ich komme kurz nachdem sie zu ihren Vergnügungen aufgebrochen sind. Ich sitze in einem Sessel, und Neringa bügelt. Der Fernseher läuft, mein Bier habe ich mir selbst mitgebracht. Wir reden nicht viel. Wenn ein Kind schreit, geht sie hinauf, ich mache den Fernseher leiser. Ich höre gerne zu, wenn sie Kinder beruhigt, ihre Stimme ist so sanft. Mit den ganz Kleinen spricht sie Litauisch. Auf Litauisch kann man besser beruhigen als auf Deutsch. Bald ist es still, und sie kommt zurück, bügelt weiter, immer weiter, Unmengen. Die ganze Welt wird geplättet unter Neringas Bügeleisen, auch meine Stofftaschentücher. Ich mache den Ton wieder lauter. Manchmal höre ich Neringa Wasser auf die Wäsche sprühen.

Einmal hörte ich ein Krachen an der Hintertür. Ich kannte das Geräusch. Kurz darauf standen zwei Jungs im Wohnzimmer und wollten den Babysitter überwältigen, vielleicht auch mehr. Hübsch ist meine Neringa. Viele können sich was vorstellen mit ihr, großes Mädchen, langes blondes Haar, gefärbt, wenn man ehrlich ist, aber was macht das schon. Dicke Beine, mächtiger Hintern. Die Jungs haben sich gewundert, als sie in einen Colt gucken mussten. Ich hielt den Colt in beiden Händen, Knie leicht gebeugt. Da sahen sie schon, dass nichts zu machen war, die kennen sich ja aus, solche Jungs. Ich hätte sie gern der Polizei übergeben, aber dann hätten Neringas Arbeitgeber erfahren, dass ich hier war. Es sollen zickige Leute gewesen sein, zwei Anwälte. «Verpisst euch», habe ich zu den Spinnern gesagt. Sie rührten sich nicht. Dann sagte Neringa ein paar Worte, und sie gingen. «Litauer?», fragte ich. «Russen», sagte sie und bügelte weiter. Ich war stolz auf mein Mädchen, sie hat gute Nerven, kein Geschrei, kein Blödsinn.

Wenn die Kinder fest schlafen und die Wäsche gebügelt ist, gehen wir ins Bett. Es sind gute Betten, Lattenroste, feste Matratzen, keine Kuhlen, kein Gequietsche. Man fühlt sich gleich wohl. Ich habe eine Decke mitgebracht, wir wollen nichts schmutzig machen. Hinterher streicht Neringa die Betten glatt. Keiner merkt was, keiner hat einen Schaden.

Kurz bevor ihre Arbeitgeber zurückkommen, verlasse ich das Haus und warte um die Ecke im Auto, bis Neringa herauskommt. Dann fahre ich sie heim nach Pankow. Vielleicht ist das ein Deal, was wir da miteinander haben, ich weiß es nicht. Es spielt keine Rolle, ich mag sie.

Ich habe Neringa im Zoo kennengelernt, im Nilpferdhaus. Dort ist der entscheidende Moment für die Zuschauer und den Detektiv, wenn ein Nilpferd an der Glaswand des Beckens auftaucht. Die Leute starren die ganze Zeit ins trübe, grüne Wasser und sehen nichts. Dann wird schemenhaft ein riesiger Kopf sichtbar, und alle sind aufgeregt und vergessen, auf ihre Wertsachen aufzupassen. Zack. Ich muss aber zugeben, dass ich mich auch immer wieder freue, wenn ein Nilpferd an der Scheibe erscheint, nicht nur wegen der Erfolge, die mir das beschert. Die Nilpferde laufen über den Beckenboden, und sie wirken dabei so leicht wie Vögel. Mir gefällt das.

Als ein Nilpferd an der Scheibe erschienen ist und alle abgelenkt waren, hat Neringa in eine Handtasche gelangt. Ich habe sie mir gegriffen und die Polizei angerufen. Routine. Wir haben vor dem Nilpferdhaus gewartet, und sie hat mir erzählt, dass sie vor einer Woche nach Deutschland gekommen ist und in einem Bordell arbeiten sollte, wovon sie nichts gewusst habe. Sie sei abgehauen, sie wolle ihr Geld anständig verdienen, aber sie wisse nicht wie. Sie hat geweint. Viele weinen, wenn sie mit mir warten. Man kennt auch all diese Geschichten, Geschichten vom Elend. Vielleicht sind sie wahr, vielleicht nicht. Es gibt Gründe, so ziemlich jeden Taschendieb aus Mitleid laufenzulassen. Es gibt auch Gründe, die Menschheit vor Taschendieben zu schützen. Ich habe mich immer für die Menschheit entschieden, außer bei Neringa. Ich gab ihr mein Stofftaschentuch. Ich weiß nicht, was es war, vielleicht eine Verzweiflung, die mir so ehrlich vorkam wie bei keinem anderen, den ich erwischt hatte, vielleicht ihre Schönheit. Sicherlich hatte es irgendwie mit ihrer Schönheit zu tun. Aber ich habe sie nicht erpresst. Ich habe ihr nur gesagt, dass sie mich anrufen soll, wenn sie Hilfe braucht. Ich habe ihr meine Karte gegeben, und sie ist weggegangen. Den Polizisten habe ich irgendeine Geschichte erzählt. Nach vier Tagen hat sie mich angerufen. Vor zwei Jahren war das.

Ich sitze wieder auf meinem Reporterplatz und lese Mails. Sie verabreden sich zum Küssen im Aufzug. Sie essen zusammen bei einem Italiener in Reinickendorf. Das Lokal ist so ausgesucht, dass dort weder Politiker noch Journalisten zu erwarten sind. Es kommt eine weitere Nacht, nach der Anna eine Mail mit dem Betreff «Dummheit» schreibt.

«Jetzt sage ich etwas Dummes, *something stupid*: Ich ... nein, das geht nicht, unmöglich, streng verboten.»

Er reagiert nicht. Die nächste Mail schickt sie um drei Uhr dreißig: «Total streng verboten.»

Kurz darauf: «Ich ... bin so blöd. Ich weiß genau, dass ich das nicht schreiben darf, niemals, und ich würde es so gerne schreiben, so, so, so gerne, aber es würde alles kaputtmachen, was jetzt ist und noch ein bisschen bleiben soll, auch wenn das gar nicht geht.»

Und ein paar Minuten später: «Annaliebtleo.»

Als ich das lese, sehe ich sie vor mir, wie sie hastig den Computer ausschaltet, das Licht löscht, ins Bett geht – das Bett, das ich kenne – und sich schwört, nie wieder ihren Posteingang anzuschauen.

Liebe, ein fatales Wort, schön und grausam. Kathrin, mit der ich einmal zusammen war und die einen Frisiersalon betrieb, hatte eine Theorie dazu. Sie hört so viel von den Frauen im Salon, dass sie sich auskennt mit diesen Dingen. Sie weiß, dass sich Frauen oft in den Mann verlieben, mit dem sie geschlafen haben, was bei Männern seltener vorkomme. Nach ihrer Theorie verlieben sich die Frauen nach dem Sex, weil sie tief im Unterbewusstsein verankert haben, dass sie sich nicht einfach so hingeben sollen, dass sie sich rar machen müssen und nur mit dem Richtigen schlafen sollen. So lernen sie es von den Müttern, die es von den Großmüttern gelernt haben. Und deshalb, sagt Kathrin, müssen sie sich in den Mann verlieben, mit dem sie gerade Sex hatten. Sie müssen ihn zum Richtigen machen, das beruhigt ihr Gewissen. Ich kann das nicht beurteilen, ich kann nur sagen, dass eine Salonbesitzerin viel von diesen Dingen versteht.

Er lässt sie warten. Ich ertappe mich dabei, wie ich ihn ein bisschen hasse für diese Stunden, in denen er sie hat warten lassen. Den ganzen Montag kommt keine Mail von ihm. Ich bin mir sicher, dass sie nur vor dem Computer gesessen hat. Und wenn sie das nicht konnte, wenn sie in Sitzungen sitzen musste, dann hat sie ständig auf ihr Handy geschaut, ob eine SMS die Ankunft einer Mail meldet. Einen solchen Dienst hat sie abonniert, das weiß ich, sie hat es ihm geschrieben. Aber er schweigt. Warum? Warum muss er so grausam sein? Warum weckt die Liebe, die uns das Schönste beschert, auch das Grausamste in uns? Bei ihm ist es vielleicht eine Grausamkeit, die die Schönheit steigern soll. Er lässt sie warten, er lässt ihre Sehnsucht explodieren, ihre Hoffnungen, ihre Ängste, damit seine Antwort in ein brennendes Herz trifft und umso mehr Jubel auslöst. Er will Erlöser sein.

«Ich liebe dich auch.» Das schreibt er Anna nach siebzehn Stunden.

Zu spät. Ich meine, aus Annas Sicht zu spät. Für Ute Schilf, meine Kundin, liegt eine Hoffnung in diesem Zögern. Aus ihrer Sicht darf es keine große Liebe sein. Also auch aus meiner Sicht? Vielleicht.

Ich mag das «auch» nicht in Leos Satz, habe es nie gemocht. Das «auch» macht aus einem großen Satz einen kleinen. Man hängt sich an etwas dran, es fehlt das Ursprüngliche. Lieben, weil man geliebt wird, ist anders, als zuerst zu lieben.

Jetzt schweigt sie. Eine Retourkutsche? Erschöpfung nach so vielen Stunden der Angst, das Falsche gesagt zu haben? Freude, die keine Worte findet? Ich weiß es nicht. Sie schweigt einen Tag lang. Ich kann diesen Beruf manchmal nicht ertragen.

In der Nacht schreibt sie: «Was ist eigentlich auf der Klausur besprochen worden? Ich höre Gerüchte, dass der Kanzler etwas vorhat. Zahnersatz? Stimmt das?»

Seltsam. Oder muss ich sie bewundern für so viel Kühle?

Leo Schilf: «Waren wir eigentlich verhütet?»

«Es ist merkwürdig, dass du mich das jetzt fragst. Gab es nicht schon eine bessere Gelegenheit dafür? Vorher vielleicht? Nein, waren wir nicht, ich nicht und du auch nicht, wenn ich das richtig mitbekommen habe, obwohl einem bei diesen inneren Tumulten ja manches entgeht. Warst du oder warst du nicht?»

Gut gegeben, Mädchen.

«War ich irgendwie nicht», schreibt er. «Und jetzt?»

Sie lässt ihn wieder warten, drei Stunden der Angst für Leonard Schilf, den zweifach Vorsitzenden. Dann: «Ich habe das im Griff, *don't worry*, mein Zyklus ist regelmäßig, und ich kann gut zählen, 26, 27, 28, und was habt ihr nun vor?»

Seine Antwort kommt sofort: «Da ist ja noch was anderes, diese Krankheit, du weißt schon, ich habe da Verantwortung nicht nur für mich. Sorry, aber wir müssen das klären.»

Wie schnell das geht. Eben noch der Taumel, der Tumult, im nächsten Moment Krankheit, Tod. Warum jagt die ganze Welt einem Glück nach, das nur Stunden hält?

«Du hast auch Verantwortung für mich, hast du daran gedacht? Kannst du das meinetwegen klären? Wegen dir und deiner Verantwortung mach dir keine Sorgen, da war nicht viel bei mir in den letzten Jahren, und das, was war, war so, dass es dir nichts tut.»

«Ach, hätte ich nie davon angefangen. Ich weiß, dass es Unsinn ist, aber ich habe mir so gewünscht, dass ich der Erste und Einzige bin in deinem Leben. War so eine romantische Vorstellung von mir. Die ist jetzt weg.»

So sind Herrscher. Alles besitzen, auch die Vergangenheit.

Anna: «Da war noch was offen, eine Frage. Bitte.»

«Ich kann wirklich nicht darüber sprechen.»

«Nur für große Jungs, oder? Aber du wirst es verhindern, nicht wahr?»

Keine Antwort.

Sie verabreden sich zum Küssen im Aufzug. Der Aufzug ist für zwei Wochen der einzige Ort, an dem sie sich unter vier Augen treffen. Sie bereitet ihre erste Rede im Bundestag vor. Es geht um Afrika, sie ist im Ausschuss für wirtschaftliche Zusammenarbeit. Sie ist auch in einer deutsch-afrikanischen Parlamentariergruppe. Sie ist ziemlich aufgeregt, sie schickt ihm viermal einen Entwurf ihrer Rede. Er korrigiert, beim vierten Mal leicht genervt.

In der Nacht nach der Rede schickt sie ihm eine Mail: «Danke, danke, dass du geblieben bist, ich bin fast wahnsinnig geworden an diesem Tag, schon um neun im Reichstag und dann warten, warten, und all diese Reden und wie schlecht der Kanzler war, wie uninspiriert, aber deine Rede hat mir gefallen, und es war so schön, dich dort zu sehen am Rednerpult unter diesem fetten Vogel. Aber ich musste so lange warten, und mit jeder Stunde leert sich der Saal, und die Kameras werden abgebaut und die Journalisten gehen fort, und die Zuschauer, unsere Wähler, die Bürger, kommen nicht mehr, und die Saaldiener gucken draußen an den Türen Fußball im Fernsehen, und alle reden so müde, ein großes Leiern, und ich bin müde und ich sehe nur deinen Hinterkopf und streichle ihn mit Blicken, und wieder geht einer, und ich fange an zu zählen, nur noch 37 Abgeordnete, nur noch 32, und wann, bei welcher Zahl hört es auf, eine Demokratie zu sein? Und es ist sieben Uhr am Abend und noch immer sechs Redner vor mir, 27, 24, und niemand wird mir zuhören außer du vielleicht, du sitzt noch immer da, und das rettet mich, und wenn nur noch wir beide übrig sind, denke ich, dann nehmen wir uns mal das Sozialgesetzbuch vor und stimmen Paragraph für Paragraph ab und bauen uns eine gerechte Welt, und wenn du mich nur küssen könntest, denke ich, während Niedermeyer redet, und dann bin ich dran und stehe auf und ziehe meinen Rock glatt und gehe an dir vorbei und möchte, dass du meine Hand nimmst und mich zum Pult führst und die Hand nicht loslässt, während ich rede. Und dann stehe ich da, und 19 Abgeordnete sind übrig und so viele stechend blaue Stühle, alles blau, blau, blau, der ganze Saal. Und ich spreche zu den Stühlen, spreche ins Blaue hinein wie noch nie und vermassle es, ein Riesenkloß im Hals und dauernd Räuspern und Wasser trinken, und ich schäme mich so, denn Afrika hätte was Besseres verdient als mich, und ich schaue dich nicht an, weil ich Angst habe, dass ich dann heulen muss, und es ist vorbei, und die Welt ist nicht besser geworden, und ich warte noch den Rest der Debatte ab, ohne was zu hören, ohne was zu verstehen, und dann ist Schluss, und warum bist du jetzt nicht bei mir und küsst mir die Tränen weg?»

Am Morgen schreibt er, dass ihre Rede gut war, nicht schlecht für den Anfang, natürlich schreibt er das. Er erzählt vor seiner ersten Rede im Bundestag 1986, als er auch nervös war. Er ist wie Papa, und ich mag ihn dafür, zum ersten Mal mag ich ihn. Ich will ihn nicht mögen. Er betrügt seine Frau. Er hat Anna.

«Komm in den Aufzug, in genau fünf Minuten, ja?»

Kurz darauf haben sie sich für eine Nacht getroffen, in seiner Wohnung, wie ich lesen kann. Das also ist ihr Liebesnest. Pech, Detektivpech. Man observiert Tag und Nacht, und im entscheidenden Moment ist man nicht da.

Am Tag nach dieser Nacht macht Leo eine kleine Reise nach Bayern, besucht dort einige Veranstaltungen. Er schreibt Anna aus Landshut, mitten in der Nacht. «Morgen wieder. Morgen früh um zehn politischer Frühschoppen. Alle sind da. Wieder sind alle da. Weißt du, dass es mir graut. Ich sitze hier in meinem Hotelzimmer, und es graut mir fürchterlich. Niemand weiß davon, niemand merkt etwas. Ich habe so viele Schlagzeilen über mich gelesen, aber nie war die richtige dabei: ‹Der Vorsitzende hat das große Grauen.› Das ist die einzig wahre Schlagzeile über mich, Anna. Als ich ein Kind war, und es gab diese Familientreffen mit Bienenstich und Eierlikör, sagte jedes Mal ein Onkel oder eine Tante oder eine Großmutter: ‹Der Leo sagt ja nichts.› Darauf sagte ein anderer Onkel, eine andere Tante oder eine andere Großmutter: ‹Der Leo sagt doch nie was.› Und so war es. Ich habe nie etwas gesagt. Manchmal habe ich gedacht, dazu könnte ich auch was sagen, mach den Mund auf, eins, zwei, drei, jetzt, aber er blieb zugesperrt. Ich habe das Reden gelernt, doch die Angst davor bin ich nie losgeworden. Ich will nicht unter Menschen sein, nicht unter Menschen, die ich nicht kenne. Ich will nicht angeschaut werden, ich will nicht angefasst werden, ich will nicht da sein für all die Unvermeidlichen, ich will nicht, dass sie sich an mir bedienen können mit gierigen Blicken und feuchten

Händen. Ich will nicht in all diesen Fotoalben verewigt sein mit dicken Kindern und problematischen Leuten, die sich an mich schmiegen, die mir ihren Geruch aufdrängen und ihre Probleme. Ist dir schon mal aufgefallen, dass so viele problematische Leute zu unseren Versammlungen kommen? Ein Drittel Spinner. Aber wir können froh sein, die Säle und Zelte wären leer, wenn die Spinner nicht kämen. Aber ich will nicht all diese Geschichten von Spinnern hören. Ich will nicht mit Unbekannten lächeln, als kennten wir uns schon lange. Sei hier und umarme mich, bis der politische Frühschoppen vorüber ist.»

Sie sind zwei Monate glücklich miteinander, bis in den Januar. Es gibt eine kleine Krise um Weihnachten, als er für fünf Tage bei seiner Familie ist und sich nicht meldet. Sie möchte nur einmal ein Lebenszeichen, also ein Liebeszeichen. Sie schreibt in diesen Tagen vier Mails, die alle unbeantwortet bleiben.

Einer Mail entnehme ich, dass sie am ersten Weihnachtstag auf Schilfs Handy angerufen hat. «Ich tat das Nichtgedurfte. Du bist nicht rangegangen. Traurig, Anna.»

Sie haben eigentlich nicht mehr ihre Namen geschrieben, die Mails sind ohne Anrede. Ich glaube, er soll denken, dass es sich um einen Abschied handelt. Es ist eine Warnung. Er ignoriert sie.

Er meldet sich erst am 28. Dezember. «Wir hatten ein schönes Weihnachtsfest. Es tut mir so gut, die Kinder mal für ein paar Tage bei mir zu haben. Man verliert sich aus den Augen, man weiß nichts mehr voneinander. Das heißt, die Kinder wissen nur das, was die Zeitungen schreiben. Es tut mir gut zu hören, dass sie nicht alles glauben, was sie da lesen, sondern bei dem Bild bleiben, das sie von ihrem Vater haben. Monopoly gespielt, seit langer Zeit mal wieder. Seltsam, dass es einen noch immer gierig macht. Sag das bloß keinem. Weißt du, dass es beim Monopoly war, wo ich zum ersten Mal meine Kinder beschummelt habe? Ich meine, negativ beschummelt, so dass es mir einen Vorteil verschaffte. Bis dahin, bei Mensch ärgere dich nicht oder Halma, habe ich sie immer nur positiv beschummelt. Ich wollte, dass meine Kinder gewinnen, damit sie nicht heulen und die Püppchen umschmeißen. Aber nicht beim Monopoly. Jennifer war elf, als wir zum ersten Mal Monopoly gespielt haben, und ich wurde so gierig, dass ich sie beschummelt habe, ging elf Schritte und nicht zehn, wie die Würfel vorschrieben, damit ich nicht die vierhundert Mark, die ich gerade eingezogen hatte, wieder als Steuer abgeben musste. Es hätte mich ruiniert, und ich wollte das nicht. Diesmal haben wir zu fünft gespielt, und ich habe gewonnen, auf ehrliche Art und Weise. Ich war ein bisschen stolz. Es gab natürlich Witze wegen Genosse und Heuschrecken und so weiter, wir haben viel gelacht. Und wie schön der Tannenbaum war. Wie war dein Weihnachtsfest? Du hast gar nichts davon geschrieben.»

Ich habe etwas gelernt durch diese Mail von Leo Schilf, etwas, das mich weiterbringt in meinem ewigen Versuch, das Wesen von Affären zu durchschauen. Es gibt Momente, da wird die Geliebte gleichsam neutralisiert, sie wird zur Zeugin des Familienlebens gemacht, als wäre sie ein neutraler Beobachter oder eine Freundin der Familie. Gesagt wird damit, glaube ich: Es gibt Momente, Stunden, Tage, da es dich nicht gibt. Wir sind dann Familie, und wir sind eine gute, saubere Familie, und du bist draußen. Ich glaube außerdem, Leo Schilf hat diese Mail nicht nur an Anna geschrieben, sondern auch an sich selbst. Er sagt sich, dass er, trotz allem, ein schönes, sauberes Familienleben hat. Vielleicht war er, als er das schrieb, ein bisschen gerührt von sich als Familienvater. Für einen wie mich, der die Liebe schützen will, war das eine gute Mail. Ich sah, dass er erreichbar bleibt für seine Frau, dass es ein Fundament gibt. Ute Schilf kann ihre Ehe retten, und ich kann ihr dabei helfen. Die Weihnachtsmail merke ich vor für die Mappe.

Will ich überhaupt eine Mappe machen? Eine Mappe gegen Anna?

Die Kinder, denk an die Kinder.

Sonntags sehe ich die geschiedenen Väter mit ihren Kindern im Zoo. Sie wissen nicht, was sie mit ihren Kindern am Sonntag machen sollen. Also gehen sie in den Zoo. Es gibt einen Vater, der kommt jeden Sonntag. Er hat drei Kinder, zwischen drei und acht ungefähr, und sie ziehen jeden Sonntag durch den Zoo. Sie gucken kaum noch hin. Sie gehen durch den Zoo, als wäre das der Auftrag, den sie haben. Sie schlagen Zeit tot, bis Mama wieder dran ist. Es bricht mir das Herz.

Ich lese weiter. Anna, das kluge Kind, macht ihrem Zorn nicht Luft. Sie antwortet auf seine Frage, sie erzählt von ihrem Weihnachtsfest. Sie war bei den Eltern in Schmalkalden. Alles ganz okay, wie immer. Dann schreibt sie von ihrer Sehnsucht und fragt, wann sie sich sehen können. Silvester geht es natürlich nicht, Familienfest, aber Anfang Januar sehen sie sich in Berlin. Küsse im Aufzug, Probleme, einen Termin für eine Nacht zu finden. Es dauert fast zwei Wochen. Er ist abends beim Kanzler, danach bei ihr.

Anna danach: «Was für eine schöne Nacht, noch immer geht ein Wogen, unser Wogen, durch meinen Körper, und ich bin glücklich und traurig, glücklich, dass du da warst, und traurig, dass du nicht mehr da bist, und wenn ich dich retten soll, dann musst du dich retten lassen, Leo, Liebster, du musst da nicht mitmachen, du bist das Haupt der Partei, und die Partei will das nicht, glaub mir, sie will das nicht, und wenn der Kanzler meint, dass er das machen muss, dann ist er eben nicht länger Kanzler. Die Partei steht zu dir, sie liebt dich, so wie ich dich liebe, vielleicht nicht ganz so, und sie wird dich auch als Kanzler lieben, und ich werde das sowieso.»

Er lässt das nicht mal zwei Minuten im Raum stehen: «Ich möchte nicht, dass du so etwas schreibst, schreib das nie wieder, hörst du, nie wieder. Lösch das bitte sofort. Versprich mir das. Ich habe es schon gelöscht. Es darf diese Worte gar nicht gegeben haben.»

Fünf Minuten später schreibt sie: «Ich kann verstehen, dass du ihn nicht stürzen willst, er ist dein Freund, in Ordnung, aber warum machst du da mit, obwohl du nicht daran glaubst, obwohl du etwas anderes willst, wie ich weiß, wie wir wissen, warum legst du nicht deine Ämter nieder und bleibst dir treu, anders als deiner Frau, wenn ich jetzt mal gemein werden darf?»

Er schweigt.

Sie lässt nicht locker: «Keine Antwort, wie immer, wenn es schwierig wird, keine Antwort von Leo Schilf, ist nicht möglich, geht eben nicht, es muss geschwiegen werden, wenn es schwierig wird, egal wie es mir damit geht, es muss unbedingt und gnadenlos geschwiegen werden, ist ja ne Großejungssache, muss man nicht drüber reden mit nem kleinen Mädchen, aber jetzt sage ich dir was, Liebster, ich sage dir, warum du mitmachst: Weil du das Licht brauchst, die ganz große Sonne, jene, die sich aus Blitzlicht und Scheinwerferstrahlen zusammensetzt, du wärst doch gar nicht da ohne deine Ämter, glaubst du jedenfalls, es gibt dich doch nur, wenn es dich in Schlagzeilen gibt, und deshalb machst du mit. Aber es ist nicht wahr. Glaub mir, wenn du zulässt, dass ich deine Sonne bin, dann bist du da, dann gibt es dich, und ich gehe mit dir überall hin, und wir brauchen diesen Mist hier nicht, wir leben ein richtiges Leben, ohne Grauen, du und ich, wir.»

Zwölf Minuten später schreibt er ihr nur einen Satz: «Ich liebe dich.»

Es ist ein Satz, mit dem man etwas abwürgen kann. Ich mag das nicht. Ich mag es nicht, wenn dieser Satz, der bedeutendste Satz der Menschheit, eine andere Funktion bekommt als die, dass er Liebe ausdrückt. Anna, das kluge Mädchen, hat das natürlich gemerkt. «Aber den Kanzler liebst du noch mehr.»

«Blödsinn.»

«Warum bist du dann ihm treuer als allen anderen? Kennt er ein Geheimnis von dir oder was?»

Gute Frage. Er braucht lange, bis er ihr eine Antwort schickt. «Ich will dir mal was erzählen. Du weißt ja nicht, wie das hier läuft, kannst du auch nicht wissen, weil du erst kurz dabei bist. Ich bin bald zwanzig Jahre dabei. Das ist wenig für mein Alter, aber es ist genug, um alles erlebt zu haben, um alles zu wissen, in diesem Geschäft. Weißt du, dass ich einen großen Fehler gemacht habe, gleich am Anfang? Ich habe es dir nicht erzählt, ich habe es niemandem erzählt, weil man in diesem Geschäft Fehler nicht zugibt. Aber ich habe einen Fehler gemacht. Ich habe nach hinten geguckt, als ich angefangen habe. Wie haben Helmut Schmidt und Willy Brandt Politik gemacht, habe ich mich gefragt. Ich habe alles über sie gelesen, ich habe alles über deutsche Geschichte und über Politik gelesen. Ich bin kein Intellektueller, aber ich bin klug, klüger als alle anderen in diesem Geschäft, außer Wandtler vielleicht. Das ist keine Angeberei, du weißt das selbst, du hast es mir oft genug gesagt, dass ich der Klügste bin. Ja, es stimmt, ich bin klüger als die anderen, und ich dachte, das würde mich ganz nach oben bringen, ins Kanzleramt. Jetzt weißt du es. Ich habe es abgestritten in der Nacht, als wir uns in einer Stunde dreimal geliebt haben, aber du hast recht gehabt. Ich wollte da rein. Für alle anderen war klar, dass ich eines Tages da reinkomme. Wir hatten das 1986 verabredet, als wir die *frontline states* bereist haben, eine dieser Solidaritätsreisen, wie sie damals beliebt waren. Sambia, Zimbabwe, Botswana waren damals die Guten, weil sie mit den Bösen in Südafrika verfeindet waren. Ich weiß nicht, ob du das weißt. Ich weiß nicht, was ihr im Osten darüber gelernt habt. Jedenfalls waren wir da und haben ein paar Negerfürsten die Hände geschüttelt und Spenden für Schulen abgegeben. Und abends haben wir in den Hotelbars gesessen und gesoffen. Und der Robert ist in Lusaka verhaftet worden, weil er auf der Suche nach Coca-Cola nachts durch die Straßen irrte. Sambia war wahrscheinlich das einzige Land der Welt, in dem es keine Coca-Cola gab. Die hatten nicht genug Devisen für die Rohstoffe, weil der Preis für Kupfer, ihr einziger Exportartikel, so stark gefallen war, aber der Robert, der ein Sturkopf ist, hat behauptet, dass er ein paar Flaschen auftreiben kann. Die haben ihn hochgenommen, als er sich dem Präsidentenpalast näherte. Das war nicht dumm gedacht von ihm. Wenn es irgendwo Coca-Cola geben konnte, dann im Präsidentenpalast. Die Wachen dachten, er sei ein Spion aus Südafrika. Das haben sie von jedem Weißen damals gedacht, die waren hysterisch. Wir haben drei Tage gebraucht, um den Robert aus dem Gefängnis zu holen. Sie haben ihn gefoltert, sie haben ihn eine ganze Nacht lang gefoltert, damit er zugibt, dass er den Palast für den südafrikanischen Geheimdienst fotografieren sollte, damit sie ihn bombardieren können. Er hatte nicht mal eine Kamera dabei. Wir haben nichts gesagt, denn das hätte nur dem Unrechtsregime in Südafrika in die Hände gespielt. Wir haben so getan, als hätte der Robert einen Autounfall gehabt, denn er sah fürchterlich aus. Er wollte nicht, dass wir etwas sagen. Er wollte das auf keinen Fall. Er hat gesagt, dass in Südafrika Millionen Schwarze leiden. Dagegen bedeute sein Schicksal nichts, gar nichts. Er wollte nicht, dass ein Schatten auf Kenneth Kaunda fällt, der damals Präsident von Sambia war, damals einer der Guten der Welt, ein Gegner von Südafrika. Der Robert hat keinem erzählt, was sie mit ihm gemacht haben. Wir sind von Lusaka mit dem Bus nach Victoria Falls gefahren, sind rüber nach Zimbabwe und haben uns zwei Tage lang vom Victoria Falls Hotel aus die Viktoriafälle angeschaut. Ein sehr schönes Kolonialhotel, ganz weiß, wir müssen da mal hinfahren. Wir würden uns lieben, während wir den Nebel über den Fällen betrachten, und vielleicht sehen wir einen Regenbogen. Die Fenster wären auf, und niemand könnte uns hören, weil nicht mal deine Schreie so laut sind wie das Rauschen der Fälle.»

Was ging in Anna vor, als sie das las? Sie weiß doch, dass er nie mit ihr ins Victoria Falls Hotel gehen wird. Da wimmelt es doch von deutschen Touristen. Warum schreibt er es dann? Weil ihm seine Träume entgleiten, weil sie einen Weg in die Wirklichkeit suchen? Oder will er sie quälen?

«Wir haben den ganzen Tag auf der Terrasse gesessen und uns die Fälle angeschaut. Wir haben auch ein bisschen getrunken, und irgendwann lag ein Blatt Papier auf dem Tisch, mit dem Briefkopf vom Victoria Falls Hotel. Es ist kein guter Ort für Papier, weil die Luft so feucht ist, dass es bald aufweicht und die Tinte zerläuft, aber wir haben es geschafft, auf diesem Briefpapier, auf dem die Buchstaben immer breiter und fransiger wurden, eine komplette Kabinettsliste für die Zukunft zu erstellen. Ich habe sie noch. Sie war nicht so schlecht, wenn man bedenkt, dass wir erst zehn Jahre später die Regierung übernommen haben. Es sind ein paar Treffer dabei, Außen, Wirtschaftliche Zusammenarbeit, Justiz, Verkehr. Der schlimmste Fehler ist uns ganz oben passiert. Da steht mein Name. Bundeskanzler: Leo Schilf. Der Punkt auf dem i ist ein dicker schwarzer Klecks, der die Spitzen vom l und vom f schluckt. Später habe ich gedacht, dass es so aussieht, als hänge eine dunkle Wolke über meinem Namen. Damals hat niemand bestritten, dass ich Kanzler sein würde. Klaus hat den Vorschlag gemacht, und alle haben genickt. Ich war der Klügste, ich hatte für unsere klassische Klientel ein paar Jahre auf dem Bau vorzuweisen, und die Bürgerlichen konnten sich an meiner Wende zum Politischen erfreuen. Die Bürgerlichen mögen geläuterte Radikale, wenn sie nicht allzu radikal waren. Es war ideal. Es passte alles. Ich war manchmal nachdenklich wie der Willy und manchmal zupackend wie Helmut Schmidt. Ich musste das nicht mal spielen. Ich hatte das in mir. Wie gesagt: Es war ideal. Wir haben ein paar Stunden gebraucht, um die Liste zusammenzustellen. Es gab Streit um Arbeit und Soziales, der Hanni waren natürlich nicht genug Frauen dabei, und Hessen-Süd wollte zwei Minister, was aber für Nordrhein und Westfalen unerträglich war. Wir haben schließlich Günther aus Hessen-Süd die Verteidigung gegeben, denn das war ihm am wichtigsten. Der dachte, er könne die Atomwaffen abschaffen, wenn er Verteidigungsminister ist.

Wir haben jeder sechs Bier getrunken, wir haben mindestens vier Attacken von den Pavianen auf unsere Erdnüsse abgewehrt, Robert hat zweimal laut aufgeschrien (wir haben ihm das Postministerium gegeben, damals gab es noch ein Postministerium), und als die Liste endlich stand, stanken wir längst nach Autan, weil wir uns aus Angst vor Malaria damit eingerieben hatten. Wir haben geschworen, dass jeder alles dafür tut, dass wir diese Liste in die Wirklichkeit umsetzen können. Wir haben geschworen, dass niemand etwas tun wird, um einen der anderen von seinem Listenplatz zu verdrängen. Wir haben uns zugeprostet, und dann habe ich die Liste als Erster unterschrieben. Inzwischen war das Briefpapier dermaßen aufgeweicht, dass es gerissen ist, als mein Füller darüberglitt. Ich habe deshalb die Patrone aus dem Füller genommen, und ich habe jedem einen Tropfen Tinte auf den linken Zeigefinger gedrückt. Neun Fingerabdrücke sind auf der Liste, der berühmten Victoria-Falls-Liste, von der immer behauptet wird, dass es sie nicht gibt. Acht Fingerabdrücke sind von hoffnungsvollen Genossen, einer ist von einem Pavian, dessen Pfote nach einem abgewehrten Griff in unsere Erdnussschale auf dem Briefbogen landete. Der Fingerabdruck von Fred ist nicht dabei. Er war nicht mit in Afrika. Wir hatten ihn nicht gefragt, ob er mitkommt. Für uns war er ein Hallodri, charmant, mit einem gewissen Talent zur Inszenierung, in Grenzen intelligent, zu flamboyant für einen echten Spitzengenossen, ein Mann für die Provinz, die sich metropolig fühlt mit einem Ministerpräsidenten wie ihm. Da haben wir ihn dann auch hingeschickt. Wir dachten, dass er da bleiben würde. Wir haben ihn nicht auf die Liste gesetzt. Ich mochte ihn, er war nett, von gewinnendem Wesen. Das konnte nützlich sein. Er hatte schon damals eine so wunderbare Art, Leute zu berühren, ich meine physisch zu berühren, anzufassen und sie damit auch seelisch zu berühren. Er gab den Leuten nicht einfach die Hand. Er gab ihnen die Rechte, und mit der Linken tippte er ihren Unterarm an, ganz sanft. Er sah ihnen in die Augen und hielt den Blick lange. So kam er als Fremder und ging als Freund, nach nur einem Händedruck. Ich habe ihn oft dabei beobachtet und ich habe in meinem Kopf gespeichert: Gut für Wahlkämpfe. Ich dachte: Für meine Wahlkämpfe. Ich war ein Idiot. Ich weiß noch, wie ich mal abends rumgezappt habe, und da war ein Interview mit einem Politiker, und ich dachte, wer ist das denn? Wieso interviewen die auf einem Spitzensendeplatz einen völlig Unbekannten? Ich wollte mir schon einen Vermerk für unseren Rundfunkrat beim NDR machen. Erst allmählich wurde mir klar, dass es Fred ist, der Ministerpräsident. Aber wo war dieses kleine, absurd hakenförmige Kinn? Wo war das von den langen Saufnächten zerknautschte Gesicht? Das war alles weg. Die Kamera machte aus diesem Gesicht etwas Schönes. Sie gab diesem Gesicht Souveränität, Gesetztheit, Würde, sogar Weisheit. Ich musste lachen. Ausgerechnet Fred. Mir ist nicht eingefallen, dass das, was ich auf dem Bildschirm gesehen hatte, ein Kanzlergesicht ist. Ich sah in unserer Generation nur einen Kanzler: mich, die Idealmischung aus Brandt und Schmidt.

Ich will dich nicht langweilen, Anna. Ich mache es kurz. Ich habe immer nur darauf geachtet, dass sich alle, die mit ihrem Fingerabdruck die Victoria-Falls-Liste beglaubigt hatten, an die Abmachungen hielten. Natürlich gab es Versuche, mich vom Platz ganz oben zu verdrängen, kleine, lächerliche Versuche von Leuten, die nicht auf der Liste waren. Wir haben das problemlos abgewehrt. Ich habe die alten Säcke eine Wahl nach der anderen gegen Kohl verlieren lassen. Meine Zeit rückte näher. Die Partei wurde mit jeder Niederlage verzweifelter, und das war mein Ende. Als ich dran war, wollte die Partei nur noch siegen, nichts anderes mehr. Es zählten nicht mehr die Geschichte, die Tradition, es zählten nicht die Inhalte, es zählte nur noch die Aussicht auf einen Sieg. So kam Fred ins Spiel, das Fernsehgesicht, der Menschenfänger. Er hat mich mit einem einzigen Streich kühl erledigt.

Kannst du dich an den Film *Der Automann* erinnern, eine Dreiviertelstunde zur besten Sendezeit, genau eine Woche bevor wir entschieden haben, wer Kanzlerkandidat wird? Guter Film, sehr guter Film. Fred hatte mich nach

Wolfsburg eingeladen, er wollte mir mal Volkswagen zeigen. Natürlich waren Kameras dabei. Es sind immer Kameras dabei. Ich dachte, sie machen Einsdreißig für die regionale Abendschau. Fred hatte mir nichts von einem Dreiviertelstundenfeature erzählt. Ich habe nicht gemerkt, was passiert. Ich war zu blöd. Ich bin brav hinter Fred hergedackelt, und Fred hat mir alles erklärt. Ich habe ihm überall den Vortritt gelassen, weil ich dachte, es ist sein Heimspiel, seine regionale Abendschau. Wenn du den Film gesehen hast, weißt du, dass ich immer nur folge, immer nur dastehe und zuhöre. Und dann kommt der Prototyp, irgendein Zukunftsauto, voll mit neuer Technik, und sie sagen mir, ich soll da mal einsteigen und eine Runde drehen. Wahrscheinlich kennst du die Bilder. Sie sind immer wieder gezeigt worden, wenn man darstellen will, wie blöd und lebensfern Politiker sind. Ich habe nicht mal den Motor angekriegt. Ich habe an irgendeinem Hebel gezogen, und die Scheibenwischer gingen los. Es war lächerlich. Ich war hilflos. Ich weiß, wie ein Auto funktioniert, aber ich weiß nicht, wie ein Auto funktioniert, das man in zwanzig Jahren fahren soll. Ich habe die Scheibenwischer nicht mehr ausgekriegt. Es war ein sonniger Tag, blauer Himmel, und die Scheibenwischer marschierten hektisch hin und her, als regne es in Strömen, und ich sitze in dem Prototypen und drehe, ziehe, drücke, bediene alle Knöpfe und Hebel, die ich finden kann, aber die Scheibenwischer machen immer weiter, links, rechts, links, rechts. Alle lachen. Das Licht geht an. Die Hupe tönt. Die Heckklappe springt auf. Die Blinker blinken. Ein nervtötendes Piepen setzt ein. Das Auto gebärdet sich wie wild, wird unter meinen Händen zu einem zuckenden, lärmenden Ungeheuer, und ich kann es nicht bändigen. Ich bin blass, weil ich Angst habe, dass mich der Airbag anspringt. Dann kommt Fred und sagt, ich solle mal aussteigen und mich auf den Beifahrersitz setzen. Ich war ihm so dankbar, weil ich dachte, dass er mich erlöst. Du weißt, wie das im Film aussieht. Ich dackle auf die Beifahrerseite, während Fred sich mit einem Keine-Sorge-ich-mach-das-schon-Gesicht auf den Fahrersitz schmeißt. Die Scheibenwischer legen sich nieder, das Licht verlöscht, die Heckklappe schließt sich, die Blinker gehen aus, das Piepen hört auf. Das entsetzliche Auto kommt zur Ruhe, gebändigt vom Automann Fred, der aussieht wie der Held vom Autoland Deutschland. Er lächelt die ganze Zeit. Wir schließen die Türen, er fährt los. Er winkt mit einer Hand, und ich sitze auf dem Beifahrersitz wie ein Idiot. Ich wette, dass er vorher geübt hat. Die haben ihm die ganze Kiste erklärt, der hat so lange geübt, bis er das Cockpit im Schlaf bedienen konnte. Wir haben eine kleine Runde über das Werksgelände gedreht, und er hat mir gesagt, dass er Kanzlerkandidat werden will, dass er gegen mich antreten wird. Ich war geschockt. Man sieht das im Film. Ich steige nach der Probefahrt aus dem Auto und sehe aus, als sei mir von der kleinen, flotten Runde übel geworden. Ich bin bleich wie eine Leiche, mir gelingt kein Lächeln mehr. Dann stehe ich im Büro des Bosses von Volkswagen und sehe aus wie einer, der nichts versteht. Ich habe nichts verstanden, ich habe nur daran gedacht, dass Fred mir die Kanzlerkandidatur streitig machen will, meinen Spitzenplatz auf der Victoria-Falls-Liste, und dass er eine gute Chance hat. Fred steht neben mir und plaudert mit dem VW-Boss. Sie verstehen sich prima, ich bin der Außenseiter. Der ganze Film ist ein einziges Desaster für mich. Ich sehe sogar noch beim Gespräch mit den Arbeitern desinteressiert aus, während Fred ihre Sorgen förmlich aufsaugt und Lösungen verspricht. Diese Szenen verfolgen mich. Sie werden in jedem Porträt, das ein Fernsehsender von mir macht, gezeigt. Ich und die Scheibenwischer, ich und mein Desinteresse bei den Bossen und den Autoarbeitern, den Säulen des deutschen Wohlstands. Es heißt dann im Kommentar, ich sei ein Intellektueller, der klug über das Wesen der Gerechtigkeit nachdenkt, aber dem Leben fernsteht. Ich werde das nie mehr los, Anna. Du weißt, dass ich es nicht auf eine Kampfkandidatur habe ankommen lassen. Das hätte die Partei zerrissen. Ich hätte ohnehin verloren. Spätestens nach dem Film war ich nicht mehr der Mann, dem man einen Sieg gegen Kohl zutraute. Fred wurde Kanzlerkandidat, wurde Kanzler, und ich habe mich mit dem Gedanken getröstet, dass ich der Mann sein werde, der über den Kanzler herrscht.

Auch das bin ich nicht geworden. Das weißt du. Ich glaube, dass du jetzt schläfst. Ich bin noch im Büro, der Fernseher läuft stumm, CNN. Irgendwo ist eine Rakete eingeschlagen. Es ist totenstill im Jakob-Kaiser-Haus. Ich würde jetzt gerne neben dir liegen und deine Lider küssen. Ich möchte deinen Schlaf bewachen. Ich möchte in deinen Nacken hauchen, ich möchte sanft über die Härchen in deinem Nacken lecken, ich möchte eine Hand auf deine Brust legen, eine stille, schützende Hand.

The winner takes it all. So war es. Wenn du Kanzler bist und die Macht haben willst, kannst du sie haben. Fred wollte sie, er hat sie genommen. Weil wir nicht wollen konnten, dass wir das Kanzleramt wieder verlieren nach so langer Zeit in der Opposition, haben wir ihn machen lassen. Es ging nicht anders. So sind die Dinge eben. Und dann ist da noch etwas passiert, womit ich nicht habe rechnen können, ein Unfall sozusagen. Es ist ein Geheimnis, du musst es für dich behalten, niemand darf es wissen.

Ich mag Fred.

Eigentlich möchte ich, dass er mein Freund ist. Ich weiß nicht, wie das passieren konnte. Eigentlich geht es nicht in diesem Geschäft. Ich habe eine Menge Gründe, ihn zu hassen. Aber ich kann das nicht. Ich kann ihn nur gern haben. Es macht mir nichts aus, ihm zu folgen, weil ich ihn mag. Wir haben so oft beieinander gesessen in seinem großen Büro, haben so viele Zigarren geraucht, so viel Rotwein getrunken, dass ich meinen Zorn vergessen habe, dass ich ihm den Autofilm verzeihen konnte, dass ich nicht einmal versuchen werde, ihn zu stürzen, weil er den Zahnersatz aus der Krankenkasse nehmen will. Verstehst du, was mir passiert ist: Weil ich ihn mag, kann ich kein guter Politiker mehr sein. Als guter Politiker muss ich Machtchancen nutzen, und jetzt habe ich eine. Aber ich arbeite nicht an meiner Machtchance, sondern versuche, den Kanzler, meinen heimlichen Freund, zu verstehen. Und wenn du damit anfängst, findest du bald Gründe, warum jemand recht haben könnte. Es gibt dieses *er oder ich* nicht mehr, das uns sonst treibt. Es gibt ein *er und ich*. Wenn ich alles bedenke, ist es richtig, dass wir den Zahnersatz aus der Krankenversicherung nehmen.

Versprich mir, dass du das für dich behältst. Ich möchte nicht, dass jemand weiß, dass ich den Kanzler so mag, dass ich sein Freund sein möchte. Es würde mir schaden. Die Presse würde mich verhöhnen, die Genossen würden ihr Vertrauen in mich verlieren. Es ist am besten, wenn alle davon ausgehen, dass ich dem Kanzler nur zähneknirschend folge und in der Lage wäre, ihn zu stürzen. Das ist die Position, die ich einnehmen muss. *Love.*»

Sie antwortet mit drei Mails.

Die erste: «Ich liebe dich.»

Die zweite, drei Minuten später: «Wieso ist der Pavian nicht in der Regierung?»

Ich mag ihren Humor, auch das noch.

Die dritte, zwanzig Minuten später: «Denkst du auch mal an die Partei oder denkst du nur an dich? Denkst du auch mal an die Menschen, die euch gewählt haben, aber nicht das Ende vom Zahnersatz? Denkst du nicht manchmal an die Worte, die du im Wahlkampf gesagt hast und auch danach? Denkst du nicht manchmal an die Worte, die du mir geschrieben hast? Denkst du nicht an die Worte, die du diesem Typen am Pool von Bangalore erzählt hast, in der blauen Badehose? Jetzt geht es um den Kern. Der Zahnersatz ist der Kern. Du bohrst den Kern an, wenn du den Zahnersatz aus der solidarischen Versicherung nimmst.»

Er reagiert nicht. Seine nächste Mail kommt zehn Stunden später. «Krieg. Ich komme nicht mehr vom Fernseher weg, ich starre ununterbrochen auf diese Bilder, Rauch, Flammen. Hast du die Frau gesehen, die sich auf ihren toten Mann geworfen hat?»

Sie schreiben eine Weile über den Krieg, dann schickt sie eine kleine Serie von Mails mit dem Betreff «Eifersucht». Eifersucht interessiert mich, meine Lebensgrundlage. Ich rufe Annas Mail «Eifersucht» auf:

«schöne Frau an seiner Seite
selbstgebackene Plätzchen
Kaffeeduft durchzieht das Haus
seit sechzehn Jahren verheiratet
wohlgeratene Kinder
auf Geschirr, das Paloma Picasso für Rosenthal designed hat
nimmt ihre Hand
idyllischer Garten
räumt die Spülmaschine ein
trifft sich die Familie sonntags zum Frühstück
vermisse ihn schon sehr
tiefes Dekolleté
sehe es als meine Aufgabe an, ihm den Rücken freizuhalten

liebe sie sehr dafür, aber nicht nur dafür
bietet noch mal Plätzchen an
geschmackvolles Designerkleid, das ihre aufregenden Kurven betont
schauen sich verliebt in die Augen
telefonieren viel, mindestens einmal am Tag
stehen in der Tür und winken»

Ich verstehe nichts. Was soll das? Schilf antwortet nicht. Er wartet. «Eifersucht II» kommt elf Minuten später: «Hast du einmal an mich gedacht, hast du einmal daran gedacht, wie es mir geht, wenn ich das lese? Hast du nicht, denn wenn du hättest, hättest du es nicht getan, es sei denn, du bist ein Unmensch und das bist du ja nicht, oder bist du ein Unmensch und hast dich meinetwegen auf diese Homestory eingelassen, um mir eine Botschaft zu senden, um neunzehn Nadeln in mein Herz zu stechen? Der ganze Artikel ist eine Attacke auf mein kleines, tapferes Herz, und am schlimmsten sind die Fotos. Sitzt ihr da für mich so engumschlungen auf dem Sofa, so ineinander verklammert wie für die Ewigkeit, musst du sie für mich so töricht anhimmeln, und müssen ihre Titten für mich so prall aus dem Kleid kugeln, *dem geschmackvollen Designerkleid, das ihre aufregenden Kurven betont?* Und ich soll dich retten, sagst du, und dann zeigst du mir das Schlafzimmer, in dem ihr vögelt. Und nehmt ihr vorher den kleinen Stofflöwen vom Kissen, Leo, oder ist er dabei, wenn ihr vögelt? Und fesselst du sie an die Messingstangen von diesem Bett, wenn ihr vögelt? Habt ihr es deshalb gekauft, weil es diese praktischen Stangen hat? Denn eigentlich ist es ja hässlich, es ist spießig, so ein Messingbett, lieber Leo, hast du das gewusst? Und warum musst du alles öffentlich machen, alles, alles, alles, nur mich nicht? Warum darf es diesen ganzen sauren Kitsch geben, diesen ganzen verlogenen Scheiß, mich aber nicht?»

«Eifersucht III» folgt zwei Stunden und siebenunddreißig Minuten auf «Eifersucht II»: «Heirate mich.»

Ich hatte bis jetzt nur Theorien über Geliebte. Ich weiß viel über Ehefrauen, ich kenne das Verhalten der Männer. Über die Geliebten weiß ich nichts. Für mich sind sie die Frauen, die zu den geheimen Treffpunkten kommen und sich vernaschen lassen. Ich kriege selten Einblick in ihre Seele. Ich habe nicht viel über sie nachgedacht, muss ich gestehen. Einmal hatte ich einen Fall, der mich im Kopf lange beschäftigt hat, wie viele, aber diesmal wegen der Geliebten, was noch nie vorgekommen war.

Eine meiner ersten Kundinnen war die Besitzerin eines Schönheitssalons, sie machte Fingernägel, Fußnägel und entfernte Haare. Sie hatte einen Verdacht und kam zu mir. Es war eine schwierige Sache, ich kam dem Kerl nicht auf die Spur, obwohl ich bald spürte, dass er nicht sauber war, aber ich konnte keine Beweise finden. Ich war Anfänger. Wahrscheinlich habe ich alle Spuren übersehen.

Eines Tages erschien sie in meinem Büro im Souterrain, und ich sah gleich, dass sie viel geweint hatte. Schon damals hatte ich einen Blick dafür. «Der Fall ist gelöst», sagte sie und ließ sich theatralisch auf einen Stuhl fallen. Ich machte ihr einen Kaffee, und sie erzählte mir, dass die Geliebte ihres Mannes seit längerem in den Schönheitssalon komme und sich die Fingernägel machen lasse, immer von ihr, von der Chefin. Eine junge, hübsche Frau mit naturroten Haaren.

«Wir haben nett geplaudert. Sie hat mich viel gefragt, wie ich so lebe. Sie hat mich auch nach meinem Mann ausgefragt, und ich dumme Kuh habe nichts gemerkt.» Sie weinte, sie bekam ein Stofftaschentuch.

«Wie haben Sie es rausgefunden?»

«Gestern wollte sich die Rote die Schamhaare epilieren lassen. Sie lag schon bei mir auf der Liege, Hose aus, Höschen aus.» Sie machte eine Pause, sah mich mit großen Augen an. «Sie wollte einen *Brazilian landing strip*.»

Ich fragte nicht, was das ist. Ich konnte es mir ungefähr denken.

Meine Kundin weinte wieder. Dann sagte sie: «Ich habe auch einen.»

«Einen *Brazilian landing strip*?»

Eine dumme Frage. Sie ist mir aus Überraschung rausgerutscht.

Sie nickte.

«Es war ein Wunsch meines Mannes. Er hatte das irgendwo aufgeschnappt. Er stand drauf.» Sie schwieg eine Weile, dann sagte sie: «Ich wusste sofort, dass sie die Geliebte meines Mannes ist. Die ganzen Fragen und jetzt das. Es gibt nicht viele, die sich einen *Brazilian landing strip* machen lassen. Das große Geschäft sind Bikinirasuren oder seit einiger Zeit Ganzrasuren. Ich habe erst gedacht, dass ich sie - verstümmeln werde, damit sie mal richtig was spürt und danach nie wieder, aber dann habe ich gesagt, sie solle sich sofort anziehen und hier nie wieder blicken lassen.»

Ich gab der Besitzerin des Schönheitssalons den Vorschuss zurück. Sie wollte ihn erst nicht nehmen, dann nahm sie ihn doch. Wegen der Scheidung, da müsse sie das Geld zusammenhalten, sagte sie. Ihr Mann, der nicht arbeite, werde sie sicher auf Unterhalt verklagen.

Ich habe lange über diese Geliebte nachgedacht. Warum tat sie das? Warum hat sie die Nähe der Gattin ihres Liebhabers gesucht? Warum hat sie sich ausgerechnet von ihr schönmachen lassen für ihn? Warum wollte sie, dass ihre Rivalin sogar ihre Scham sieht und berührt? Ich verstand das erst nicht. Ich dachte: Eine Perverse. Wie gesagt, ich war ein Anfänger. Ich wusste nichts von den Menschen. Mit den Jahren habe ich gelernt. In meinem Beruf verliert das Wort pervers seine Bedeutung. Man denkt es so oft, dass es sich umdreht. Das Perverse wird normal. Ich verwende dieses Wort nicht mehr.

Einige Zeit später im Raubtierhaus, als wenig los war, kam ich dahinter, was hinter dieser Sache mit dem *Brazilian landing strip* stand. Die Geliebte ist eine Ausgeschlossene. Sie hat nur eine kleine Welt, die sie mit ihrem Geliebten teilt. Die größere Welt ist die der Gattin. Die Geliebte will rein in diese Welt, sie will das, was er mit einer anderen lebt, erobern. Indem sie sich seiner Frau nähert, gewinnt sie mehr Nähe zu ihm. Und wenn sie sich die Scham von der Rivalin verschönern lässt, macht sie die andere zur Dienerin der Lust, die sie mit deren Mann teilt. Was für ein Triumph. Der Triumph der Unterlegenen. Sie macht das nur, weil sie den großen Sieg nicht davontragen kann. So denke ich mir das. Mir wurde da, bei meinen Löwen, zum ersten Mal klar, dass die Geliebten leiden. Ehefrauen denken, dass Drama beginne, sobald sie Verdacht schöpfen. Das Drama läuft längst. Als sie noch glücklich waren, weil unwissend, nichtsahnend, war schon jemand unglücklich: die Geliebte.

Ich bin dankbar, dass ich Annas Mails lesen kann. Ich lerne mehr über das Leid der Geliebten. Ich weiß nicht, ob es mir hilft, ein besserer Detektiv zu werden. Ich glaube nicht, dass ich meine Aufklärungsquote damit verbessern kann. Aber vielleicht kann ich die Liebe besser verteidigen, wenn ich meinen Kundinnen klarmachen kann, dass nicht Unglück gegen Glück steht. Wenn es der Geliebten um Liebe geht, ist auch sie die Unglückliche.

Leo Schilf antwortet am nächsten Morgen, noch vor acht. Es täte ihm leid. Er habe mal eine Homestory machen müssen, weil es wichtig sei, dass auch die menschliche Dimension des Politischen deutlich werde. Jeder mache das, es gehöre dazu. Er wisse, dass sie das kränken muss, aber es sei nicht zu vermeiden. Zu ihrem Heiratsantrag nur ein indirekter Satz: «Ute gehört nun mal zu meinem Leben, und so wird es auch bleiben.»

Das ist die Mail, die ich brauche, eine Mail für die Mappe. Ich werde eine sanfte Mappe komponieren, eine Erhaltungsmappe, wie ich das nenne. Es gibt auch Zerstörungsmappen, selten allerdings. Manche Männer sind solche Schweine, dass sie die Frauen, die sie haben, nicht verdienen. Ich hatte einen Fall, da hat ein Typ eine Affäre mit dem Kindermädchen gehabt, keine Seltenheit, eher ein klassischer Fall. Die Kindermädchen sind jung, man kommt ins Gespräch, geht ins Bett. Dieser Fall war anders.

Ich frage immer nach Kindermädchen, und wenn es eins gibt, beginnt dort meine Observation. Die Frau fuhr ein paar Tage weg, das Kindermädchen zog praktisch in die Wohnung ein, trug die Sachen der Frau, wenn sie mit dem Mann ausging. Da wird es hässlich. Es gibt Affären, die man fast sauber nennen kann, und es gibt die hässlichen. Ich hörte mich ein bisschen um und fand heraus, dass der Mann das Mädchen nicht als Kindermädchen kennengelernt hatte, sondern auf einer Party und es dann als Kindermädchen in die Familie geschleust hat. Sehr hässlich. So konnte er sie ständig um sich haben, gleichsam mit zwei Frauen leben. Ich habe eine brutale Mappe komponiert. Sie hatten eine Wohnung ohne Gardinen. Das ist ein Trend, der für meine Arbeit nützlich ist. Nur noch die Alten haben Gardinen, und die Alten haben keine Affären. Ich saß im Baum gegenüber und schoss Hochglanzfotos. Ich nahm die krassen Bilder, die mit seinem lustverzerrten Gesicht. Er brauchte das Kindermädchen für seine Pornogelüste, und es war auch wichtig, dass sie das Kindermädchen war, denke ich. Die Kinder sind das Reine und Gute, und wenn es einem Lust macht, etwas Verdorbenes zu tun, nimmt man logischerweise das Kindermädchen. Es war eine schlimme Präsentation. Sie hat ihn sofort verlassen, mit Schweinen kann man nicht leben. Aber Ute Schilf bekommt eine Erhaltungsmappe. Sie soll einen zerrissenen Mann zeigen, der seine Frau und seine Familie liebt und sich mehr oder weniger in eine Affäre verirrt hat. Dann bleibt Ute Schilf bei ihrem Leo. Und Anna ist frei.

Ich erwarte einen Vulkanausbruch, als ich die nächste Mail von Anna öffne. Aber ich täusche mich. «Und ich? Gehöre ich auch zu deinem Leben?»

«Du bist die Sonne.»

«Die Sonne kann man sehen, und ich bin es so satt, dieses ewige Versteckspiel, dieses Knutschen im Aufzug, zehn Sekunden des Glücks, und dann warten und verstecken, warten und verstecken. Ich bin eine Sonne, die ans Licht will. Vergiss die Heirat, ich will dich nicht heiraten, ich wollte nie heiraten, kein weißes Kleid für mich, war nie mein Traum, ich will nur, dass du ihr sagst, dass es mich gibt, und dann gehen wir Hand in Hand über den Pariser Platz und haben keine Angst vor Kameras, und wir küssen uns unter dem Brandenburger Tor und haben keine Angst vor Kameras, und du kommst am Abend mit zu mir, und wir haben keine Angst vor Leibwächtern, die was verraten könnten. Das ist alles, sag ihr nur, dass es mich gibt, und dann bin ich in der Welt.»

«Komm in den Aufzug.»

Ich weiß nicht, was im Aufzug passiert ist. Es dauert vier Tage, bis sie die nächste Mail schickt, die längste Pause. «Was tun wir hier? Wir sagen Sätze, von denen wir hoffen, dass sie am nächsten Tag in der Zeitung stehen oder in der Tagesschau gesendet werden. Wenn sie dort nicht erscheinen, sind sie nicht gesagt. Wenn wir mit unseren Sätzen dort länger nicht erscheinen, gibt es uns nicht. Wir sagen

Sätze, damit es uns gibt. Wir sagen sie so, dass es uns gibt. Es gibt uns nur im Streit. Wenn wir etwas sagen, auf das jemand anderes erwidern kann, sind wir in der Zeitung oder in der Tagesschau. Am besten ist, ein Parteifreund kann darauf erwidern. Dann wird es interessant. Es gibt uns am meisten als Rebellen. Aber wir dürfen keine Rebellen sein, weil das der Kanzler nicht will (und du willst es auch nicht). So suchen wir den ganzen Tag nach Sätzen, die uns leben lassen, ohne dass sich der Kanzler zu sehr ärgert. Oder die Journalisten suchen sie bei uns. Ist das Politik? Wollen wir das so? Sag mir einen Satz, der mich leben lässt.»

Er braucht über eine Stunde, bis er antwortet. Die Mail ist lang. «Warum siehst du unseren Beruf so negativ? Du nimmst die Perspektive des Bürgers ein, der nichts versteht von dem, was hier passiert. Er lebt in einer anderen Welt. Versuch es mal anders zu sehen. Du bist jetzt bei uns, einer Welt mit eigenen Gesetzen. Man kann sie die Machthaberwelt nennen, auch wenn das vielleicht anmaßend klingt. Aber der Bürger ist jetzt draußen. Um den geht es jetzt mal gerade nicht. Als ich ein Junge war, habe ich mir manchmal vorgestellt, jeder Schritt von mir, jede Handlung würde beobachtet, vielleicht von einem Mädchen, das ich verehrt habe, vielleicht von Journalisten, die über Fußball schreiben, denn natürlich wollte ich Fußballstar werden. Auf dem Fußballplatz sah ich jede meiner Aktionen von Kameras aufgezeichnet und in die Welt gesendet. Ich glaube nicht, dass ich der Einzige war, der so gedacht hat. In Wahrheit ist doch Aufmerksamkeit das Ziel von allen. Wer kriegt sie in hohem Maß? Popstars. Filmgrößen. Spitzensportler. Und wir, Anna. Ich habe meinen Jungentraum verwirklicht. Die Kameras sind ständig da, jede meiner Bewegungen wird beobachtet, jedes Wort von mir aufgezeichnet. Und alles geht um die Welt, wenn die Welt in diesem Fall mal Deutschland sein darf. Darüber kann ich mich doch nicht ärgern. Das wollte ich doch immer. Natürlich geht es mir auch manchmal auf die Nerven, aber in Wahrheit liebe ich die Beobachtung. Der Kanzler liebt sie vielleicht sogar noch ein bisschen mehr, die Freunde von der Opposition lieben sie, wir alle. Wie alle Totalitäten ist auch totale Aufmerksamkeit gefährlich. Aber ist es nicht faszinierend, sich in diese Gefahr zu begeben? Jeder Satz kann das Ende unserer Karriere sein, jede Recherche in unserer Biographie könnte Dinge zutage bringen, die uns unsere Ämter kosten. Das ist Leben auf dem Vulkan, Anna. Alles hat Bedeutung, verstehst du? Ich sage, dass Kapitalisten wie Heuschrecken über das Land herfallen, und schon entbrennt eine große Diskussion. Das Wort bekommt Flügel, es hebt ab, und wo es hereinfliegt, verändert es Gespräche, Gedanken. Das ist doch großartig. Wer kann das haben? Doch nur wir. Wir herrschen über Wörter, wir herrschen über Wahrheiten. Unsere Wahrheit muss nicht von der Vergangenheit gedeckt sein und bindet uns nicht für die Zukunft. Wir sagen Wahrheiten für den Moment. Sobald wir etwas gesagt haben, verändert sich die Welt. Andere sagen etwas, andere stellen ihr Handeln darauf ein. So wird eine Wahrheit geschaffen. Am nächsten Tag spielt sie keine Rolle mehr. Ein paar Journalisten erinnern sich daran und kläffen, aber sie machen sich lächerlich. Wir haben längst neue Wahrheiten geschaffen. Gegen die Wahrheiten der Gegenwart wirken Erinnerungen kleinlich. Man kann das genießen. Es ist großartig. Du wirst das lernen, und es wird dich glücklich machen, glaub mir. Werde Machthabermensch.»

Ich blicke auf. Da sitzen sie, die Machthabermenschen. Ich sehe ihre Rücken, ihre Hinterköpfe, zu einem Drittel kahle Hinterköpfe. Sie rascheln mit ihren Zeitungen, sie quatschen, sie saugen mit Strohhalmen süße Milch aus Tetrapacks, die ihnen ein Sponsor auf die Tische gestellt hat.

Tausend Machthaber. Durch die Gänge laufen Kameramänner, die aussehen wie Vogelmenschen, mit einer Kamera statt einem Kopf auf den Schultern. Leo Schilf bemüht sich, Engagement zu zeigen. Er taucht, er wippt, er ballt die Faust, öffnet die Arme. Er spielt Schwung, Leidenschaft. Erbärmlich. Auf der Leinwand hinter ihm wackelt riesig sein Kopf, fast kahl, die obszönen Lippen, die küssen sollten und nicht so viel reden.

Ich schaue zu Anna. Was sagt sie dazu? Was denkt sie über diesen Mann. Wie kann sie ihn lieben? Sie sitzt noch immer vornübergebeugt. Streicht sie ihm gern über diesen massiven Schädel und mag den Wechsel von der glatten Haut zu den Stoppeln an der Seite, das Kitzeln daran? Was mag sie noch? Die Lippen, klar, da muss man kein Wort darüber verlieren. Und dann dieser Hang zum unseriösen Denken in einer Welt, in der alle ständig Seriosität spielen, das könnte auch ein Reiz sein. Und wenn ich mal unterstelle, dass Anna die Demokratie am Herzen liegt, und das ist ohne Frage so, dann könnte ihr Leo für sie ein Held sein, der einen Job macht, den doch in Wahrheit kaum einer machen will, aber er macht ihn und lässt sich verformen und verformt, aber er arbeitet daran, dass dieser Staat irgendwie funktioniert, auch wenn mich das einen Haufen Steuern kostet, aber schlecht ist es ja vielleicht doch nicht.

«Ich dachte, es graut dir vor der Aufmerksamkeit. Bist du nicht der kleine Junge, der nie was gesagt hat bei den Familienfesten mit Eierlikör? Bist du nicht der große Junge, der mir das anvertraut hat? Der sich von mir trösten lässt, wenn er wieder zu den Unvermeidlichen muss? Sind das auch nur Sekundenwahrheiten? Was ist wahr an dir für mich, Leo?»

«Wahr ist, dass die größte Angst des kleinen Jungen zugleich seine größte Sehnsucht war. Wahr ist, dass in meiner größten Qual meine größte Belohnung liegt. Wahr ist, dass ich dich brauche, um genau das auszuhalten. Für dich ist wahr an mir, dass ich mich gehenlasse, wenn ich dich sehe. Für die Unvermeidlichen ist das wahr, was gerade gesendet wird.»

«Vor ein paar Monaten war ich selbst noch eine Unvermeidliche.»

«So darfst du nicht denken. Lass dich hinter dir. Es gibt uns, und es gibt sie. Das muss man verstehen. Du kannst nicht mit ihrem Denken bei uns erfolgreich sein. Du brauchst unbedingt Machthaberdenken. Wir können doch Volksnähe nur noch spielen, notwendigerweise. Wir würden sofort scheitern, wenn wir mit ihrer Moral, ihrem Denken Politik machen wollten. Natürlich steuern wir die Erde vom Raumschiff aus, aber anders geht es nicht. Und wir müssen uns dafür nicht schämen. Der Kanzler schämt sich nicht. Ich schäme mich nicht. Die Opposition schämt sich nicht. Wir sind eine neue Gattung, ein Menschenschlag, wie es ihn noch nie gegeben hat. Und wir haben ihn selbst geschaffen, Tag für Tag durch unsere Arbeit. Das ist großartig, wir können stolz darauf sein. Sei stolz, Anna.»

Da ist es eine Minute vor elf nachts. Ich glaube, dass er betrunken ist. Er kann doch nicht nüchtern so einen Dreck schreiben. Das kann doch nicht sein. Ihre Antwort kommt einige Minuten später.

«Kann man lieben in dieser Machthaberwelt?»

Er schweigt lange. Dann schickt er ein Wort: «Liebesüberschwemmung.»

Nicht schlecht.

3 Ich schaue von meinem Laptop auf. Schilf redet noch, der Saal ist leerer geworden. An der hinteren Tür sehe ich einen Mann, den ich kenne. Er trägt wieder einen Cordanzug. Ich sehe ihn nicht gerne, er erinnert mich an einen Irrtum, eine Schmach. Was macht er hier? Er wirkt selbstbewusster, steht da wie eine Mahnung. Mir egal. Ich kümmere mich nicht um ihn.

Plötzlich ist es still im Saal, Leo Schilf macht eine Pause, schaut auf. In dem Manuskript, das die Pressestelle verteilt hat, sind es noch zwei Seiten. Er starrt auf sein Manuskript. Er schaut wieder auf, schaut dahin, wo seine Frau sitzt. «Ich möchte noch ein persönliches Wort sagen. Gestatten Sie mir das bitte.»

Ich schaue zu Anna. Sie hat das Kinn immer noch auf ihre Unterarme gestützt. Jetzt richtet sie sich auf, legt die Hände auf den Tisch. Ich kann ihr Gesicht nicht sehen.

«Ich hätte das alles nicht machen können, wenn ich nicht eine so wunderbare Frau an meiner Seite hätte.»

Anna steht auf. Er sieht das, ich sehe, dass sein Blick zu ihr hinüberschießt und schnell zurückkehrt zu seiner Frau. «Liebe Ute.» Er macht eine Pause.

Plötzlich ist es still. Die Gespräche sind verstummt, das Rascheln der Zeitungen hat aufgehört. Es sind höchstens noch zwei Drittel der Delegierten da. Anna quetscht sich durch die Reihe.

«Du musst viel durchmachen, du musst oft, zu oft, auf mich ...» Es ist, als tauche seine Stimme in Wasser. Sie erstickt. Er trinkt. «... auf mich verzichten.»

Anna verlässt den Saal. Sie sieht nicht mehr, dass die große Leinwand hinter der Bühne nicht mehr Leo Schilf zeigt, sondern seine Frau, die in der ersten Reihe sitzt. Sie sieht nicht die Träne, die sie sich mit dem Rücken ihres rechten Mittelfingers wegwischt. Sie sieht nicht, dass links und rechts von Ute Schilf auch Tränen fließen.

«Ich danke dir dafür. Ich danke dir für deine Geduld, deine Nachsicht, deine Liebe. Ohne dich wäre alles nichts. Ohne unsere Familien, liebe Genossinnen und Genossen, hätten wir nicht die Kraft, unsere Arbeit zu machen.»

Applaus, großer Applaus.

Ein Heuchler? Ein Lügner? Eine Bande von Heuchlern, von Lügnern? Nein, nicht in diesem Moment. Der Detektiv glaubt ihnen, für dieses eine Mal. Der Detektiv weiß, dass die Männer, die Betrüger sind, auch ihre Frauen lieben können. Ich weiß das von der Fassungslosigkeit der Frauen, die zu mir kommen. Sie haben Liebe gespürt, sie spüren Liebe. Und deshalb verstehen sie nicht, dass sich ihre Männer anderen Frauen zuwenden. Ich habe mich oft gefragt, ob man Liebe spielen kann. Man kann alles spielen, aber Liebe? Ich weiß nicht. Ein paar können das vielleicht, die meisten eher nicht. Ich glaube nicht, dass Affären aus Liebesmangel passieren.

«Oktopus.»

Ich habe es gehört. Er hat das Wort gesagt. Ich springe in Gedanken zurück an den Satzanfang.

«Lassen Sie uns sein wie ein Oktopus, lassen Sie uns nicht mit zwei Armen arbeiten, sondern mit acht, mit vielen Armen.»

Ich sehe ein paar Leute grinsen. Ich drehe mich um. Wo ist Anna? Steht sie an der Tür? Sie ist nicht da. Sie hat es nicht gehört. Er kommt zum Ende. Er bittet darum, ihm Vertrauen für zwei weitere Jahre zu schenken. Er legt das letzte Blatt auf den Stapel, bügelt die Ränder glatt, sorgfältig wie Neringa und so lange, als wolle er nicht gehen, als wolle er hinter dem Rednerpult bleiben. Er schaut nicht auf. Der Applaus ist schwach. Ein paar Delegierte aus Nordrhein-Westfalen erheben sich von ihren Stühlen. Ein Dicker macht verstohlen Bewegungen mit den Armen, als wolle er davonfliegen. Wahrscheinlich will er andere auffordern, ebenfalls aufzustehen. Sein Erfolg ist mäßig. Wer aufsteht, tut das wie ein Gewichtheber, dem zweihundert Kilo auf den Schultern lasten, mit größter Anstrengung. Leo Schilf schaut in den Saal, er dreht sich abrupt um, geht zu seinem Platz auf der Bühne. Der Kanzler schüttelt ihm die Hand, schickt ihn zurück. Der Kanzler ist unerwartet klein für mich. Das Fernsehen macht ihn größer. Leo Schilf verbeugt sich. Der Applaus verklingt.

Ich lese weiter. Eines Abends schickt ihr Leo Schilf folgende Mail: «Du spinnst. Du spinnst total. Wie kannst du das tun? Und warum hast du mir nichts gesagt? Wir waren zweimal im Aufzug und du hast kein Wort gesagt. Geht es dir jetzt besser? Endlich auch im Licht und gleich im Großen. Tagesschau, wow, ich gratuliere. Anna Tauert will dem Zahnersatzgesetz nicht zustimmen, die sechste Rebellin der Fraktion. Das haben fünf Millionen gesehen und gehört auf einen Schlag. Mit O-Ton. Du solltest den Interviewer nicht so starr fixieren mit deinen grünen Augen, das sieht nicht gut aus, wenn ich das mal sagen darf. Aber das lernst du schon noch, es werden sich viele Gelegenheiten ergeben. Das Fernsehen mag Rebellen, das weißt du ja. Du bist berühmt jetzt, du bist da. Mir kannst du gestohlen bleiben.»

Sie antwortet rasch: «Soll ich dir das sagen, wenn wir fünfundzwanzig Sekunden Zeit haben und der letzte Kuss eine Ewigkeit zurückliegt? Es ging um unsere Liebe und nicht um Politik, und sei nicht so gemein zu mir, es ist mir nicht leichtgefallen, diese Entscheidung zu treffen, aber ich musste sie treffen, weil es Spiegel gibt in meiner Wohnung, und da steht immer eine Frau, jeden Morgen und jeden Abend, und die guckt mich an, die Frau, und sie hat schon ein paar kleine Falten rechts und links der Augen, ist dir das schon mal aufgefallen?, und die Frau guckt immer so kritisch, so prüfend, und wenn ihr etwas nicht gefällt, dann starrt sie ganz seltsam, und diesem Blick muss ich standhalten, jeden Morgen und jeden Abend, und das ist nicht leicht, und deshalb habe ich mich so entschieden, wie ich mich entschieden habe, aber nicht gegen dich, überhaupt nicht gegen dich, unsere Liebe ist größer als die Politik, denk daran, Leo, denk immer daran, und deshalb darfst du nicht sagen, dass ich dir gestohlen bleiben kann, denn das stimmt nicht, weder ich dir noch du mir. Wir beide, du und ich, wir, werden nicht an diesem Kanzler scheitern, das werden wir einfach nicht. Versprich mir das, ja?»

Er antwortet nicht. Sie schreibt fünfmal hintereinander. Nach drei Minuten: «Antworte mir.» Nach vierzehn Minuten: «Leo?» Nach sechsundzwanzig Minuten: «Bitte.» Nach einunddreißig Minuten: «Bittebitte.» Nach zwei Stunden und fünfundzwanzig Minuten: «*Fuck you.*»

Am nächsten Tag meldet sich Leo abends: «Obwohl du weißt, dass wir damit keine Mehrheit haben?»

«Ja.»

Es ist später Abend. Eine Stunde schweigen beide. Dann meldet sie sich: «Du hast etwas vergessen.»

Er sofort: «Was?»

«Mir eine gute Nacht zu wünschen, mir zu sagen, dass du mich liebst.»

Er reagiert nicht. Elf Tage schreibt niemand eine Mail. Ich würde das ein Ende nennen. Wer meldet sich zuerst? Natürlich Anna, wer sonst. Nach elf Tagen schreibt sie: «Ich war schon ganz früh dort, lange vor dir, um halb acht saß ich da und las die Zeitungen, Neues vom Zahnersatz, und es reicht ihnen nicht, den Journalisten, die wollen mehr, noch viel mehr, sparen, einschränken, runter mit den Sozialkosten,

Reformhunger, Reformgier, Reformsucht. Aber jetzt fange ich schon wieder damit an, obwohl ich es gar nicht wollte, wirklich nicht, ich wollte dir nur schreiben, wie es war für mich, dich dort zu sehen. Um halb acht saß ich also im Café Einstein und las die Zeitungen und sah alle fünf Minuten auf mein Handy, ob es eine Nachricht von dir gibt, alle drei Minuten, ehrlich gesagt, aber keine Nachricht und dann doch eine Nachricht, ein kleiner Briefumschlag links oben im Display, der schönste Anblick der Welt, und mein Herz rast und Tasten gedrückt und geschaut – Lennie, meine Schwester, große Enttäuschung, obwohl sie das nicht verdient hat. Dann kommt der Außenminister, wieder ein Kilöchen schwerer geworden, obwohl er immer noch keinen Alkohol trinkt und wie wahnsinnig rennt, und er setzt sich an den Nachbartisch zu den beiden Journalisten und bestellt eine Karaffe Orangensaft, frisch gepresst, und pflanzt sofort lauthals eine Bombe in die amerikanische Botschaft im Irak, und die Bombe geht hoch, und dann rasten die Amerikaner aus und greifen den Iran an, weil natürlich Schiiten, die vom Iran gesteuert sind, wie der Außenminister als Einziger weiß, die Bombe gelegt haben, und jetzt kennt die Hisbollah im Libanon kein Halten mehr und stürzt sich brutal auf Israel, und da ist die Karaffe Orangensaft schon leer, und Israel greift Syrien an, aber jetzt ruft erst einmal die Freundin vom Außenminister an, die noch jünger ist als die Anna, lieber Leo, und wird liebevoll begrüßt, lieber Leo, Säuseln vom Nachbartisch, dann wieder Dröhnen, denn jetzt kommt der Flächenbrand zusammen mit der zweiten Karaffe Orangensaft, frisch gepresst, und Aufstände überall, wo Muslime leben, auch in Europa, Selbstmordattentate, Bomben, und jetzt zerknautscht der Außenminister sein Gesicht, bis es ein Apokalypsengesicht ist, und ich schaue nach, ob nicht schon eine Bombe unter meinem Stuhl liegt, aber, Gott sei

Dank, da ist nichts. Die ersten Touristen kommen ins Café Einstein, in bunter, belästigender Regenkleidung, und sind hocherfreut, dass der Außenminister dasitzt, aber der ist von nichts so genervt wie von erkennenden Blicken, außer von ausbleibenden erkennenden Blicken, und endlich stellt der eine Journalist die Frage, die der Außenminister hören möchte: ‹Wie kann man den Untergang der Welt verhindern?› – ‹Wie? Hoho›, der Außenminister wirft sich zurück in das Polster seiner Bank, und seine Hände fuchteln groß, und sofort eilt ein Kellner herbei, weil er denkt, dass noch eine Karaffe Orangensaft bestellt werden soll, aber er war nicht gemeint, niemand war gemeint, und jetzt sackt der Außenminister furchterregend in sich zusammen, sein Blick wandert hinter den Horizont, wo die großen Pläne wachsen, und Stille, und Anna vermisst Leo, und dann flüstert der Außenminister, und die Journalisten spitzen ganz doll die Ohren, damit ihnen nichts entgeht von dem Plan, der die Welt retten würde, wenn alle so klug und einsichtig wären wie unser Außenminister, auf den wir echt stolz sein können und ja auch sind.

Wieder eine SMS. Nicht von dir.

Und das *Einstein* füllt sich, und der Innenminister ist auch da, und er sitzt an einem Tisch mit weißer Decke und trinkt seinen Kaffee und raucht schon Zigarre am Morgen, und er sitzt da wie ein tausend Jahre alter Stein und liest missbilligend die Zeitung, und dann kommt ein Mitarbeiter und bringt eine Akte und steht da wie ein Bäumlein, das Angst hat, dass gleich ein Sturm kommt, der es in der Mitte durchbricht, denn das kann unser Innenminister sehr gut, wie du weißt, Menschen in Bäumlein verwandeln und in der Mitte durchbrechen. Aber der Mitarbeiter hat Glück, er darf gehen, ohne in einen Sturm geraten zu sein, anders als ich in der vergangenen Woche, als ich in der Fraktion mal angemerkt habe, mit klopfendem Herzen, dass auch Ausländer, über deren Asylantrag noch nicht entschieden wurde, hier in Würde leben können sollten, wie dumm von mir, denn sofort brach ein Sturm los, ein Orkan, der aus der Eiszeit kam, und sofort war es ungeheuer kalt im Saal, und Eiszapfen hingen von den Nasen. So hat er mit mir geredet, der Innenminister, und du warst nicht da, um mich zu retten. Er hat mich natürlich nicht gegrüßt im *Einstein*, obwohl er mich gesehen hat, aber ich bin ja nur eins von den blöden Mädels.

Aber vielleicht bin ich es eines Tages nicht mehr, vielleicht bin ich Außenministerin oder Bundeskanzlerin, kann doch sein. Und bin ich dann auch so? Bin ich dann auch der Staat höchstpersönlich und schwelge im Weltbesitzertum? Muss das so sein? Kannst du mich davor bewahren, Leo?»

Ich könnte es.

«Aber das wollte ich dir alles gar nicht schreiben. Ich schreibe das nur, weil ich mich nicht traue zu schreiben, was ich schreiben will, über dich und mich.

Plötzlich bist du da. Und du setzt dich mit dem Rücken zu mir, aber da ist ein Spiegel, überall sind hier Spiegel, und ich sehe dich, aber du siehst mich nicht, weil du nicht willst. Du siehst den Außenminister und den Innenminister und nickst ihnen lächelnd zu, euer feines Machthaberlächeln, das nur ihr könnt, und du redest mit dem Präsidenten der Bundesvereinigung der Deutschen Arbeitgeberverbände, der dir höchstwahrscheinlich sagt, dass ihr noch viel, viel mehr tun müsst, sonst geht Deutschland unter, sogar ohne die Bombe in der amerikanischen Botschaft in Bagdad, und ich schaue dir zu dabei, schaue nur auf diese Lippen, die sich an wichtige Worte verschwenden, statt mich zu küssen. *Sorry*, Leo, *sorry for my part.*»

Die Antwort kommt nach einer Minute: «Komm in den Aufzug, sofort.»

Sie sind wieder zusammen und meiden das Thema Zahnersatz. Sie haben ein paar glückliche Wochen, eine Nacht bei ihm, eine Nacht bei ihr. Am Morgen nach der Nacht bei ihr, kurz vor halb sieben, schreibt er Anna eine lange Mail: «Es ist so still hier. Die Touristenboote sind noch nicht auf der Spree unterwegs, ich höre nicht die dummen Sprüche der Kapitäne, immer auf Kosten von uns. Warum hassen die uns so? Ich lese Akten und denke an dich. Ich bin müde, jetzt sitze ich hier in einem Zwischenreich von Tag und Traum, und das ist oft die Zeit, in der ich die Black Box öffne und die Gedanken denke, die ich nicht denken darf. Ich stelle mir vor, wie ein Leben mit dir wäre. Wir haben ein wundervolles, erfülltes Leben. Doch die Gedanken enden immer am selben Punkt. Wenn ich ein Leben mit dir beginne, will ich, dass es anders ist als das Leben mit meiner Frau. Ich möchte ehrlich und offen mit dir sein, treu sowieso. Weißt du, früher, als es noch keine Computer gab, und ich meine Reden mit der Schreibmaschine geschrieben habe, da konnte ich es nicht ertragen, wenn ich einen Fehler gemacht habe und ein Wort oder einen Buchstaben hätte durchstreichen müssen. Ich habe immer das Blatt aus der Maschine gerissen und ein neues eingelegt, auch wenn ich dann alles neu schreiben musste. Ich konnte nur reine, makellose Blätter ertragen. Ähnlich geht es mir mit meinem Leben. Wenn ich ein neues Leben anfange, soll es rein und makellos sein wie ein fehlerfreies Manuskript. Aber das geht nicht. Ich kann nicht offen zu dir sein, weil es dieses Geheimnis gibt. Um ein ehrliches Leben mit dir anzufangen, müsstest du dieses Geheimnis kennen. Aber es ist unmöglich, es dir zu sagen. Es hängt alles davon ab, dass dieses Geheimnis gewahrt bleibt. Alles. Ich könnte es dir nicht aufbürden. Vielleicht wirst du mich eines Tages hassen, und ich weiß nicht, wozu du dann in der Lage wärst. Ich bin immer sehr traurig, wenn ich die Black Box wieder schließe. Ich liebe dich, dein Leo.»

Anna reagiert ein Stunde später. «Ach.»

Das ist alles.

4 Schilf sorgt dafür, dass Anna den Kanzler auf eine Reise nach Afghanistan, Katar und Abu Dhabi begleiten kann. Ihr ist das ein bisschen peinlich, aber die Reise reizt sie zu sehr, um verzichten zu können.

Die erste Station ist Kundus in Afghanistan, wo deutsche Soldaten stationiert sind. Von dort schreibt sie eine lange Mail. «Ich sitze auf einer Pritsche in einem Zelt, in dem es sehr heiß ist, und die Pritsche ist hart und schmal und militärisch grün, und wer hätte gedacht, dass ich mal auf einer solchen Soldatenpritsche liegen würde. Es gibt zwölf Pritschen in unserem Zelt. Vier davon haben Journalistinnen belegt, die mit uns reisen. Auf den anderen liegen Soldatinnen, die mir ein bisschen Angst machen mit ihren Uniformen, aber eigentlich sehen die ganz schön gut aus darin. Meinst du, mir würde eine Uniform auch stehen? Würdest du mich mögen in einer Uniform? Stehst du vielleicht sogar heimlich drauf? Sei ehrlich, Leo. Willst du mich mal in einer Uniform vögeln? Ich sollte schon längst im Flugzeug nach Katar sein, aber du weißt ja, dass es am Tor zum Lager einen Anschlag gegeben hat und wir aus Sicherheitsgründen bleiben müssen. Jemand hat sich in die Luft gesprengt und einen der einheimischen Wächter mit in den

Tod gerissen. Wir haben davon nichts mitgekriegt, weil wir in einem Container saßen und einen langweiligen Vortrag gehört haben, wer wofür zuständig ist, und natürlich mussten alle Reden halten, die Vertreter der Bundeswehr, des Innenministeriums, des Außenministeriums und des Ministeriums für wirtschaftliche Zusammenarbeit, weil die hier alle Leute haben, und wenn die Leute schon mal da sind, müssen sie auch reden, wenn der Kanzler kommt, obwohl der immer so ungeduldig wird beim Zuhören. Also hat jeder über seine Zuständigkeit geredet und gesagt, dass es insgesamt gut läuft, und dann kam ein Soldat und hat dem Kommandanten was ins Ohr geflüstert und danach war die Welt eine andere. Alle waren natürlich überhaupt nicht besorgt um sich selbst, sondern sofort total besorgt um die deutschen Soldaten und dann beruhigt, weil keiner zu Schaden gekommen ist. Für den einheimischen Wachmann haben wir eine Gedenkminute eingelegt. Aber dem Kollegen Schmelzing hat die Hand gezittert, als er sein Blatt mit dem Tagesprogramm vom Tisch genommen hat. Wahrscheinlich hat er den Tag verflucht, als er für den Einsatz der Bundeswehr in Afghanistan gestimmt hat. Unser Programm wurde abgesagt, wir sollten uns eigentlich eine Schule angucken und noch andere Sachen, aber das ist jetzt gefährlich, und ich bin froh, dass wir nicht durch das Tor müssen, weil es da bestimmt einen Blutfleck gibt, und den will ich nicht sehen. Wir mussten Splitterschutzwesten anziehen und Helme aufsetzen, und ich musste lachen, als ich den Kanzler mit der Splitterschutzweste gesehen habe, weil er plötzlich so schildkrötenhaft aussah. Kleinen, kompakten Männern stehen Splitterschutzwesten einfach nicht. Da muss sich die Bundeswehr mal was anderes einfallen lassen. In Wahrheit, Leo, habe ich den ganzen Tag lang Angst gehabt, und ich habe immer noch Angst und ich möchte Deutschland nicht am

Hindukusch verteidigen, und eigentlich müsste ich das alles löschen, was ich geschrieben habe von den Uniformen und der Splitterschutzweste, denn eigentlich ging es nur darum, meine Angst in Ironie zu hüllen, damit man sie nicht erkennen kann. Wir sind den ganzen Tag im Lager herumgesessen und haben mit Soldaten geredet und gegessen, ständig deutsche Wurst und deutschen Käse und deutsche Schnitzel gegessen, damit der Tag rumgeht. Und bald wusste niemand mehr, was er die Soldaten noch fragen soll, so viel haben die ja auch nicht zu sagen. Und ich habe immer den Kanzler beobachtet, was der wohl denkt. Hat die Soldaten nach Afghanistan geschickt und aus dem Irak herausgehalten, und jetzt geht es ihm wie einer Schildkröte auf dem Rücken. Gefangen, er kommt nicht weiter. Ein einziger Selbstmordattentäter nagelt ihn hier fest. Wir sind ganz schön verwundbar, finde ich. Der Kanzler kann sehr viel deutsche Wurst essen, und wenn er sich blöd vorkam, hat man es ihm nicht angemerkt. Ich warte die ganze Zeit darauf, dass er mich anspricht, dass er sich die Rebellin mal vorknöpft, und mit Splitterschutzweste und Stahlhelm wäre das irgendwie passend gewesen, aber er hat es nicht gemacht, nicht im Flugzeug und nicht hier. Weißt du, was er am Nachmittag gemacht hat? Er hat Skat gespielt. Er hat zwei Stunden mit den Soldaten Skat gespielt, und die fanden das prima, die haben ihn gemocht dafür, und ich irgendwie auch, muss ich zugeben. Deutschland wird angegriffen, und der Bundeskanzler spielt erst mal tüchtig Skat, achtzehn, zwanzig, zwei oder so ähnlich. Das war cool. So verging der Tag, und abends waren wir in der Bar, die sie hier haben, und zwei Bier gab's für jeden, und die Soldaten haben ihre Soldatinnen geküsst, und die Stimmung war ganz gut, aber nur bis zehn, denn dann war Zapfenstreich, und jetzt sitze ich hier auf der Pritsche und schreibe dir diese Mail, und ich kann bestimmt nicht schlafen, weil ich immer an den Selbstmordattentäter denken muss und den Wachmann, der für nichts was kann und Deutschland am Hindukusch verteidigt hat und sterben musste. Und ist es nicht so, dass es nie, nie, nie zwei Selbstmordattentate am selben Tag gibt? Das ist doch verboten, oder? Und weißt du was? Es gibt ein Liebeszelt hier, von Rosen umrankt, da dürfen sie rein, soweit das die dienstlichen Belange nicht stört, wie ich hier gelernt habe. Und wärst du hier, würden wir da reingehen, spät in der Nacht, wenn die dienstlichen Belange garantiert nicht gestört werden, und du könntest mich halten, und ich hätte keine Angst. Ich liebe dich. Miss you.» Elf Minuten später: «*Miss you desperately.*»

Schilf antwortet in dieser Nacht nicht. Wahrscheinlich musste er in Krisenstäben sitzen oder was sie halt tun, wenn der Kanzler irgendwo festsitzt.

Die nächste Mail schickt Anna aus Katar. Sie fällt kurz aus: «*Miss you like the desert misses the rain.*»

Eine lange Mail kommt in der letzten Nacht aus Abu Dhabi. «Hilfe, Hilfe, Leo, du musst mir dringend helfen, ich will schlafen, ich bin soo müde, ich habe zu viel getrunken, aber ich kann das Licht nicht ausschalten, komm her, sei ein Mann, also technisch begabt, und schalte dieses *motherfucking* Licht aus. Es ist mir ernst, ich bin in diesem neuen Hotel, dem *Emirates Palace*, diesem unglaublichen, furchterregenden Hotel, und hier gibt es so ein komisches Ding mit tausend Knöpfen, und ich weiß nicht, welcher für das Licht ist, ich habe schon alle Knöpfe gedrückt mit dem Erfolg, dass der Fernseher läuft und das Radio und im Bad Licht ist, und die Jalousie fährt rauf und runter, rauf und runter, und ich werde wahnsinnig. Dieses Hotel macht mich fertig. Es ist gegen mich, es hat gemerkt, dass ich es nicht mag, von Anfang an. Es ist so groß, das kannst du dir nicht vorstellen. Die Gänge sind lang genug für einen olympischen Sprint und hoch genug für den Stabhochsprung, und in den Hallen kannst du den Chinesischen Volkskongress tagen lassen. Es ist eine Architektur, die den Menschen unterdrückt. Es ist ein Mensch-Raum-Verhältnis, wie es schon Albert Speer passend fand: Erkenne dich in deiner Winzigkeit, sieh die Größe höherer Mächte und akzeptiere ihre Überlegenheit. Zudem: obszöner Luxus, alles heller Marmor, der Boden, die Wände, die Säulen, und alles leer. Niemand da, nur die deutsche Delegation, wir im Hoteltrakt, der Kanzler im Gästetrakt der Regierung. Ich habe eine Vase zerschlagen, als ich den Anschluss fürs Internet gesucht habe, bin kriechend auf dem Boden mit dem Hintern gegen einen Tisch gestoßen. Sie ist zersprungen, obwohl sie auf einem dieser Teppiche gelandet ist, einem dieser so hochflorigen und weichen Teppiche, auf denen ich bei jedem Schritt Angst habe, sie zögen mich in tödliche Tiefen, trotzdem zersprungen, weil die Vase so dünn war, und was meinst du, was so eine Vase kostet, das kann ich nie bezahlen, und die behalten mich hier in ihrem Harem, und der Kanzler rührt keinen Finger, leichter kann er seine Rebellin nicht loswerden. Um zehn waren wir im Hotel, nach einem dieser Abendessen mit einem Sultan oder einem Emir oder einem Prinzen, ich weiß es nicht, und dann hat sich die Delegation in der Bar getroffen, wobei die Bar mitten in einer dieser Volkskongresshallen liegt, und dann saßen wir da, winzig und verloren, wir Abgeordnete, Unternehmer, Beamte und der Kanzler. Da haben wir einen gemütlichen Kreis gebildet, und die Männer haben Witze erzählt, schöne deutsche Witze, auch vom Ficken, manchmal mit einem verstohlenen Blick zu mir, ob ich solche Fickwitze denn auch vertragen kann. Und einer hat sich sogar getraut, einen Judenwitz zu erzählen, so einen kleinen, harmlosen, nicht mit Auschwitz und so, sondern mit Geldverdienen. Und ich habe immer kräftig mitgelacht, weil ich ja nicht die Pussy sein will im Kreis der deutschen Führungselite. Und kennst du das Gefühl, wenn man lacht, obwohl man nicht lachen will, wenn man nur lacht, damit sich die anderen gut fühlen? Da fühlt man sich so richtig Scheiße, nicht wahr, Leo, du kennst das, du bist ja Politiker. Verzeih, mein Liebling, ich bin betrunken. Und irgendwann ist keinem mehr ein Witz eingefallen, trotz der vielen Biere, aber zum Glück ist Lüllsdorf dabei, der Springreitweltmeisterolympiasieger, der hier den Arabern seine tollen Gäule verkaufen soll, und Lüllsdorf hatte die schöne Idee, dass jeder was versteigern muss, und der Erlös geht an seine Stiftung für Heimkinder. Das fanden alle toll, mit Kohle rumwerfen und sich dabei gut fühlen können. Der Lüllsdorf hat den Anfang gemacht und einen Ausritt auf einem Goldmedaillengaul ausgesetzt, Mindestgebot: 500 Euro. Die waren ganz schnell bei 3000 Euro, weil jeder unbedingt mitbieten musste. Und bei 3000 hat der Kanzler 3200 gesagt, weil er fest damit gerechnet hat, dass es weitergeht, die Sache lief gerade so schwungvoll, aber er hat den Respekt unterschätzt, den ein Kanzler genießt, und dann hat sich keiner mehr getraut zu bieten, weil man den Kanzler nicht überbieten darf, wir leben ja schließlich in einer Demokratie, und jetzt muss der Kanzler eine Runde auf dem Goldmedaillengaul drehen, obwohl er bestimmt nicht reiten kann, und das kostet ihn auch noch 3200 Euro. Säuerlicher hat sich noch keiner gefreut. Meinst du, der zahlt das selbst? Wir lassen ihn einfach reiten, und dann stecken wir's einem dieser so unglaublich scharfen Investigationsjournalisten, und der findet raus, dass die Steuerzahler den Ritt bezahlt haben, ogottogott, und der Kanzler muss zurücktreten, und die Zahnreform ist tot. *Sorry*, Leo, ich weiß, dass du mich nicht magst für diese

Sätze, aber manchmal muss ich so was schreiben, damit du mir sagen kannst, dass du mich trotzdem magst. Die haben das stundenlang gemacht, die haben Champagnerausflüge zu Kernkraftwerken und Jungfernfahrten mit Kriegsschiffen versteigert. Du kannst dir nicht vorstellen, was für eine tolle Stimmung geherrscht hat in dieser Marmorhalle, ständig Bier, der Lüllsdorf mit seinem fröhlichen Kobern und die Wirtschafts- und Politikelite in Geberlaune. Der Kanzler hat sämtliche Geschenke holen lassen, die er auf dieser Reise bekommen hat, Schwerter und Kannen und Burnusse, und der Lüllsdorf hat auch die versteigert. Und was haben wir gelacht. Und dann war ich dran, Leo, ich musste auch etwas einsetzen, das Lüllsdorf versteigern konnte. Aber was, Leo, was sollte ich einsetzen? Ich hab doch keine Kernkraftwerke und Kriegsschiffe, ich hab doch nichts außer dir. Und jemand rief: ‹Ne Krone aus ihrem Mund!›, und alle haben ganz fürchterlich gelacht, am lautesten der Kanzler, ‹ja, eine Krone›, haben sie geschrien, und ich hätte fast geweint, weil ich dachte, am Ende ziehen sie mir noch mit einer Zange meine Porzellankrone heraus, von der ich einen Großteil selbst bezahlt habe, so weit ist es doch schon. Und ich war wütend, und ich habe gesagt, wer die nächste Versteigerung gewinnt, der darf mich zum Zahnarzt begleiten und dort meine Angst sehen, ich habe nämlich schreckliche Angst vorm Zahnarzt, habe ich gesagt. Ich war schon betrunken. Es war ganz still in der Halle, fürchterlich still, und dann hat Lüllsdorf, der noch betrunkener war als ich, geschrien: ‹Mindestgebot: 1000 Euro.› Sofort hat Kollege Mingels von der Opposition 1200 geboten, darauf Scheffler von DaimlerChrysler 1400. So ging das eine Weile, bis Mingels 2200 gesagt hat, und dann wurde es Glock vom Bundesverband der Deutschen Industrie zu bunt. Er hat 5000 gesetzt. Lüllsdorf hatte die Zahl kaum genannt, da krähte Schwepp von der Deutschen Bank schon 5500. Die hatten mich auf der ganzen Reise bearbeitet, die hingen mir ständig am Rockzipfel und haben mir ihr Lied von den hohen Lohnnebenkosten gesungen, wobei sie doch eigentlich glücklich sein mussten, weil ihnen der Kanzler der Sozialdemokraten so brav ihre Waren vertickt hat an die Emire, Sultans und Prinzen, mit denen er sich so wohl gefühlt hat, die so supernett zu ihm waren, dass er über Menschenrechte und Frauenunterdrückung nicht mit ihnen reden mochte, aber das nur am Rand, lieber Leo. Schwepp und Glock trieben sich hoch bis auf 8000, und dann ist Sembacher eingestiegen, unser guter alter Freund und Fraktionskollege Sembacher, der dem Kanzler immer so treu assistiert, und er hat 8200 Euro geboten mit einem dieser hündischen Seitenblicke auf den Kanzler, einem dieser Bewerberblicke für das nächste Kabinettsrevirement, Staatssekretär muss doch mindestens drin sein, denkt der Sembacher und bietet 8200 Euro, und dann hat er sofort Angst, dass er darauf sitzen bleibt, dass er 8200 Euro zahlen muss, um die Anna zum Zahnarzt begleiten zu dürfen. Und sie lassen ihn schmoren, weil sie ihn nicht mögen, nur brauchen, und der Sembacher schwitzt, und der Lüllsdorf brüllt ‹zum ersten›, und jetzt ist Panik in den Augen vom Sembacher, und der Lüllsdorf brüllt ‹zum zweiten›, und jetzt muss der Sembacher seine Krawatte lockern, ‹und zum ...› – ‹8500›, sagt Schwepp von der Deutschen Bank. Und er kriegt den Zuschlag. Und die Anna sagt: ‹In sechs Wochen ist es wieder so weit›, denn sie geht jedes halbe Jahr, wie es sein muss, und dann steht sie auf und streicht ihren Rock glatt und will ihre Biere bezahlen, aber das lässt der Glock nicht zu. Er will alles zahlen. Anna geht. Sie geht durch den langen, leeren Gang, umgeben von hellem Marmor, beleuchtet von schweren Lüstern, die sie erschlagen könnten, und sie schluchzt, denn auch die Rebellenanna will gemocht werden, und das Schluchzen hallt durch den Gang. Und dann hört sie Schritte hinter sich, eilige Schritte auf dem Marmor, und sie dreht sich nicht um, sie weiß ja, wer das ist. Und dann ist der Sembacher neben ihr, und er sagt, dass er nur mitgeboten habe, weil er Anna die Hand halten wolle beim Zahnarzt, damit sie nicht so leiden muss, und die Anna sagt nichts und ist so eisig, wie sie nur sein kann, und der Sembacher nimmt ihre Hand und bleibt stehen und will sie küssen. Und er kriegt eine geknallt, und die Anna geht auf ihr Zimmer und schreibt diese Mail, während sie vom Zimmer terrorisiert wird. Und nun küss ich deine Lider, und *bed's too big without you.*»

«Sembacher kommt in den Petitionsausschuss», schreibt Schilf am nächsten Morgen.

Das ist ein bisschen knapp, finde ich. Aber sie freut sich. Offenbar ist der Petitionsausschuss eine Art Hölle der Politik.

Sie wolle nicht in den Aufzug kommen, schreibt Anna nach ihrer Rückkehr aus Abu Dhabi, nachdem er sie dazu eingeladen hat.

«Kleiner Begrüßungskuss, in genau zehn Minuten?»

«Ich will das nicht mehr, es ist so klein, so mickrig, warum sind wir selbst in unseren Verruchtheiten so viel kleiner als die Amerikaner, warum treffen wir uns im Aufzug und nicht in deinem Büro, auch wenn es nicht oval ist, warum ein Kuss und nicht ein Blow job und nicht eine Zigarre, meinetwegen auch eine Zigarre, wenn es nur nicht immer ein 25-Sekunden-Kuss im Aufzug sein muss, lass uns größer sein, lass unsere Liebe größer sein.»

Er bettelt. Sie geht zum Aufzug.

Anna wird in eine Talkshow eingeladen. Sie fragt Leo, ob sie da hingehen soll. Er rät ab, mit fadenscheinigen Argumenten. Die würden einen doch nur in die Falle locken, sie würde gegen den Kanzler in Stellung gebracht und so weiter. Sie durchschaut das.

«Du bist doch nur in Sorge, dass ich irgendwann in die Kamera gucke und sage: Im Übrigen liebe ich Leo Schilf, und er liebt mich.»

«Stimmt.»

Ich mag sie beide in diesem Moment, sie können ein schönes Paar sein.

Sie geht in die Talkshow, und kaum ist sie zu Hause, fragt sie: «Wie war ich?»

Es kommt keine Antwort. Nach einer halben Stunde schreibt sie: «Sag bitte nicht, dass du es nicht gesehen hast.» Nach einer weiteren halben Stunde: «Wo bist du? Dein Handy ist aus, keine Mail, was ist los? Lass mich nicht so hängen.»

Er schreibt erst am nächsten Morgen: «Ich habe die Talkshow mit dem Kanzler zusammen geschaut. Er war *not amused*, muss ich dir sagen. Er hat ein paar Sachen gesagt, die ich lieber nicht wiederholen möchte. Nur einen eher harmlosen Satz: ‹Frauen wie die muss man auf die Knie zwingen.›»

«Das ist kein harmloser Satz. Aber was meinst du? Wie fandst du mich?»

«Du warst großartig, der Moderator hat dich geliebt, die Zuschauer haben dich geliebt. Die schöne Rebellin. Du hast diese Rolle perfekt gespielt, du warst cool, du warst charmant. Bei der Schmal-Spüling hätte sich die Stimme mindestens dreimal überschlagen. Und du bist klüger als sie. Du bist gefährlich. Der Kanzler weiß das jetzt. Er hat mich gefragt, was ich von dir halte.»

Die Mail endet dort, obwohl er weiß, dass sie dort nicht enden kann. Er will die Frage lesen. Und sie kommt prompt: «Und was hast du ihm gesagt? Was hältst du von mir?»

«Ich habe ihm gesagt, dass du ein großes politisches Talent bist, etwas unreif noch, ein bisschen zu idealistisch für dieses Geschäft, aber das sei eine Frage des Alters und der Erfahrung. Wir würden noch eine Hoffnung der Partei aus dir machen, habe ich gesagt.»

«Ich hasse dich dafür.»

«Warum?»

«Warum? Ist das dein Ernst? Meinst du, ich will euer talentiertes Mädel sein, das man noch ein bisschen zureiten muss und dann wird es eine Hoffnung? Meinst du, ich will so werden wie ihr beide? Ihr verharmlost die ganzen krummen Touren und faulen Kompromisse eurer Leben doch damit, dass ihr allen anderen auch krumme Touren und faule Kompromisse aufdrängt. Ihr wollt doch nicht, dass sich jemand frei entwickelt. Ihr wollt, dass alle so werden wir ihr. Ihr seid Gott und schafft die anderen nach eurem Ebenbild. Danke, ohne mich.»

Am nächsten Tag ist sie versöhnlich. Sie hat viele Reaktionen auf ihren Auftritt bekommen, die meisten zustimmend. Sie ist zu weiteren Talkshows und Interviews eingeladen worden.

«Wow», schreibt sie drei Tage später an Schilf, «diese Sonne scheint wirklich hell.» An einem Wochenende, das sie in ihrem Wahlkreis verbringt, berichtet sie von einem kleinen Ereignis: «Ich war im Drogeriemarkt und habe mir Sonnencreme gekauft, weil es so heiß ist hier, wie im Sommer, und ich war die Vierte in der Schlange vor der Kasse, und die Kassiererin hat mich gesehen, und weißt du, was sie gesagt hat? Sie hat gesagt, da ist die Anna Tauert, und die kämpft so toll für uns, und da muss sie doch nicht hier in der Schlange stehen und ihre Zeit vertrödeln. Hat jemand etwas dagegen, wenn ich sie zuerst bediene, damit sie ihre Zeit nutzen kann, um für uns zu kämpfen, und alle sind zur Seite getreten, damit ich vorgehen kann, und mir war das peinlich, aber es war auch wunderschön, weil sie auf einmal angefangen haben zu klatschen, und ich war ganz rot vor Freude und habe meine Sonnencreme bezahlt, und mir ist vor Aufregung das Portemonnaie aus der Hand gefallen, und die Münzen sind durch den Laden gekullert, und ein Mann ist fast unter die Tiefkühltruhe mit dem Eis gekrochen, um ein Zwei-Cent-Stück hervorzuholen, und, Leo, du siehst, die Menschen wollen das nicht, was ihr da vorhabt, und kannst du nicht kommen und mir den Rücken eincremen?»

Er schreibt zurück, ob sie denke, dass fünf Leute an der Drogeriekasse «die» Menschen seien.

Am nächsten Tag schickt sie eine Mail mit einem Wort: «Sommersprossen.»

Sie bleibt euphorisch, und er lässt sie gewähren. Ich frage mich, warum er das tut. Sie arbeitet gegen das Projekt, dem er sich mit Leib und Seele verschrieben hat. In einer Mail von ihr taucht die mögliche Antwort auf. «Manchmal frage ich mich, warum du das alles hinnimmst, warum du so liebevoll bleiben kannst, und ich hoffe so, dass es Liebe ist, aber manchmal weiß ich, dass es um etwas anderes geht. Du hast mir mal geschrieben, du wärst nicht vollständig ohne mich, und das stimmt, glaube ich, aber in einem etwas anderen Sinn, als du damals gemeint hast. Du hast einen Teil von dir abgespalten und an mich delegiert. Dein linkes Herz schlägt jetzt in mir. Deshalb siehst du meinem Treiben so gelassen zu, und irgendwie wäre es mir lieber, wenn es nur um mich ginge bei deiner Großzügigkeit, aber es ist schon in Ordnung so, und hin und wieder macht es mich sogar stolz, dass ich deine Delegierte bin und ein großes Stück von Leo Schilfs Herz in mir schlägt. Love.»

«Hoffentlich stimmt das auch», schreibt er zurück.

Sie reist weiter durchs Land, macht Veranstaltungen.

Sie ist stolz und glücklich, aber dabei bleibt es nicht. «Zähne, Zähne, manchmal bin ich es so leid, dass mir die Leute dauernd von ihren Zähnen erzählen. Ich bin es so leid, in alle diese Münder zu schauen und Zahngeschichten zu hören, ich mag auch nicht mehr ausgefallene Milchzähne geschenkt bekommen aus Dankbarkeit, weil ich mich dafür einsetze, dass auch die Kinder ein vernünftiges Gebiss haben können. Vorhin kam nach der Veranstaltung ein alter Mann zu mir und hat sein Gebiss rausgeholt, stell dir vor, er hat es einfach rausgeholt und mir gezeigt, sein ekliges Gebiss, das ihm die Kasse zum großen Teil finanziert hat, und wenn die Kasse es nicht bezahlt hätte, dann fehlten ihm jetzt die Zähne und er könnte nicht mehr Äpfel essen, er esse doch so gern die Äpfel vom Baum im eigenen Garten, die schmeckten doch so gut, die Boskop, und er strahlt mich zahnlos an und will meine Adresse, damit er mir die Boskop aus seinem Garten schicken kann, und ich gebe ihm eine falsche Adresse, damit auf keinen Fall die Boskop bei mir ankommen, ich könnte die nicht mal anschauen, geschweige denn essen, weil ich immer an dieses Gebiss denken müsste, das mich so widerlich anstarrte, während er mit eingefallenen Lippen von seinem idiotischen Apfelbaum erzählte, und ich wollte nur weg von ihm und kam mir schon vor wie eine richtige Politikerin, wie der Kanzler, der auch immer nur wegwill, wenn ihm dieser ganze Mist erzählt wird, und nie habe ich seine Ungeduld mit dem Volk besser verstanden. Volk ist Scheiße, habe ich gedacht, denk dir, aber jetzt habe ich ein schlechtes Gewissen.»

Es gibt bald etwas Neues, das Anna beschäftigt. Günther Spies, Reporter bei einer großen Zeitung, hat sie angerufen. Er will ein Porträt von ihr schreiben. Nicht die übliche Geschichte, hat er gesagt, etwas Gründliches. «Ich will wissen, wer Sie wirklich sind.» Sie hat sofort zugesagt.

«Sei vorsichtig», schreibt ihr Leo Schilf, «du kannst von Glück reden, wenn du dich am Ende wiedererkennst.»

Der Reporter begleitet Anna bei mehreren Veranstaltungen. Sie treffen sich zu einem Abendessen und reden lange. Sie mag ihn. «Er hat eine so sanfte Art zu fragen. Man hat das Gefühl, dass er sich wirklich für einen interessiert. Man muss aufpassen, dass man ihm nicht mehr erzählt als man erzählen will.»

Als das Porträt von ihr erscheint, holt sie sich abends am Bahnhof eine Zeitung. Dann schreibt sie an Leo: «Was für ein Monster, was für ein Ungeheuer, und ich dumme Kuh falle auf ihn rein. Weißt du, was der schreibt? Hier sind ein paar Ausschnitte: ‹Sie hat ein Lächeln, das sehr schnell anspringt, zu schnell vielleicht.

Sie steht auf dem Podium, und der Applaus prasselt auf sie nieder. Sie macht ein Gesicht wie nach einem Tag im Schnee unter einer warmen Dusche: reiner Genuss.

Sie hat keinen Mann, sie hat keinen Freund. Lebt sie nur für die Politik? Sie antwortet etwas gespreizt auf diese Frage. Sie beugt sich vor, sie spitzt den Mund. Sie habe nicht die Absicht, hier über ihr Privatleben zu reden. Die Frage ist: Weil man nicht über etwas reden kann, was es nicht gibt? Sie ist ja nicht hässlich, sie ist hübsch, wenn sie entspannt ist. Aber sie ist so gut wie nie entspannt.

Sie kleckert mit den Spaghetti. Sie reibt lange an ihrer weißen Bluse. Es macht sie unglücklich, dass es jetzt diesen Fleck gibt. Eigentlich hat sie während der ganzen Recherche für dieses Porträt nichts so unglücklich gemacht wie der Fleck auf der Bluse.

Auf die Frage, wie Deutschland mit seinen hohen Lohnnebenkosten im internationalen Wettbewerb bestehen soll, fallen ihr nur Antworten ein, die aus einer Sprechhilfe für

Gewerkschaftsfunktionäre der mittleren Ebene stammen könnten.

Anna Tauert sitzt auf dem Podium und macht ein fassungsloses Gesicht, sobald der Moderator einen anderen fragt als sie. Wenn andere reden, guckt sie so finster, dass man ihr eine Oktoberrevolution zutraut, sollte ihr das die ganz große Aufmerksamkeit sichern.

Sie ist an diesem Abend geschminkt wie jemand, der sein Gesicht nicht kennt.›

Ich könnte schreien. Leo, bitte, sag mir, dass ich nicht so bin. Bitte, sag mir, dass ich keine dumme Gewerkschaftstussi bin, die ihr Gesicht nicht kennt und die sich für nichts so interessiert wie für ihre Bluse und die nur Applaus will und ungevögelt ist.»

Er, sofort: «Du bist nicht ungevögelt. Ich sag ihm das.»

«Ich kann jetzt Scherze nicht vertragen.»

Er braucht Zweidreiviertelstunden, um die Zeitung zu besorgen, zu lesen und Anna zu schreiben. «So schlimm ist es nicht. Es sind ein paar unschöne Sätze drin, aber insgesamt kommst du ganz gut weg. Er schreibt, dass du engagiert und aufrichtig bist. Und dass dir die rote Bluse gut steht, finde ich auch. Und als er wissen will, was du mit ‹Haltung› meinst, gibst du ihm eine schöne Antwort: Haltung ist eine Meinung, zu der man steht, auch wenn das weh tut. Hat mir gefallen, Liebste. Sieh es so: Wer kann schon von sich sagen, dass er nach einem guten halben Jahr im Bundestag eine Dreiviertelseite von Günther Spies bekommt. Eine große Ehre, auch wenn der gar nicht richtig schreiben kann.»

Sie antwortet nicht. Sie schreibt ihm erst am nächsten Abend wieder. «Alle haben es gelesen, die gesamte Fraktion, und wie haben sie sich gefreut, dass die Genossin Anna eins vor den Bug bekommen hat, das Mädel ist ja immer so vorlaut und erlaubt sich nicht nur eine Meinung, sondern eine

Haltung, denkt nur, am Ende wird das auch von uns erwartet, aber jetzt hat sie gekriegt, was sie verdient, das Schlimmste jedoch, Leo, hat die Schmal-Spüling gesagt. Die hat mich beiseite genommen und gesagt, dass der Spies immer beim Kanzler auf dem Schoß sitze, dass die zusammen saufen ohne Ende und dass der Kanzler mir den Spies auf den Hals gehetzt habe, um mich zu erledigen. Leo, du musst jetzt ehrlich zu mir sein, wirklich, wirklich, wirklich, du musst mir sagen, ob das stimmt.»

«Ach, Anna», schreibt er, «jetzt glaubst du auch schon an Verschwörungstheorien. Der Spies lässt sich doch nicht vom Kanzler sagen, was er schreiben soll, das ist doch Unsinn.»

Nach Mitternacht kommt von ihr eine Mail, die mich traurig stimmt: «Ich sitze am Computer und starre aus dem Fenster, und drüben machen sie ein Fest, und ich höre die Musik und sehe durch die Milchglasscheibe den Schattenrissen beim Pinkeln zu, ständig ist einer auf dem Klo, und die Männer setzen sich nicht hin, und ich denke dauernd den Gedanken, den ich auf keinen Fall denken will, aber er ist da, und wenn ich ihn wegschicke, klopft er gleich wieder an, poch, poch, da bin ich wieder, und könnte es nicht sein, dass Leo Schilf davon gewusst hat, dass der Kanzler mir Günther Spies auf den Hals hetzen will, dass er sogar dabei war, als die Sache ausgeheckt wurde. Verzeih, Leo, ich darf das nicht denken, ich weiß, aber ich muss es denken, es geht nicht weg, und ich bin so verzweifelt. Kannst du mich retten?»

Sie muss die ganze Nacht mit diesem Gedanken leben. Vielleicht schläft Schilf schon, vielleicht auch nicht. Immerhin schreibt er ihr sofort nach dem Aufstehen: «Anna, Süße, das darfst du nicht denken. Du weißt, dass ich so etwas nicht tun würde.» Woher soll sie das wissen, frage ich mich. «Auch der Kanzler würde das nicht tun. Mach dir keine Sorgen.»

Floskeln, nur Floskeln, er speist sie einfach ab. Zwei Tage schreiben sie sich nicht. Dann meldet sie sich von unterwegs. «Schreckliche Veranstaltung. Alle starren mich an, als wollten sie ergründen, ob mein Lächeln zu schnell anspringt. Ob ich geschminkt bin wie jemand, der sein Gesicht nicht kennt. Ob ich wieder einen Fleck auf der Bluse habe. Ob ich rede wie ein Gewerkschaftsfunktionär der mittleren Ebene. Ob ich hübsch bin, wenn ich mich entspanne. Ob ich fassungslos bin, wenn ich nicht reden kann. Ob ich gevögelt wurde. Nein, könnte ich denen zuschreien, wurde ich nicht, wurde ich schon lange nicht mehr, weil mein Liebster den Sozialstaat abwracken muss, und dann hat mein Liebster keine Zeit zum Vögeln. Den Sozialstaat abwracken ist wichtiger als Vögeln, viel wichtiger, viel, viel wichtiger, tausendmal wichtiger. Erst abwracken, dann vögeln, nicht wahr, Leo, so ist es doch?»

«Wir wracken den Sozialstaat nicht ab.»

Mehr nicht, er schreibt nur das. Warum ist er so grausam? In der folgenden Nacht schreibt Anna: «Es tut mir leid, Leo, es geht mir nicht gut im Moment, es geht mir gar nicht gut, und dann bin ich manchmal so gehässig. Es reicht mir nicht, dich in der Fraktionssitzung zu sehen. Es reicht mir nicht, dich im Aufzug zu küssen. Es reicht mir nicht, deine Mails zu lesen. Ich brauche dich, es ist existentiell.»

«Es ist gerade eine schwierige Phase. Wenn das Gesetz durch ist, sehen wir uns häufiger, das verspreche ich dir.»

«Aber das Gesetz soll nicht durchkommen.»

«Anna ...»

«Warum gibt es all diese Grenzen für uns? Ich mache zwei Schritte, und schon ist meine Stirn blutig, weil ich gegen einen Grenzpfahl gedonnert bin. So viel Blut. Ich halte das nicht mehr aus.»

«Es gibt eine Grenzenlosigkeit in Grenzen. Die haben wir, und das ist viel.»

«Das reicht mir nicht. Leo, Liebster, ich habe noch nie von einem Mann so schöne Worte gelesen und gehört wie von dir, nicht von meinen Freunden, obwohl die mich geliebt haben und mich wollten für ein gemeinsames Leben, aber keiner hat Liebesüberschwemmung geschrieben und keiner hat mir ins Ohr geflüstert, dass er mich anbetet, anhimmelt, vergöttert, keiner hat mit mir geschlafen und dabei geseufzt, dass er in meinem Schoß wohnen möchte, endlos, ewig, dass er dort sterben möchte, das hat keiner gewagt, nur du, der danach aufsteht, sich anzieht, die Krawatte in die Hosentasche stopft, dass sie so dick ist, als wohne ein Eichhörnchen darin, der sich an mein Bett setzt, über mein Haar streicht, meine Stirn küsst, gute Nacht sagt und geht, einfach weggeht, in seine Wohnung, zu seiner Frau, zu seinem Kanzler, zu seinen Kindern, in sein Leben, und ich bleibe zurück mit meiner schreienden Haut, meiner entsetzten Haut, die nicht versteht, warum ihr das angetan wird. Was schert dich das Entsetzen meiner Haut, wenn du weg bist? Nichts. Du liebst die Grenzenlosigkeit in Grenzen. Du kannst mir das alles sagen und schreiben, weil es sich in einem anderen Leben abspielt, nicht in deinem wirklichen. Du könntest es nicht sagen, wenn du den Müll runtertragen müsstest, weil ich dich darum gebeten habe. Du könntest es nicht sagen, wenn du am Morgen, an jedem gottverdammten Morgen zusehen müsstest, wie ich übellaunig in meinen Kaffee puste. Du könntest es nicht sagen, wenn ich dich täglich zweimal mit dem fiesen Surren meiner elektrischen Zahnbürste aus dem Bad vertriebe. Du könntest es nicht sagen, wenn du aushalten müsstest, dass ich unerträglich bin, weil ich meine Tage habe. Du könntest es nicht sagen, wenn ich deine Hemden bügeln würde, während du Fußball guckst. Dann gäbe es vielleicht hin und wieder eine Liebesüberschwemmung, und du würdest vielleicht immer noch in der Ekstase unserer Umarmungen in meinem Schoß wohnen wollen, aber du würdest es nicht mehr sagen. Du könntest es beim nächsten Genervtsein, beim nächsten großen Streit bereuen, und deshalb bin ich traurig, wenn ich diese paradiesischen Worte von dir höre, von dir lese. Das Paradies ist künstlich, es ist nicht das Leben, und ich will ein Leben mit dir, ein echtes. Dir macht es nichts, weil auch die Politik ein künstliches Leben ist, du bist daran gewöhnt, aber ich gehe daran zugrunde.»

Ach Anna, du bist so klug. Die Männer, die Geliebte haben, können ein komplettes Leben nur mit zwei Frauen leben. Mit der einen haben sie die Grenzenlosigkeit in Grenzen, mit der anderen die Begrenzung ohne Grenzen. Addiert gibt das ein Leben, in dem alles vorkommt. Addiert gibt das einmal Glück und zweimal Unglück. Was würden meine Kundinnen geben, Anna, wenn sie von ihren Männern hören oder lesen könnten, was du hörst und liest. Wie glücklich sie das machen würde. Ihr Verdacht hat oft damit begonnen, dass sie fanden, ihr Mann sei lieblos mit ihnen, sage nichts Nettes mehr, sage schon lange nicht mehr «Ich liebe dich». Und «Liebesüberschwemmung» haben die noch nie gehört. Und dich macht das unglücklich, weil du klug genug bist, um zu wissen, warum du das hören und lesen kannst.

Leo antwortet eine halbe Stunde später, es ist schon nach drei Uhr nachts: «Meinst du, meine Haut ist nicht entsetzt, wenn ich von dir weggehe? Was meinst du, wie das für mich ist, wenn ich mit meiner Frau beim Frühstück sitze und nur daran denke, wie zauberhaft es wäre, würde ich mit dir beim Frühstück sitzen? Wie das ist, wenn ich mit ihr schlafe und mir vorstelle, ich würde mit dir schlafen? Wenn ich mich dabei ertappe, dass ich so stöhne wie du und mich frage, ob sie was gemerkt hat?»

«Wie, du schläfst mit deiner Frau?»

«Natürlich schlafe ich mit meiner Frau. Sie ist meine Frau. Was hast du denn gedacht?»

«Tränen.»

Er macht ihr den Vorschlag, dass sie zusammen wegfahren. Sie haben erst Probleme, einen Ort zu finden, weil Schilf überall Entdeckung fürchtet. So kommt sie auf Kattowitz, schließlich auf Castel di Sangro. Ich spare mir die Mails, ich kenne sie schon. Sie wird mit den anderen Rebellen bei Leo Schilf einbestellt, schreibt ihm danach empört. Sie verbringen wieder eine Nacht miteinander.

Zehn Tage später schreibt sie: «Mir ist schlecht, immer ist mir schlecht, und du weißt, was das heißen kann, und ich trau mich nicht zu hoffen, aber ich will hoffen, und ich will mit dir hoffen, und sag mir, ob du hoffen kannst, jetzt gleich, sofort, und wenn du beim Kanzler sitzt, egal, du musst mir jetzt sagen, ob du mit mir hoffen willst.»

Nach fünf Minuten die Antwort: «Ich hoffe mit dir.»

Ich war überrascht, dass er das geschrieben hat. Ich verstand ihn nicht mehr. Es musste ihm klar sein, dass es schwierig sein würde, den Vater des Kindes zu verheimlichen, dass sie den Druck erhöhen würde als Mutter seines Kindes. Aber er hat diesen Satz geschrieben und er hat ihn nicht zurückgenommen. Am folgenden Tag nur ein Wort von ihr: «Schwanger!»

Wenn ich das richtig erinnere, hat sie nur ein einziges Mal ein Ausrufezeichen verwendet, nur dieses eine Mal. Sie braucht eigentlich keine Ausrufezeichen, sie hat immer Worte für alles gehabt, viele Worte. Nur diesmal nicht. Anna fehlten die Worte. Ich habe mich gefreut, verdammt, ja, ich habe mich gefreut über dieses Kind, möge Ute Schilf mir das verzeihen. Ich konnte nicht anders.

Sie fragt Leo oft, ob er sich freut. Und er freut sich. Er wird kitschig. Er malt sich ihren dicken Bauch aus und wie er seinen Kopf darauflegt und wie ihm das Kind gegen das Ohr tritt. Sie schreiben eine Weile nicht über Politik, nur über das Kind. Dann stellt sie eine Frage. «Leo, das Kind, darf es ans Licht?»

Leo, nach drei Stunden: «Ich musste zum Kanzler, deshalb schreibe ich erst jetzt. Ich habe mir dort vorgestellt, was er sagen würde, wenn ich ihm von unserem Geheimnis berichten würde. Was würde er sagen, wenn er wüsste, dass ich mit der Frau schlafe, die sein Gesetz kippen will? Was würde er sagen, wenn er wüsste, dass ich nicht nur mit ihr schlafe, sondern sie liebe und mit ihr leben will? Wenn das Kind geboren ist, wird die Entscheidung über das Gesetz gefallen sein. Wenn es dir gelingt, das Gesetz zu kippen, indem du dagegen stimmst, wird er zurücktreten. Er wird dich ein Leben lang hassen, weil du ihn die Kanzlerschaft gekostet hast. Er ist so gerne Kanzler. Und dann muss ich ihm sagen, dass ich der Vater deines Kindes werde. Er wird zurückrechnen, und obwohl er nicht gut rechnen kann, wird er dahinterkommen, dass wir das Kind gezeugt haben, als die Schlacht um das Gesetz lief. Er wird denken, dass ihn sein treuester Begleiter hintergangen hat. Er wird sich nicht davon abbringen lassen zu denken, dass ich ihn die Kanzlerschaft gekostet habe. Glaub mir, ich kenne ihn. Er teilt die Welt streng ein. Es gibt die Leute, die für ihn sind. Und es gibt die Leute, die gegen ihn sind. Und für ihn ist in seinen Augen nur, wer ganz und gar für ihn ist. Wenn er weiß, dass ich eine Rebellin liebe, bin ich bei denen, die gegen ihn sind. Er wird mich ein Leben lang hassen. Er ist mein Freund. Was soll ich tun?»

Als ich ihre Antwort lese, weiß ich, dass wir das Gleiche gedacht haben. «Ach so, wenn ich für das Zahngesetz stimme, kriegt das Kind einen Vater, sonst nicht?»

«So habe ich das nicht gemeint. Ich wollte dir nur beschreiben, was mein Problem ist.»

«Was ist mit dem Kind, Leo?»

«Ich kann das jetzt nicht entscheiden.»

5 Ute Schilf steht auf. Sie streicht ihren Rock glatt und geht aus dem Saal. Die Debatte läuft, ich habe nicht zugehört, ich weiß nicht, worüber sie reden. Ich muss ihr folgen, ich habe Angst, dass sie Anna begegnet, und ich traue Anna in der Stimmung, in der sie jetzt ist, alles zu. Ich will nicht, dass das passiert. Ich eile hinaus und sehe Ute Schilf im Foyer am Verkaufsstand stehen. Sie schlendert weiter zu einer Ecke, in der ein Café eingerichtet ist. Alle Tische sind besetzt, an einem sitzt Anna, trinkt Tee und liest in einer Zeitschrift. Sie trägt eine Brille. Ute Schilf geht zur Theke, bestellt etwas, wartet, kramt dabei in ihrer Handtasche. Ihr Kaffee ist fertig, sie zahlt, steuert den Tisch von Anna an. Sie fragt etwas, Anna blickt kurz auf, nickt, liest weiter. Ute Schilf setzt sich. Sie holt einen Spiegel aus ihrer Handtasche, schaut in den Spiegel, zieht dann die Lippen nach. Anna schaut nicht hin. Die Kanzlergattin schlendert heran. Sie setzt sich an den Tisch, an Ute Schilfs Seite. Sie grüßt Anna nicht. Die Kanzlergattin und die Gattin des Vorsitzenden reden miteinander, Anna pustet in den Tee. Bleib ruhig, Mädchen, bleib ganz ruhig. Ein Fotograf sieht die Frauen, eilt herbei, macht seine Kamera klar. Die Kanzlergattin schüttelt den Kopf, aber Ute Schilf setzt schon ein einladendes Lächeln auf. Anna nimmt die Brille ab. Alle drei spielen Schönheit. Bei Ute Schilf sehe ich den festen Willen, die Schönste von allen zu sein. Bei der Kanzlergattin sehe ich den Stolz, dass sie es nicht nötig hat, schön zu sein, und trotzdem die Schönste von allen ist. Bei Anna sehe ich die dreiste Gewissheit, dass das Schönheitsspiel der anderen gegen ihre Jugend nichts ausrichten kann. Der Fotograf bittet sie, näher zusammenzurücken. Sie tun das. Ihre Schultern berühren sich fast. Dann steht Anna auf, abrupt fast. Sie nickt den anderen zu und verlässt die Halle.

Ich folge ihr. Sie geht ein Stück die Straße hinunter, biegt um eine Ecke. Sie ist zu langsam, um ein Ziel zu haben. Sie schlendert. Ich weiß nicht, warum ich ihr folge. Leo Schilf wird sie kaum treffen. Ich weiß nur, dass es mir guttut, in ihrer Nähe zu sein. Ich glaube, nein, ich bin mir sicher, dass ich der ideale Weggefährte für sie bin, für sie wäre. Nicht Lebensgefährte, nein, das weiß ich, nicht mit diesem Gesicht, nicht mit dieser Nase, nicht mit diesem Beruf. Aber Weggefährte, nennen wir es meinetwegen auch Leibwächter, das könnte ich sein. Ein verliebter Leibwächter, auch gut, wenn wir schon mal ehrlich sind.

Arthurliebtanna. Ich bin selbst überrascht. Liebe ist nicht das große Thema meines Lebens, ich meine, eigene Liebe. Ich war da eigentlich schon drüber hinweg, hatte es hinter mir. Bei Liebe denke ich an den Geruch frischer Farbe. Dreimal bin ich mit Frauen in eine Wohnung gezogen und habe renoviert, immer zu früh, ohne nachzudenken, aus Liebe eben. Schwamm drüber. Ich mag den Geruch frischer Farbe nicht. Nach der dritten Trennung war es genug. Es geht auch ohne Liebe. Das heißt, erst ging eine Weile gar nichts, dann waren da ein paar Frauen, die ich nicht geliebt habe, dann rief Neringa an. Jetzt ist es Neringa, die ich nicht liebe, und manchmal ist es ein Mädchen von der Straße. Es ist, wie es ist. Zum Detektiv passt das Familienleben ohnehin nicht, all die Nächte unter wechselnden Monden. Es kann so bleiben, ist schon in Ordnung. Aber ich wäre gerne ihr Leibwächter, ich würde ihr gerne folgen, sie beschützen. Wenn einer «Fotze» ruft, ist er dran. Den knöpf ich mir vor, wenn er das Zelt verlässt. Der wird nicht mehr wissen, dass er dieses Wort je gekannt hat. Wenn Anna einmal Bundeskanzlerin wird, auch gut, ich bin dabei. Ich bin den ganzen Tag still an ihrer Seite, beim Präsidenten von Amerika, im Irak, im Iran, in Russland. Ihr wird nichts Böses widerfahren, und wenn sie Rat will, kann sie Rat haben. Ich kenne mich aus mit Lug und Trug. Ich weiß, was eine Scheinwelt ist. Anna und ich könnten es weit bringen. Sie hat ihre Schritte beschleunigt, ich bin ein bisschen zurückgefallen. Sie geht zurück zur Halle. Wir setzen uns auf unsere Plätze. Ich lese weiter.

Die nächsten Mails werden drei Tage später ausgetauscht. In der Zwischenzeit haben sie sich getroffen. Es muss eine sehr zärtliche Nacht gewesen sein. Ich kann den folgenden Mails aber nicht entnehmen, was sie besprochen haben. Anna berichtet nun häufig von ihren körperlichen Zuständen. Ihr ist schlecht, sie muss sich übergeben. Es kommt der Sommer. Leo fährt mit seiner Familie in den Urlaub. Drei Wochen lang schreiben sie sich nicht.

Nach dem Ende der Sommerpause hat Anna ihren Termin beim Zahnarzt. Sie hat Angst. «Der wird mich quälen, der wird mir eine Spritze geben mit einem Zeug, das gar nicht wirkt, und dann hat er mich. Dann bohrt er mir einen Zahn nach dem anderen auf, so wie im *Marathon-Man*, wo sie Dustin Hoffmann auch so fürchterlich die Zähne malträtieren, aber der steht das durch, aber ich nicht, Leo, hörst du, ich stehe das nicht durch, wenn der sich rächt dafür, dass ich den Zahnärzten an den Kragen will. Komm mit, Leo, halte meine Hand, schütze mich vor diesem Zahnarztungeheuer.»

«Ich dachte, der Sembacher kommt mit. Der hat doch 8500 Euro dafür bezahlt.»

«Er hat abgesagt. Ich habe ihm brav eine Einladung geschickt, mit Datum und Uhrzeit und festliche Kleidung erwünscht, u.A.w.g., aber er hat mir zurückgeschrieben, dass er am angegebenen Termin leider verhindert sei. Er wünsche mir aber viel Spaß.»

«Die Zahnärzte sind doch eher dafür, dass der Zahnersatz in der Krankenversicherung bleibt.»

«Ja, aber in den ganzen Diskussionen und Interviews habe ich doch immer gesagt, dass man die gesetzliche Krankenversicherung stärken müsse, und das eigentliche Problem seien die Ärzte und insbesondere die Zahnärzte mit ihrer Gier nach schnellen Autos. Die Zahnärzte sind die Ausbeuter des Systems, habe ich gesagt, immer wieder und idiotischerweise. Warum muss ich eine so große Klappe haben? Warum bin ich Politikerin geworden? Besorg mir ein Interview mit der Tagesschau, bittebittebitte, damit ich sagen kann, dass die fleißigen Zahnärzte die Stützen des Systems sind und bei bescheidener Bezahlung völlig uneigennützig einen hohen Zahnstandard in diesem Land sicherstellen. Bitte.»

Nach dem Besuch beim Zahnarzt schreibt Anna: «‹Ach, das Fräulein Tauert aus dem Bundestag›, hat er zur Begrüßung gesagt und gleich ganz fürchterlich gelächelt. Da saß ich schon auf dem Stuhl und konnte nicht mehr entkommen. Und dann hat er sich über mich gebeugt und hat mit diesem spitzen Ding in meine Zähne gepikt und gesagt: ‹Wir vom Hartmannbund haben da eine ganz andere Auffassung als Sie, Fräulein Tauert›, und ich denke, Hilfe, der ist auch noch beim Hartmannbund, bei den ganz Schlimmen, und er sagt ‹eins – vier› zu seiner Sekretärin, mit Triumph in der Stimme, und ganz langsam geht er meine Zähne durch mit dem spitzen Ding, piekt in meine Zähne und in mein Zahnfleisch und erzählt mir, dass er von den Honoraren der gesetzlichen Krankenversicherung nicht leben könne, dass die Privatversicherten die anderen subventionieren würden und ob ich das denn, ‹drei – fünf›, gerecht finden würde. Drei Löcher findet der, während er mir sein Leid klagt, und ich schwitze und zittere, und dann gibt er mir eine Spritze. ‹Aber wieso nur eine Spritze bei drei Löchern?›, frage ich ihn, aber der zuckt nur mit den Schultern und erzählt weiter. Dann brummt der Bohrer, und ich sterbe, ich weiß, dass ich jetzt sterben werde, aber die Sprechstundenhilfe kommt rein und holt ihn ans Telefon, es sei dringend. Und das warst du, Leo, dankedankedanke, dass du das gemacht hast. Ich weiß nicht, was du ihm gesagt hast, jedenfalls hat er mir noch eine Spritze gegeben, und ich konnte überleben. Er hat ganz sanft gebohrt und gesagt, dass du ja ein vernünftiger Mann geworden seist, dass man mit dir reden könne. Und beim dritten Loch hat er mich gefragt, ob ich nicht mal einen Vortrag bei ihnen halten wolle, sie hätten da so einen netten Kreis interessierter Leute, die sich hin und wieder in ausgesprochen angenehmen Hotels träfen und sich gerne von intelligenten Gedanken anregen ließen. Es gebe auch ein kleines Honorar von cirka 10 000 Euro. Ob ich interessiert sei, fragt er und bohrt recht kräftig. Es ist mir unmöglich, den Kopf zu schütteln, weil er dann wahrscheinlich abrutscht und sich der Bohrer tief in mein Zahnfleisch bohrt, tiefer als die Betäubung wirkt. Außerdem gebe es da noch ein interessantes Projekt, sagt er, während er Füllungen in meine Löcher stopft. Der Verband wolle eine neue Akademie errichten, und man habe auch an die schöne Stadt Schmalkalden gedacht. Mit dreißig, fünfunddreißig Dauerarbeitsplätzen sei wohl zu rechnen. Ich habe meinen Mund ausgespült, das ganze Blut ins Becken gespuckt, bin aufgestanden, und erst als ich ganz sicher war, dass er mich nicht mehr in den Stuhl zurückdrücken kann, habe ich gesagt, dass ich grundsätzlich keine Vorträge für so abartige Honorare halte, und die Akademie sei natürlich willkommen in Schmalkalden, aber ob sie dort auch gebaut würde, wenn ich bei meiner Haltung bliebe? Es war zu spät, um Heldin sein zu können, ich gebe es zu. Aber so ist das eben. Ich solle mir das noch mal gut überlegen, sagte er zum Abschied.»

Die Debatte geht gerade zu Ende. Vor der Abstimmung kommt noch etwas, das im Programm Ehrungen genannt wird. Alte Männer und Frauen bekommen Urkunden, weil sie fünfzig oder sechzig Jahre der Partei angehören. Eine besondere Ehrung wird angekündigt. Der Generalsekretär der Partei sagt, dass der Mann, der jetzt auf die Bühne komme, der Partei seit vierzig Jahren angehöre, was nicht so lange sei, aber sein Schicksal habe die Nation in besonderer Weise bewegt und stehe in einem besonderen Verhältnis zum Vorsitzenden, zu Leo Schilf. Ich stehe auf, ich gehe nach vorne. Ich will sehen, was für ein Mann das ist. Ich kann ihn erst nicht sehen, weil sich so viele Fotografen und Kameraleute um ihn drängen. Dann sehe ich ihn. Es ist ein Mann von Ende fünfzig. Er hinkt, er kann kaum gehen, eine junge Frau stützt ihn. Er ist an der Treppe, die zum Podium hinaufführt. Jetzt kommt er nicht weiter, weil ihm die Fotografen im Weg stehen. Er schaut sie an, als verstehe er nicht ganz, was vor sich geht. Ich finde, dass er aussieht wie jemand, der sich von einem Schlaganfall nicht mehr erholt hat. Die Leibwächter kämpfen ihm den Weg frei. Dann steht er an der ersten Stufe und versucht den linken Fuß hinaufzuheben, schafft es aber nicht. Die junge Frau zieht am Hosenbein, und er schafft es schließlich. Er strengt sich ungeheuer an, um das zweite Bein auf die Stufe zu holen, aber es geht nicht, obwohl die junge Frau, wahrscheinlich seine Tochter, heftig am Hosenbein zerrt. Er blickt sich um. Er sieht elf Fernsehkameras, sechzig Fotografen und tausend Delegierte, die sich hingestellt haben, um besser sehen zu können. Ich weiß nicht, was in ihm vorgeht. Man kann es seinem Gesicht nicht ansehen. Er kommt nicht vor und nicht zurück. Auf einen Wink des Generalsekretärs nehmen ihn zwei Leibwächter und tragen ihn die Treppe hinauf. Dann steht er auf dem Podium, leicht schwankend und gestützt auf die junge Frau.

Der Generalsekretär sagt, dies sei Michael Ellwein, der beim Schutz des Kernkraftwerks von Brokdorf seine Gesundheit gelassen habe. Die Delegierten klatschen heftig. Sie wissen schon, was der Generalsekretär jetzt erzählt. Ellwein ist der Mann, der damals bei Brokdorf in den Graben gerutscht ist und von unbekannten Schlägern halbtot geschlagen wurde.

«Damals», fährt der Generalsekretär fort, «war unser Leo Schilf unter den Demonstranten. Er zweifelte an der Beherrschbarkeit der Kernkraft, und folgerichtig haben wir, liebe Genossen, mit den Grünen durchgesetzt, dass die AKWs abgeschaltet werden.»

Großer Applaus.

«Der Protest gegen die Kernkraft war richtig, die Gewalt war falsch. Leo Schilf hat das damals erkannt und unter dem Eindruck der Krawalle und dem brutalen Angriff auf Michael Ellwein, von dem er später im Autoradio gehört hat, die Wende zum Politischen vollzogen. Leo, es war dein ausdrücklicher Wunsch, Michael Ellwein hier vor dem Parteitag ehren zu können.»

Diese Bastarde. Das machen sie doch nur, um die Stimmung für die Wahl günstig zu beeinflussen.

Schilf steht auf und geht zu Ellwein. Er umarmt ihn lange. Es sieht aus, als schmiege Ellwein seinen Kopf an Schilfs Schulter. Riesenapplaus. Einer Menge Leute kommen die Tränen. Irgendwie bin ich auch gerührt. Es ist ein schöner falscher Moment. Ich schaue mich um, ob ich Anna sehe. Sie steht an der Tür. Ich kann nicht sehen, ob sie lächelt, aber sie klatscht. Neben ihr steht der Mann mit dem Cordanzug. Er klatscht auch.

Die Wahl beginnt. Leo setzt sich neben seine Frau in die erste Reihe. Anna setzt sich auf ihren Platz, liest Zeitung. Als angekündigt wird, dass das Ergebnis in fünf Minuten mitgeteilt werde, setzt sich der Mann im Cordanzug in Bewegung. Er geht langsam über den Mittelgang nach vorne. Ich stehe auf, folge dem Mann. Sollte er doch? Er geht ganz nach vorne und stellt sich zu den Fotografen und Kameraleuten, die Schilf in einem dichten Pulk umlagern. Alle Objektive sind auf sein Gesicht gerichtet, damit sie den Moment einfangen können, in dem er das Urteil über sich hört. Sie wollen Regung, Schmerz, Freude. Schilf will Reglosigkeit. Das ist das Duell.

Der Mann im Cordanzug drängelt sich vor, er setzt seine Ellbogen ein. Ich sehe einen Willen, der mich erstaunt. Ihm geht es um etwas. Ich sehe diesen Willen manchmal bei meinen Taschendieben. Sie wollen das Portemonnaie unbedingt, es ist ihr Kampf. Er will gesehen werden. Er schubst, bis er es in die erste Reihe geschafft hat. Ich bin dicht hinter ihm, und ich sehe, dass Schilf ihn sieht. Kleines Nicken. Schilf bekommt zweiundsiebzig Prozent der Stimmen. Das ist wenig. Die wollen ja immer eine Zahl, die sie in die Nähe von Honecker bringt. In Schilfs Gesicht regt sich nichts. Er nickt zweimal, als sei dies das Ergebnis, das er erwartet habe. So verbucht er noch einen kleinen Sieg im Moment der Niederlage. Der Mann im Cordanzug zieht sich zurück, verlässt die Halle.

Ich gehe zurück auf meinen Platz und schaue in meinen Terminkalender, wann Leo Schilf das Kino in seinem Wahlkreis eingeweiht hat. Am selben Tag hat er Anna keine Mail geschickt, aber am Tag drauf.

«Ich habe Angst.»

Oh. Sie schläft noch, sonst hätte sie sofort geantwortet. Ihre Antwort kommt um 8.07 Uhr: «Wovor hast du Angst? Wieder ein Frühschoppen?»

«Warum kann man uns nichts verzeihen? Warum kann man uns unser Leben nicht verzeihen? Warum schleppt man in diesem Beruf immer sein ganzes Leben mit?»

Ich verstehe nichts.

Anna versteht auch nichts. «Leo, sag mir, worum es geht.»

Die nächsten viereinhalb Stunden kommt nichts von ihm. Anna schreibt ihm zweimal in dieser Zeit, fleht, bittet um eine Erklärung. Sie hat ihn angerufen. Er ist nicht drangegangen.

Schließlich schreibt er: «Deutschland ist so ein gottverdammtes Vergangenheitsland. Warum kann die Welt nicht jeden Tag neu entstehen, ohne all die verbrauchten Worte und Taten? Anna, ich kann dir nicht mehr sagen. Es ist mein Geheimnis, es kommt von gestern und lebt scheinbar ewig. Wenn es enthüllt wird, wird mir niemand verzeihen.»

Ein Geheimnis. Es gibt kein Wort, das süßer klingt in den Ohren eines Detektivs. Nichts regt seine Gehirnzellen so an wie dieses Wort. Es rattert in meinem Kopf. Was kann es sein? Eine Unterschlagung von Parteigeldern? Ein Insidergeschäft? Spionage für die DDR? Gewalt in seiner Berliner Zeit? Ein Mord in Politikerkreisen. Ich fahnde in meinem Gedächtnis nach ungeklärten Morden an Politikern. Es gibt nicht viele. Barschel war eine seltsame Sache, aber gab es Indizien, die etwas anderes nahegelegt hätten als Selbstmord? Karry war Mord. Aber was sollte Leo Schilf mit dem Mord an einem hessischen Wirtschaftsminister im Jahr 1981 zu tun haben? An andere Fälle kann ich mich nicht erinnern. Ich bin aufgeregt. Er hat ihr gestanden, dass er Steine geworfen hat. Das kann es nicht sein. Was sonst? Ich lese weiter.

Anna wartet lange mit einer Antwort. Wahrscheinlich ist sie beleidigt. Sie ist wieder die Ausgeschlossene. Dann schreibt sie: «Könntest du ein Vorleben verzeihen, einen Skandal? Kannst du jemandem verzeihen, dass er in einer anderen Partei ist? Jammere nicht. Ihr nehmt alles von der Partei, vom Staat, ihr steckt es in euer Ich, den Glanz, die Größe, die Würde und stellt es aus, dass jedermann sehen kann, wie weit ihr es gebracht habt, wie großartig ihr seid, aber dann, wenn etwas hochkocht aus euren kleinen Vorleben, etwas das nicht passt zur schönen Staatlichkeit, dann wollt ihr behandelt werden wie ein Gesicht in der Menge, dann wollt ihr die Auffälligkeit, um die ihr so ringt, ablegen, dann wollt ihr Unauffällige werden. Verstehst du nicht, dass das nicht geht?»

Das ist ein bisschen grausam. Aber er ist oft auch grausam zu ihr.

Ich gehe zurück zur Auseinandersetzung um den Zahnersatz. Anna wird zum Kanzler gebeten. Leo übermittelt ihr die Einladung.

«Was soll ich anziehen?», schreibt sie zurück.

«Ein dunkles Kostüm.»

«Hohe Schuhe?»

«Nicht zu hoch.»

«Ohrringe?»

«Die Perlen. Ich kann mich auf dich verlassen, ja? Du wirst nichts sagen, egal wie wütend er dich macht?»

«Hast du Angst?»

«Ich habe keine Angst. Ich will nur nicht, dass dir etwas rausrutscht, was uns beiden schadet.»

Ihr Termin beim Kanzler ist an einem Donnerstagnachmittag um sechzehn Uhr. Um Viertel nach sechs fragt Leo Schilf: «Wie war's?»

Die Antwort kommt um halb neun: «Ich war aufgeregt, ich hätte nicht gedacht, dass ich so aufgeregt sein würde vor einem Termin mit dem Kanzler. Ich habe mich geärgert, dass ich so aufgeregt war. Anna, habe ich mir gesagt, sei nicht so aufgeregt. Er ist der Kanzler, aber er hat viermal geheiratet, sich also dreimal groß geirrt, und wer sich dreimal groß irrt, der ist nicht Gott, sondern Mensch, und du kannst umgehen mit Menschen, Anna, habe ich mir gesagt, albern oder? Ich war auf dem Klo, zum dritten Mal an diesem Nachmittag, dann habe ich den Fahrdienst gerufen und mich zum Kanzleramt fahren lassen, einen Kilometer, aber es war ja so heiß, und ich wollte nicht schwitzen, auf keinen Fall verschwitzt beim Kanzler sitzen, und dann das Kanzleramt, das einen so fürchterlich anglotzt aus diesem Riesenauge an der Seite und das vorne so ein Maul hat, mit dem es einen verschlucken kann, und man taucht nie mehr auf, und ich da rein, die Rebellin mit dem schrumpfenden Herzen, und drinnen gleich das Schild ‹Frauenparkplätze› gesucht wie immer in Tiefgaragen, denn so sieht's ja aus unten im Kanzleramt, so kalt und leer und weit, und sofort Tiefgaragenherzklopfen bekommen und mich ständig umgeschaut nach dem Dunkelmann, nein, stimmt nicht, es war Kanzlerherzklopfen, und reingelächelt worden in den Aufzug, siebter Stock wie früher bei Mama und Papa im Hochhaus, siebter Stock, und ganz doll strecken, damit man an den Knopf kommt als kleines Mädchen. Leo, ich war dieses kleine Mädchen, als ich da oben ankam, als wäre dieser Aufzug eine Zeitmaschine. Hinsetzen, warten zwischen den Gemälden seiner Malerfreunde, schräg angelächelt werden von den Ladys, die dem Kanzler treu dienen und keine leiden können, die böse ist mit ihrem lieben Kanzler, und ich sage mir, sei entspannt, dann bist du auch hübsch, denn natürlich will ich hübsch sein für meinen Kanzler. Dann, bitte, es ist so weit, und rein ins Riesenbüro, und dort sitzt er, am Schreibtisch, mein Kanzler. Du kennst ihn ja. Aber wer hätte gedacht, dass er Akten liest an einem schönen Nachmittag. Erst hat er nicht geguckt, sondern fleißig weitergelesen und schließlich unterschrieben, mit großem Weltbesitzerschnörkel. Wieder ändert sich die Welt ein bisschen, und ich, Anna Tauert, war dabei. Brille ab, aufgeschaut, aufgestanden, Sakko vom Stuhl genommen, angezogen, zum Mädel gegangen, Hand gereicht. ‹Tach, Mädel.› Oder hat das Willy Brandt gesagt, der als knittriger Zwerg am Fenster steht, schöne Skulptur. Weiche Handballen, kurze, dicke Finger beim Kanzler. ‹Bitte, setzen.› Hingesetzt aufs Sofa, bisschen niedrig für einen Rock, also Beine fest zusammen. Ganz schön heiß heute, ja, sehr heiß. Und ich erzähle von der Hitze in Afrika und sofort Ungeduld in seinen Augen, will er nicht hören, hat er keine Zeit für, kommen wir mal zur Sache.

‹Gläschen Rotwein?›

Es ist vier am Nachmittag, aber klar, Gläschen Rotwein muss jetzt sein, nicht zurückzucken als Mädel. Er holt zwei Gläschen und ein Fläschchen, schraubt den Korken raus und sagt: ‹Also, du bist entschlossen, gegen das Zahnersatzgesetz zu stimmen.›

Schlucken, nicken.

‹Obwohl die Inder und Chinesen …›

Nein, Leo, das hat er nicht gesagt, nicht sofort, da tue ich ihm Unrecht. Der Wein gluckert in die Gläser und Prost und kleines Schlückchen, Vorsicht, Anna, Mädel, und dann hat er mir erklärt, warum er das machen will mit dem Zahnersatz, er hat gut gesprochen, ruhig, fast sanft. Er hat gesagt, dass es ihm nicht leichtfällt, dass es aber sein müsse. Er sprach wie du, oder sprichst du wie er?

Ob ich mir das nicht noch mal überlegen wolle?

Tja.

Die Anna ist so gut erzogen, die möchte immer, dass sich alle wohl fühlen mit ihr, und die will auch, dass sich der Kanzler wohl fühlt mit ihr, denn er ist ein charmanter Mann und nimmt sich viel Zeit für sie, und in diesem Moment will sie gerne sagen: ‹Ja, ich überleg's mir noch mal›, oder: ‹Nein, ich muss gar nicht mehr überlegen›, ich schicke die Rebellin in die Rente mit achtundzwanzig und bin wieder ein braves Mädchen, ich will das wirklich gerne sein für meinen Kanzler, der gerade so geschickt seine Zigarre schneidet – Zigarre, Hilfe! –, aber dann kann ich's doch nicht sagen und lächle stattdessen bedauernd mein allzu schnelles Lächeln, das womöglich hier erfunden wurde, ich hab's nicht vergessen, Leo, und sage artig: ‹Es tut mir leid, ich bleibe dabei.› Und ich überlege blitzschnell, ob ich noch ein ‹Fred› dranhänge, ich würde so gerne mal Fred sagen zum Bundeskanzler und ich hab ja die Lizenz dafür als Genossin, also sag ich's auch: ‹Es tut mir leid, ich bleibe dabei, Fred.› Und jetzt vorsichtig das linke Beine vom rechten nehmen und das rechte Bein über das linke legen, kleiner Test, mal gucken, ob er guckt, der Kanzler, der Fred, und, jawohl, er guckt, kleines Zwischen-die-Beine-Schielen, man weiß ja nie, was es so zu sehen gibt, und einem Kanzler darf nichts entgehen, verstehe ich vollkommen. Kiki de Montparnasse würde er sehen, wenn er könnte, von dir.

Leo, es wurde unangenehm.

Der Kanzler holte die große Bohrmaschine raus, die große Fragenbohrmaschine, und damit hat er eine Frage nach der anderen in mich hineingebohrt. Wie ich mir das vorstelle mit den Lohnnebenkosten, ob die ewig steigen sollen, was ich denn machen würde, um von den fünf Millionen runterzukommen, ob ich denn dächte, dass die Inder und Chinesen schlafen würden, und wie ich mir die Zukunft der deutschen Kinder vorstelle, ob die in einer Welt aufwachsen sollen, die beherrscht wird von den Indern und Chinesen?

Gluckgluckgluck – der Kanzler, immer wieder. Großer Adamsapfeltanz.

Und ich denke an das Kind in meinem Bauch, gezeugt vom Kanzlerfreund Leo Schilf, und fast hätte ich es dem Fred gesagt, dass da gerade in seinem Büro ein Schilfkind heranwächst, das aber kein Schilfkind sein darf, und das macht der Mutter gerade mehr Sorgen als die Inder und Chinesen. Aber ich hab's ihm nicht gesagt. Ich habe versucht, all die Fragen zu beantworten, während mir ‹Es grünt so grün, wenn Spaniens Blüten blühn› durch den Kopf geht, wie dir, aber meine Redezeit wurde immer kürzer, weil er mir ins Wort gefallen ist, und da war ich bald gewohnt fassungslos, und er wurde ruppig und verächtlich.

‹Mensch, Mädchen.›

Das hat er gesagt, hat er wirklich gesagt, immer wieder.

Er sitzt da mit breiten Beinen, gluckert Rotwein und hüllt mich mit heftigem Paffen in den Rauch seiner Zigarre, als wolle er mich verschwinden lassen, weg mit der dummen Kuh.

Er hat mich nicht eine dumme Kuh genannt. Aber er findet, ich sei ‹vollkommen ahnungslos›, ‹naiv›, ‹traumtänzerisch›, ‹stur›. Ob ich die Regierung stürzen wolle? Ob ich wolle, dass jene Frau, die so fürchterlich ist, dass er deren Namen gar nicht in den Mund nehmen kann, dieses Land regiere? Die habe keine Ahnung, die könne es nicht. Wenn die an der Macht sei, dann gute Nacht, Deutschland.

Und ich lasse mein Herz wieder wachsen und sammle, unterstützt vom Rotwein, all meinen Mut und sage in die Rauchschwaden hinein: ‹Wenn du zurücktrittst, Fred, weil du die Abstimmung verlierst, sind ja nicht gleich die anderen dran, dann macht es eben der Leo.›

Stille, absolute Stille. Man hört den kleinen Willy Brandt atmen. Ich schwitze und ich wechsle noch mal die Beinstellung und ich hoffe nicht, dass ich das tue, um den Kanzler zu besänftigen, aber ich weiß es nicht. Er guckt nicht hin. Er saugt kind-an-der-brusthaft an seiner Zigarre und dann lässt er den Rauch ganz langsam aus seinem Mund wehen, eine Wolke Giftgas. Aber das bilde ich mir nur ein, Frauen sind naturgemäß hysterisch in solchen Situationen, weiß man ja.

Plötzlich lacht er. Der Kanzler lacht das große Kanzlerlachen, laut und dröhnend und mit bebenden Backen, und er drückt die Zigarre in den Aschenbecher, dass sie sich knirschend zusammenfaltet, und dann ruft er: ‹Der Leo.› Und lacht wieder. Der Leo kann das nämlich nicht. Wusstest du das? Der Leo kann keine Wahlen gewinnen. Der kann nicht mal einen Wahlkampf durchstehen. Ist'n guter Kerl, ne treue Seele, versteht was von der Partei, aber so'n bisschen weichlich ist er leider auch. Der kann ja nicht mal seine Fraktion disziplinieren. Denn wenn er das könnte, müsste er, der Kanzler, nicht seine Zeit mit einer sogenannten Rebellin vertun, obwohl er eigentlich gerne mit hübschen Frauen zusammensitze, höhö, wie man ja wohl wisse, höhö, aber nicht wenn sie so unerträglich stur seien wie ich. Hat er so gesagt, Ehrenwort. Und wie er dabei gelächelt hat, kann ich schlecht beschreiben. Will ich auch nicht.

Der Kanzler ist dann aufgestanden und ich auch, blitzeschnelle, ein Händedruck, sehr, sehr lange.

‹Überleg's dir noch mal, Anna. Wir brauchen junge Abgeordnete. Der Robert macht es nicht mehr lange›, sagt der Kanzler, ‹dem geht es wirklich schlecht. Vizepräsidentin des Deutschen Bundestags ist doch eine schöne Sache.›

Dann lässt er mich los, und ich gehe.

So war das, Leo, so war mein Besuch beim Kanzler.»

Leo Schilf geht nicht auf diese Schilderung ein. Er schreibt: «Na, da hast du's ja überstanden.»

Sie schreibt sofort zurück: «Ist das alles, was du dazu zu sagen hast? Kannst du jetzt immer noch finden, dass er dein Freund ist? Musst du ihm weiter dienen, du treue Seele? Er hat dich verhöhnt vor mir. Er benutzt dich nur, und du denkst, er sei dein Freund.»

«Wenn er zu früh Rotwein trinkt, schwadroniert er gerne rum.»

Ihre nächste Mail kommt zwei Stunden später: «Leo, was ist mit unserem Kind?»

Er ignoriert diese Frage. Sie wiederholt: «Leo, bitte, was ist mit dem Kind?»

«Ich kann das nicht machen», schreibt er zurück. «Ich kann das Kind lieben, ich kann euch besuchen, ich kann zahlen. Aber ich kann nicht sagen, dass es von mir ist.»

«Danke für die klare Antwort.»

Er ist nett zur ihr in den folgenden Tagen. Sie treffen sich im Aufzug. Die Harmonie hält, bis Anna Leo wieder eine Frage stellt: «Leo, dieses Angebot, mich zur Vizepräsidentin zu machen, wer hat sich das ausgedacht? Du oder er?»

«Er.»

«Und wie findest du das?»

«Ich glaube, dass du das gut machen würdest.»

«Das ist nicht der Punkt. Der Punkt ist, ob du es richtig findest, meine Stimme mit diesem Angebot kaufen zu wollen?»

«Anna, wir wollen dich nicht kaufen. Wir wollen deine Karriere fördern. Du nimmst das Angebot nicht an?»

«Nein.»

«Ich bin stolz auf dich.»

In der Woche vor der Abstimmung sehen sie sich nicht. Leo schreibt von den letzten Arbeiten am Gesetzentwurf. Sie schreibt Belangloses.

Was ist mit dem Kind? Sie erwähnt es nicht mehr.

Am Wochenende vor der Sitzungswoche hat sie eine Veranstaltung in Mannheim. In der Nacht danach, Viertel nach eins, schreibt sie Leo eine lange Mail: «Vertreterhotel, wieder. Maximale Beengung, mehr als drei Schritte sind nicht möglich, Bett, Tisch, Stuhl, Fernseher, und der Fernseher war an, als ich das Zimmer vorhin zum ersten Mal betreten habe, er begrüßte mich mit Musik und meinem Namen auf dem Bildschirm, falsch geschrieben, mit Doppel-t am Ende. Habe auf dem Bett gesessen, dem Vertreterbett, das tausendmal von fremden Männern beschlafen wurde, bewacht, bewichst. Da saß ich nun, inmitten von verstoßenem Holz, neben dem Loch, das eine Zigarette in das grüne Deckchen auf dem Nachttisch gebrannt hat. Anna Tauertt, mit Doppel-t. Ich mag mich nicht mehr, Leo, ich kann mich nicht mehr aushalten. Wer ist die Frau, die auf dem Podium gesessen hat in dieser seltsamen Stadthalle? Wer hat da so geredet, als wüsste sie genau Bescheid, als sei sie sich sicher in ihren Gedanken? Wer hat zum ersten Mal ‹nicht hilfreich› gesagt oder war es schon zum zehnten Mal? Wer hat zum hundertsten Mal den Scherz gemacht, dass wir doch, wie der Kanzler sagt, den Indern und Chinesen die Zähne zeigen wollen, und dann haben die Zähne auch gut in Schuss zu sein? Wer hat sich zum hundertsten Mal auf die Lacher gefreut, das Gejohle, Geklatsche, das diesem Scherz garantiert folgt? An dieser Stelle haben sie in Kiel gejohlt, in Cottbus, in Köln, in Trier, in Husum, in Passau, in Ulm, in Herne, in Ludwigsburg, in Radebeul, in Schwerin. Wer hat es jedes Mal genossen? Und jetzt wieder in Mannheim? Leo, sag mir, wer das war? Anna Tauert mit einem t am Ende? Ich glaube das nicht. Und warum wartet in all diesen Städten immer der gleiche alte Mann auf sie, ein alter Mann, der schon für Erich Ollenhauer Plakate geklebt hat? Er steht immer da, wenn die Veranstaltung zu Ende ist, und jedes Mal erzählt er ihr die Geschichten vom Plakatekleben für Ollenhauer und vom Willy 72, und sie müsste ihn mögen als gute Genossin, aber sein schlechter Atem stößt in ihr Gesicht, und sie kann ihn nicht mögen. Er sieht jedes Mal anders aus, aber seine Geschichte ist die Gleiche. Und wo kommt dieses Lächeln her, wenn sie in die Kameras guckt, gerahmt von unbekannten Menschen, die ein Foto wollen fürs Familienalbum, dieses schnelle, allzu schnelle Heldenlächeln, wo kommt es her, Leo, sag's mir. Und warum macht sie diesen ganzen Quatsch mit, den sich die Vorsitzenden der Ortsvereine und Unterbezirke für die Pressefotografen einfallen lassen, dieses Hau-den-Lukas-Hauen wie in Mannheim, wo sie so ein Ding von der Kirmes besorgt haben, und sie geben der schmalen Anna den schweren Hammer, und sie fällt fast um, als sie ihn über den Kopf wuchtet und dann mehr fallen lässt als zuschlägt, aber die haben das Ding so präpariert, dass das Metallteil garantiert nach oben flutscht, und, klingeling, es klingelt. Großer Jubel. Warum machen sie uns zu Kindern, Leo? Wir sind die Machthaber, aber wir müssen uns wie Kinder aufführen. Und sie, die Anna Tauert mit einem t oder mit zweien, denkt wirklich einen langen Moment, sie habe die Kraft, den Hau-den-Lukas zum Klingeln zu bringen, und dann schämt sie sich für ihren Stolz und dass sie in so kurzer Zeit gelernt hat, Schein in reale Gefühle umzusetzen. Wie konnte der Anna das passieren? Und wer gibt denen das Recht, für uns eine Scheinwelt zu bauen? Und wo ist die echte Welt geblieben? Leo, wo? Ich will meine echte Welt zurück. Und warum muss es immer noch ein spätes Abendessen geben mit dem Vorsitzenden vom Ortsverein und dessen Frau? Aber die freuen sich so, dass mal einer da ist aus der Hauptstadt, und deshalb bleibt die Anna, obwohl sie soo müde ist, und tut diesen wissensdurstigen Menschen gern den Gefallen, aus der Hauptstadt zu erzählen. Aber sie kommt gar nicht dazu, denn der Vorsitzende vom Ortsverein und seine Gattin stellen nicht eine Frage, sondern erzählen nur von Mannheim und vom Ortsverein und dass es Ärger gibt mit der Druckerei, die seit zwanzig Jahren die Wahlplakate druckt und dass schon wieder drei Leute eingetreten sind und fünf ausgetreten, und die Anna hört stumm zu und denkt an Leos Schwanz und trinkt ein drittes Viertel. Und als der Vorsitzende und seine Gattin die Anna weit nach Mitternacht ins Hotel bringen wollen, kriegt die fast einen Schreikrampf, beherrscht sich aber und sagt ganz lieb, dass sie gern allein gehen würde, und wird am Ende sogar kanzlerhaft ruppig, um das durchzusetzen, und dann geht sie, die blöde Hauptstadtschnepfe, endlich allein, durch die Planquadrate dieser fürchterlichen Stadt und verflucht Hitler, weil wir seinetwegen in diesen hässlichen Städten leben müssen, die uns noch unglücklicher machen als wir ohnehin schon sind. Nimm mich in deine Arme und halte mich ganz fest.»

Kein Wort zum Kind. Warum nicht?

Leo versucht sie zu beruhigen. Er schreibt, sie gingen

alle mal durch solche Täler, das sei normal. Dann schreibt er einen Satz, den ich nicht erwartet habe: «Manchmal denke ich, ich schaffe es vielleicht doch, wenn das Kind erst da ist.»

Es ist die Woche der Abstimmung. Die Zeitungen berichten jeden Tag über Anna, sie wird in den Boulevardzeitungen nur noch «die schöne Rebellin» genannt, wie ich in einer Mail von Leo lese. Am Abend vor der Abstimmung wird ihr vor der Haustür aufgelauert. Ein Kamerateam will wissen, wie sie abstimmen wird. Sie geht stumm ins Haus und schreibt Leo sofort eine Mail, in der sie den Zwischenfall schildert. Als sie sich im Fernsehen gesehen hat, schreibt sie ein zweites Mal an Leo: «Das bin jetzt ich: Stumm, verschlossen, eine blasse Frau von achtundzwanzig Jahren, die einen Kameramann zur Seite schiebt. Hast du's gesehen? Wird die schöne Rebellin den Kanzler killen? So haben sie ihren Bericht aufgemacht.»

«Wirst du?»

«Du kannst mir nicht eine Frage stellen, die von diesen Dreckskerlen kommt. Das kannst du einfach nicht.»

«Verzeih.»

Sie schweigt. Es ist null Uhr neunundfünfzig, als Leo Schilf einen halbherzigen Versuch macht, Annas Stimme zu gewinnen. Vielleicht will er auch nur den Kanzler imitieren und die Worte sind ironisch gemeint. Ich weiß es nicht.

«Denk an unser Kind, Anna, denk daran, dass es in einer Welt leben soll, in der es glücklich sein kann. Wir müssen Deutschland so hinkriegen, dass es mit China und Indien mithalten kann. Soll unser Kind in einer Welt aufwachsen, die von Indern und Chinesen beherrscht wird?»

Um zwölf nach eins schreibt Anna: «Es gibt kein Kind, Leo, es ist weg. Es muss keine Angst haben vor Indern und Chinesen.»

Ich bin nicht überrascht, als ich das lese. Es sind die

Sätze, vor denen ich Angst hatte. Ich lege mein Laptop zur Seite und stehe auf. Ich muss ein paar Schritte gehen.

Ein Detektiv mit meinem Schwerpunkt kennt sich aus mit Abtreibungen. Manche Frauen kommen zu mir, wenn sie schwanger sind. Sie wollen Gewissheit, ob sie dem Kerl, der Vater ihres Kindes wird, trauen können. Ich mache diese Aufträge nicht gern. Es gibt Zeitdruck, weil die Beweise, sollte es welche geben, vorliegen müssen, solange eine Abtreibung möglich ist. Es ist zudem nicht schön für mich zu wissen, dass meine Arbeit darüber entscheidet, ob ein Kind abgetrieben wird oder nicht. Ehrlich gesagt, einmal habe ich die Ergebnisse meiner Arbeit zurückgehalten, weil die Frau mir vorab gesagt hatte, dass sie das Kind abtreiben würde, sollte ihr Mann sie betrügen. Es war eine Frau, der es an nichts fehlte, außer an einem treuen Mann. Er war nicht treu, ich habe das bald herausgefunden. Er hatte was mit seiner Sekretärin, wie so viele. Nach den Sekretärinnen sehe ich immer zuerst. Sie sind jung, man sieht sich jeden Tag, sie sind bereit, ihre Chefs anzuhimmeln. Im Fall der schwangeren Frau hatte ich bald ein Foto, wie sie sich in einem Cabriolet küssen, einem gemieteten. Ein Cabriolet ist praktisch für meine Arbeit, man bekommt die besten Fotos. Das Foto lag schon in der Mappe. Ich habe es lange angeschaut. Es war ein Foto, das über Leben oder Tod entscheiden sollte. Ich habe es aus der Mappe genommen. Ich habe nur meine Rechnung drin gelassen. Hätte ich auf mein Honorar verzichtet, hätte sie vielleicht Verdacht geschöpft. Die Spesen gingen auf mich. So bin ich zu unserem Treffen gegangen. Ich könne nichts Verdächtiges finden, habe ich ihr gesagt. Sie war glücklich. Sieben Monate später habe ich das Foto von einem Baby bekommen, Karlotta. Es hängt in meinem Archiv.

Ich hätte verdammt gerne Annas Kind gerettet.

«Anna, warum?» Das schreibt Leo Schilf auf die Nachricht von der Abtreibung.

«Ich sah mich im Wochenbett liegen mit dem Kind, mit unserem Kind, und dann kamen die Reporter, die Kameramänner, um von der Ankunft meines Kindes zu berichten, und sie haben die Anna gefragt, wer der Vater ist von dem süßen Kind, und die Anna hat gesagt, ja, erkennt ihr das denn nicht, das ist das Kind vom Leo, von Leonard Schilf, und da waren die Reporter ganz überrascht und erfreut, dass in der Machthaberwelt so viel Liebe möglich ist, dass ein Kind geboren wird. Aber ich wusste, dass das nicht so sein wird, dass ich all das, was wir hier täglich tun, das Verstecken, Heucheln, Falsche-Fährten-Legen, dass ich das auch mit diesem Kind würde tun müssen, weil niemand hätte erfahren dürfen, wer der Vater ist. Und ich wollte das nicht, ich wollte das auf keinen Fall. Und willst du alles wissen? Die ganze Wahrheit? Hier ist sie, Leo: Als die Ärztin kurz vor der Abtreibung noch mal meinen Bauch geschallt hat, um die Lage des Kindes zu checken, war da kein Herzschlag mehr. Nicht zu sehen. Das Kind war tot. Ich hatte es schon umgebracht. Tötung durch Zweifel.»

Ich weiß nicht, was ich denken soll.

Am nächsten Tag war die Abstimmung über Zahnersatz im Bundestag. Ich kann mich erinnern, dass es eine Gegenstimme aus der Regierungskoalition gegeben hat. Damit war das Gesetz durch, der Kanzler konnte Kanzler bleiben. Es war eine geheime Abstimmung, und bis jetzt ist meines Wissens nicht herausgekommen, wer gegen das Gesetz gestimmt hat. Leo Schilf hat Anna nicht gefragt, jedenfalls nicht per Mail. Sie haben den Zahnersatz nie mehr erwähnt in ihren Mails.

Eine Weile schweigen sie. Dann schickt er eine Mail, sie schreibt zurück. Sie sind vorsichtig miteinander, tastend.

Ich zähle acht Mails, bis das Wort Liebe wieder auftaucht. Sie verabreden sich für den Aufzug, sie verbringen eine Nacht miteinander.

Sie fährt nach Görlitz. Am Abend schreibt sie Leo eine Mail, aus dem Hotel. Ich war dabei. «Fotze. Ich bin eine Fotze, so ist das jetzt, ein Jahr Bundestag hat mich zur Fotze gemacht. Heute im Festzelt hat's einer gerufen, weil ich dich verteidigt habe, weil ich es nicht ertragen kann, dass sie dich einen Verräter nennen, obwohl ich sie verstehen kann, aber sie dürfen es trotzdem nicht, wenn ich dabei bin. Und ich habe geheult eben, als ich das geschrieben habe, und dann kam so ein Mensch mit einer großen Nase und hat mir ein Stofftaschentuch gegeben, als sei er nur dafür auf der Welt, reizend, nett, und ich war gerettet für einen Moment, aber du fehlst, und den Frühschoppen habe ich abgesagt, die können uns mal. Noch drei Stunden und sechsundzwanzig Minuten.»

Er war also doch da, kam spät in der Nacht und ging wahrscheinlich früh. Und der Detektiv, der Idiot, hat geschlafen und vielleicht hat er geträumt, er habe eine kleine Nase.

6 Leo verlässt den Parteitag. Ich fahre ins Hotel, und in meinem Zimmer lege ich den Laptop auf den Schreibtisch und schließe meinen tragbaren Drucker an. Die Notizen lege ich daneben. Ich bin todmüde, aber jetzt kommt der beste, der schwierigste Teil meiner Arbeit, die Mappe. Ich setze mich hin und gehe die Listen von Posteingang und Postausgang durch. Ich will Klarheit, ohne jemanden bloßzustellen. Ich will Anna nicht bloßstellen.

Manchmal ist das Zusammenstellen einer Mappe simpel. Ein Foto, ein paar Termine und Orte, wo das Liebespaar sich getroffen hat. Dies ist ein anderer Fall. Hier geht es um Kunst. Hier zeigt sich Klasse. Eigentlich könnte man sogar von Eleganz reden – eine gute Mappe ist eine Sache der Eleganz. Ich erzähle eine Geschichte, die Geschichte einer Beziehung, einer Liebe vielleicht, ich bin Schriftsteller, Regisseur, Komponist. So kann man es kaum jemandem erklären, man würde Gelächter ernten, aber ich kann es fühlen, denken. Ich schreibe eine Geschichte, ich inszeniere eine Geschichte, ich komponiere eine Geschichte. Je eleganter, desto besser.

Man muss nur wissen, was man will. Was ist das Ziel? Erhaltung? Zerstörung?

Erhaltung, unbedingt. Nicht weil Anna dann frei ist. Ich habe geträumt. Auch der Detektiv hat seine Träume. Aber er ist Realist, er kennt die Liebe und deren Möglichkeiten. Er weiß, wer sich zum Paar findet und wer nicht. Kaum einer weiß das besser.

Sex kommt nicht vor in meiner Geschichte. Ich habe alle Mails aussortiert, in denen von Sex erzählt wird. Mir ist das nicht leicht gefallen. Einige der schönsten Mails, die ich habe, handeln von Sex. Ich habe von ihr eine wundervolle Beschreibung seines Geschlechts, sehr schön, sehr erotisch. Ich werde sie später ausdrucken, das Blatt kommt in mein Archiv, Abteilung ‹Zurückgehaltene Beweise›. Es ist wahrlich keine kleine Abteilung. Schonung ist mir wichtig, nur das erzählen, was die Dinge klärt, auch wenn die Erzählung ein bisschen leidet.

Ich habe sie gezählt. Achtundsiebzig Mails, in denen es um Sex geht, eine Menge für ein Jahr und zwei Monate, die Zeit, die sie sich kennen. Sie haben sich nicht oft gesehen, es war ihre Art, oft miteinander Sex zu haben. Eine Menge

Stoff, der wegfällt. Aber ich will nicht, dass Ute Schilf eine Erinnerung aufbaut, in der sie gleichsam dabei war, als ihr Mann mit einer jungen Abgeordneten die Ehe gebrochen hat. Die beiden im Bett und sie auf einem Stuhl als Zuschauerin. Sie würde diese Bilder nie loswerden, das kann ich ihr ersparen. Ich drucke nur vier Mails aus, in denen erwähnt wird, dass Anna und Leo Sex hatten, auch wenn daraus jeweils hervorgeht, dass es guter Sex war. Das fügt Ute Schilfs Vorstellung nichts hinzu. Ich weiß von vielen Gesprächen mit Kundinnen, dass sie sich den Sex ihrer Männer mit den Geliebten immer als guten Sex vorstellen. Sonst, denken sie, würde der Kerl das ja nicht machen.

Vielleicht täuschen sie sich. Ich habe mal ein Paar observiert, das sich in ein Haus am See zurückgezogen und bei offener Tür Liebe gemacht hat. Das war in meinen frühen Jahren als Detektiv, und ich hatte noch den Ehrgeiz, möglichst drastische Beweise zu liefern. Ich habe ein ganzes Wochenende mit meiner Kamera im Gebüsch gehockt, mit einer Riesentüte von Objektiv im Anschlag, und ich habe den Burschen nicht einmal mit einer Erektion erwischt. Und man kann nicht sagen, dass sich seine Geliebte keine Mühe gegeben hat. Sie war ein Biest. Aber bei ihm ging nichts.

Ich lasse die Mails weg, in der Anna ihre Liebe beschreibt. Ein Jammer, sie hat so schön über ihre Liebe geschrieben. Aber ich will nicht, dass Ute Schilf das liest. Ich muss Anna schützen. Zweiundneunzig Mails fallen so weg für die Erzählung. Wenn ich schon mit meiner Arbeit ihre Liebe zerstöre, dann will ich wenigstens vermeiden, dass ihre siegreiche Rivalin allzu viel Intimes weiß über sie. Ute Schilf wird siegreich sein, da bin ich sicher. Nach allem, was ich von Leo gelesen habe, wird er sich für seine Frau entscheiden. Und sie kriegt eine Mappe, die ihr diese Entscheidung leichtmacht.

Ich lasse die Mails weg, in denen sich Leo zu seinen größten Liebesausbrüchen versteigt, wenn er von Ewigkeit, Endlosigkeit, größter Liebe seines Lebens und so weiter schreibt.

Einer meinen frühen Kundinnen habe ich mal die Frage gestellt, ob sie die Wahrheit wissen wolle. Eine ziemlich dumme Frage für einen Detektiv. Die Dummheit meiner frühen Jahre schmerzt mich noch heute fast körperlich. Sie hat zu meiner Überraschung nicht Ja gesagt. Sie hat gesagt, es ginge ihr nicht um die Wahrheit, sondern um Wahrhaftigkeit. Ich war damals nicht der Mann, der auf Anhieb einen solchen Unterschied versteht, bin es vielleicht noch immer nicht, obwohl mich die Jahre in diesem Beruf nicht schlecht geschult haben, denke ich. Ich hatte bis dahin nicht gewusst, dass es da einen Unterschied geben könnte.

«Und was ist da der Unterschied?», habe ich gefragt.

«Die Wahrheit ist alles», hat sie gesagt. «Und nicht mal Sie als Detektiv wissen alles über die Affäre meines Mannes. Aber ich glaube, ich will nicht mal all das wissen, was Sie wissen. Ich möchte Wahrhaftigkeit von Ihnen, ein Bild dieser Affäre, das ihren Kern erzählt. Details brauche ich nicht, Details machen mich verrückt. Wenn ich das Wesen dieser Affäre kenne, ist das schlimm genug.»

Sie war eine kluge Frau. Ich musste ein bisschen nachdenken über das, was sie gesagt hat, und dann habe ich die Mappe, die schon auf dem Tisch lag, wieder eingepackt. Ich habe ihr erzählt, was ich für das Wesen der Affäre ihres Mannes hielt. Es war eine reine Sexkiste mit einem Sekretärinnenflittchen. Die Fotos, die ich hatte, waren ziemlich heiß. Sie erzählten von einem Mann, der sich, entflammt für einen Körper, im Bett total aufgibt. Sind im Archiv.

Ich muss zugeben, dass ich mich in meinen einsamen Jahren, den Jahren vor Neringa, manchmal in meinem

Archiv bedient habe. Ich kam mir schäbig vor, aber eine Weile war es wie eine Sucht. Ich lag im Bett, und mich überkam ein schlimmes Verlangen, und dann bin ich hinunter ins Archiv und habe mir eins der schärfsten Fotos geholt. Schlimmer war noch, dass ich, zunächst unbewusst, die Ausschnitte beim Fotografieren so gewählt habe, dass sie für meine heimlichen Zwecke besonders geeignet waren. Also dass ich die Frau gut sehen konnte und nicht den Mann, dessen Anblick mich eher störte beim privaten Gebrauch der Fotos. Das Interesse meiner Kundinnen war umgekehrt. Sie wollten ihren Mann sehen, nicht die Frau. Es war fürchterlich. Ich hatte begonnen, meinen Beruf, meinen geliebten Beruf zu missbrauchen. Ich war auf dem Weg, ein schlechter Detektiv zu werden, weil mich das Verlangen nach jenen Fotos beherrschte wie ein Dämon. Ich versuchte, ihn zu bekämpfen, mich nicht mehr zu berühren, meine Gedanken auf meine Großmütter zu lenken, meine schrecklichen Großmütter, und nicht mehr auf die Körper begehrenswerter Frauen. Vergebens. Ich habe sogar den Schlüssel für das Archiv vor mir selbst versteckt. Das war lächerlich. Ich war kurz davor, die Fotos zu verbrennen, dann hat sich diese Gier gelegt, und schließlich kam Neringa. Ich habe seit drei Jahren keins dieser Fotos mehr angefasst.

«Habe ich dich erschreckt?»

So wird meine Erzählung beginnen, ein guter Anfang. Ute Schilf soll wissen, dass die Affäre von ihrem Mann ausging. So viel Wahrheit muss sie ertragen. Es folgen die Koalitionsverhandlungen, die Reise nach Indien. Dann sie: «Danke für diese Nacht.» Damit ist das Wichtigste gesagt. Die Monate danach komponiere ich so, dass es nicht nach allzu großer Liebe aussieht, eher nach Zeitvertreib. Die Machthabermails lege ich nach unten. Seine Frau soll wissen, was in ihrem Mann vorgeht, wenn sie es nicht schon weiß. Kleine

Rache des Detektivs. Ganz nach unten kommt die Verabredung für den Parteitag. Darunter wird das Foto liegen, das ich heute Nacht schießen werde. Wenn es mir gelingt.

Ich glaube, es ist eine gute Mappe geworden. Und trotzdem fühle ich mich nicht gut. Ich dusche lange, rasiere mich, putze die Zähne, ziehe mich an, Anzug, Krawatte. Es ist kurz nach acht, als Neringa anruft. Sie ist bei den Schwulen und hat Angst. Neringa ist nicht gern bei den Schwulen. Schon mal grundsätzlich nicht, weil sie schwul sind und weil sie aus ihrem litauischem Dorf keine Schwulen kennt, die sich so benehmen, als sei das ganz normal. Die Schwulen sagen zu ihr, sie könne ihren Lover ruhig mitbringen, und wenn sie mit ihm vögeln wolle, bitte, das Bett sei frisch gemacht, aber nicht laut sein, hihi, und den Kleinen wecken. So ungefähr reden sie. Außerdem fragt sich meine Neringa natürlich, warum Schwule ein Kind haben, einen sechsjährigen Jungen, und ich kann es ihr auch nicht erklären. Natürlich fragen wir nicht. Wir tun so, als sei das selbstverständlich, aber Neringa fällt das schwerer als mir. Sie will nicht mit mir ins Bett der Schwulen gehen.

Der eine heißt Kai und der andere heißt John, und sie sind verheiratet. Der Kanzler und Leo Schilf haben dafür gesorgt, dass das geht. Meinetwegen. John ist seit kurzem mein Kunde. Seitdem er verheiratet ist, hat er eine wahnsinnige Angst, dass Kai ihn betrügen könnte. Denn jetzt sind sie ja verheiratet, und da soll es anständig zugehen, wie bei anderen Paaren auch. Ich könnte ihnen erzählen, dass es bei anderen Paaren auch nicht anständig zugeht, aber das mache ich natürlich nicht. Ich hatte bis jetzt noch keine Aufträge von Schwulen, und vielleicht haben mir der Kanzler und Leo Schilf ein neues Geschäftsfeld eröffnet. Wäre schön. Ich habe nichts dagegen, auch Schwulenehen zu retten. Nur frage ich mich, warum man alles tut, damit jeder jeden heiraten kann, wenn doch die Fähigkeit, eine Ehe ordentlich zu führen, allgemein nachlässt. Aber gut, ich erledige nur meine Arbeit. Die großen Gedanken sollen sich andere machen.

Ich treibe mich also seit einiger Zeit wieder in Schwulenbars herum und in Schwulenklappen, habe aber noch nichts gegen Kai in der Hand. Ich bin ihm auf der Spur, wahrscheinlich Bahnhofsmilieu. Ich weiß nicht, was dann mit dem Kind und Neringas Job wird, die Schwulen zahlen gut. Andererseits geht sie nicht gern in dieses Haus in Zehlendorf, weil der Garten so groß ist, und die Fenster sind auch groß, sind riesig, eigentlich besteht dieses Haus nur aus Glas, so dass man abends denkt, man sitzt mitten im Wald, wegen der hohen Bäume im Garten. Es ist ja klar, dass Neringa nachts nicht gern im Wald sitzt und für Kai und John die ärmellosen Shirts bügelt. Ich bin eigentlich immer bei ihr, wenn sie dort ist, aber heute geht es eben nicht. Ich beruhige sie. Ich sage, sie ist nicht im Wald, sondern mitten in Berlin, sie muss keine Angst haben. Aber mitten in Berlin muss man nachts ja mehr Angst haben als im Wald, sagt sie, und dazu fällt mir erst mal nichts ein. Hast du nun Angst vor dem Wald oder vor Berlin, frage ich sie, nicht pampig, sondern weil ich ihr helfen will, und dafür muss ich wissen, was ihr Angst macht. Aber jetzt ist sie ein bisschen beleidigt und mault, ob ich nicht zu ihr kommen könne. Ich bin ungehalten.

Es gibt seit einiger Zeit eine offene Frage zwischen uns. Neringa hat mich gefragt, ob ich sie heiraten würde. Wir haben eine Weile darüber geredet, sind aber nicht zu einem Beschluss gekommen. Zwischen uns läuft das nicht so, dass dabei das Wort Liebe fällt oder so was. Neringa ist es leid, alle drei Monate ausreisen zu müssen, damit sie ein neues Visum beantragen kann. Zwar hat sie immer eins bekommen, aber die Unsicherheit nervt. Sie will nicht mehr nach

Litauen zurück, nicht für einen Tag. Würde ich sie heiraten, hätte sie das Problem nicht mehr. Ich erwäge das ernsthaft. Es wäre eine gute Sache. Sie hilft mir, und ich helfe ihr, und die Zärtlichkeit kommt auch nicht zu kurz.

Meine Neringa kennt eine Menge Mädchen aus Litauen und Polen, die Berliner Kinder hüten und Berliner Wohnungen säubern. Berlin wäre eine Stadt des Drecks und der herumirrenden Kinder, wenn es nicht Neringa und ihre Kolleginnen gäbe. Ich meine, Berlin wäre *noch mehr* eine Stadt des Drecks und der herumirrenden Kinder, wenn es nicht Neringa und ihre Kolleginnen gäbe. Hin und wieder, bei schwierigen Fällen, frage ich Neringa, ob sie sich nicht mal umhören könne bei ihren Kolleginnen, ob nicht eine von denen bei Herrn X in der Anwaltskanzlei putzt oder bei Herrn Y in der Arztpraxis. Manchmal habe ich Erfolg damit. Ich kriege für ein, zwei Stunden einen Schlüssel, und das Mädchen hat sich ein kleines Zubrot verdient. Ich würde solche Aktionen nicht zu den Einbrüchen zählen, zu den Grobheiten. Für mich sind das smarte Recherchen. Da ist eine Menge zu holen in solchen Schreibtischen. Ich muss allerdings zugeben, dass Neringa eine unklare Vorstellung von meinem Job hat. Beim Wort Detektiv denkt sie eher an die *detectives* aus den amerikanischen Fernsehserien, die sie sich so gern beim Bügeln anschaut, also eigentlich an Polizisten. Ich habe sie nie aufgeklärt. Wozu auch? Was das Heiraten angeht, wäre Neringa wahrscheinlich die Richtige für mich. Wir haben eine ähnliche Einstellung. Wir haben eine Beziehung, die existiert, wenn wir zusammen sind oder miteinander telefonieren. Ansonsten ist da nichts. Das senkt die Risiken. Ich weiß nicht, was Neringa macht, wenn ich sie nicht sehe. Es interessiert mich nicht.

«Wir reden, wenn ich zurück bin», sage ich zu Neringa und lege auf.

Ich gehe nach unten, steige in ein Taxi und lasse mich zur Jahrhunderthalle fahren, Parteiabend, was immer das ist. Es regnet, Bochum glänzt im Regen. Nachrichten im Autoradio. Leo Schilf mit einem Denkzettel zum Vorsitzenden wiedergewählt. «Dieses Arschloch», sagt der Taxifahrer. Der Scheibenwischer quietscht. Ich ziehe den Reißverschluss meiner Tasche auf, prüfe noch einmal, ob die Kamera ausgeschaltet ist. Nicht dass das Foto an einer leeren Batterie scheitert. Die Kamera ist ausgeschaltet. Ich habe ein mittellanges Objektiv dabei, obwohl ich mir kaum vorstellen kann, dass sich eine Gelegenheit ergeben wird, es einzusetzen. Wie will man verborgen mit einer langen Tüte in Hotelgängen fotografieren? Aber für alle Fälle. In meiner Brusttasche habe ich eine Kleinkamera.

Ich gebe kein Trinkgeld. Es ist nicht leicht auszuhalten, kein Trinkgeld zu geben. Man kriegt Blicke. Ich halte sie aus. Was weiß denn er? Nichts. Aber eine große Schnauze haben. Taxifahrer gehören unter allen Geschöpfen zu den ekligsten.

Die Halle war mal eine Maschinenhalle, Backstein und Stahlträger. Kranhaken baumeln von der Decke. So mögen sie das, sich immerzu als Arbeiter zu fühlen. Ich hole mir ein Bier, mit einem Bier in der Hand wirkt man gleich zugehörig. Ich streife durch die Halle, es ist voll, Schlangen am Büfett, erst mal fressen, Lachs und Vitello Tonnato auf denselben Teller, dazu Mozzarella mit Tomaten und Basilikum, Gnocchi, Reis und Ochsenbrust in grüner Sauce und ein paar Scheiben Salami, in die Mitte einen Schlag Mischgemüse. Ich sehe drei dieser Teller und habe keinen Hunger mehr. Ich suche Anna.

Die Stimmung ist gut. Sie haben ihrem Vorsitzenden eins ausgewischt, und jetzt freuen sie sich. Ich sehe den Kanzlertisch und gehe hin. Es stehen so viele Gaffer drum herum, dass ich nicht auffalle. Der Kanzler klopft dem Vorsitzenden auf die Schulter, dann nötigt er ihn anzustoßen. Wie schnell so ein Bier in einem Kanzlerhals verschwinden kann, einfach weggeschlürft. Der Vorsitzende schafft nur kleine Schlucke, kleine miese Loserschlucke. Großes Lächeln ringsum, widerliche Beflissenheit. Und ich dachte, wir haben eine Demokratie. Sind die Hofschranzen nicht mit dem letzten Kaiser abgeschafft worden? Und warum finden es Journalisten so geil, beim Kanzler sitzen zu dürfen?

Anna ist nicht in der Nähe des Kanzlertischs. Ich laufe herum, finde sie nicht. Jemand stößt seinen Teller gegen meine Tasche, lässt ihn fallen. Mozzarella mit Tomaten und Basilikum auf dem Boden, Ochsenbrust in grüner Sauce, Mischgemüse, gebratene Auberginen, Nudeln mit Carbonarasauce, eine Riesensauerei. Ich gehe weiter.

Dann sehe ich sie, am Ende eines Tischs, mit anderen Leuten. Sie sitzt ein Stück vom Tisch entfernt, Beine übereinandergeschlagen, Oberkörper vorgebeugt, ein Arm quer über den Bauch gelegt, mit dem anderen isst sie. Sie stochert eher. Der Teller ist angenehm leer, Mozzarella mit Tomaten und Basilikum. Sie trägt ein schwarzes Kleid. «Ich möchte dich so gern mal in einem Kleid sehen», hat er ihr geschrieben. Liegt in der Mappe, kleiner Trost für Ute Schilf, die ich nur in Kleidern gesehen habe. Sie soll ruhig denken, dass Leo etwas von ihr in seiner Geliebten sehen wollte.

Ich stehe am Tisch, sechs, sieben Stühle entfernt von ihr, auf der anderen Seite des Tischs. Starren ist nicht gerade die hohe Kunst meiner Profession, aber ich starre. Ich merke es, als sie aufblickt. Unsere Blicke treffen sich, sie schaut wieder auf ihren Teller.

Ich bin ihr nicht aufgefallen. Offensichtlich. Sie hat mich so oft gesehen und sie erinnert sich nicht.

Ich drehe eine Runde durch die Halle, noch eine, noch eine. Ich sehe, dass Schilf sein Handy aus der Brusttasche holt. Er klappt es auf, liest eine SMS. Er steckt das Handy ein und steht auf. Er verlässt den Tisch. Als seine Leibwächter folgen wollen, winkt er ab. Ich schaue zu Anna, sie sitzt nicht mehr am Tisch, ich sehe sie auch sonst nirgendwo. Okay, ich folge Schilf. Ich bin ganz ruhig, Jagdzeit. Die Kamera ist in der Brusttasche, alles ist bereit. Schilf verlässt die Halle und folgt im Foyer den Schildern, die zur Toilette führen. Wie gierig sie sein müssen, um das zu riskieren. Ich habe Angst vor diesem Bild. Ich habe ein paar Toilettenfotos in meinem Archiv. Man muss Glück haben. Man hält die Kamera unter der Tür durch, Blindschuss.

Wir sind unten. Damentoilette oder Herrentoilette, das ist immer die Frage. Meistens ist es die Herrentoilette. Ein Mann auf der Damentoilette ist ein Skandal, und Frauen sind auf der Herrentoilette kein ungewohnter Anblick, da sie dort gern den Warteschlangen ausweichen. Herrentoilette. Schilf öffnet die Tür, ich warte. Nach zwanzig Sekunden folge ich ihm, leise, ganz leise. Einer wäscht sich die Hände, einer pinkelt. Drei Kabinen sind besetzt. Ich horche. Nichts erst, dann ein leises Klicken, als eine Gürtelschnalle den Boden berührt. Wo sind sie? Ich gehe in eine freie Kabine, schließe ab, knie mich hin. Wie ich das hasse, knien in Toiletten. Kein Beruf kommt ohne Widerwärtigkeiten aus. Ich sehe drei Paar Herrenschuhe. Wo sind Annas Füße? Ich höre nichts. Man hört immer was, ganz ohne Geräusche kann keiner. Ich sehe eine Hand, die einen Umschlag hält. Die Hand schiebt den Umschlag in die Nachbarkabine. Dort wird er aufgenommen und verschwindet. Ich verstehe nichts.

Ich stehe am Waschbecken und wasche mir gründlich die Hände. Schilf ist schon draußen. Ich warte. Eine Spülung gurgelt, dann öffnet sich die Tür. Es ist der Mann mit dem Cordanzug. Er wäscht sich nicht die Hände und verlässt eilig die Toilette. Es war Schilf, von dem der Umschlag kam. Geld, nehme ich an, eine hübsche, kleine Erpressung, leider nicht mein Fall.

Ich hole mir etwas zu essen, Vitello Tonnato, und noch ein Bier. Ich sitze abseits und esse und denke nach. Es vergeht eine Stunde, und ich denke immer noch nach. Es wird getanzt. Ich stehe auf, drehe zwei Runden, dann trete ich an Annas Tisch.

«Wollen wir tanzen?»

Sie guckt überrascht, aber sie steht auf und geht mit mir zur Tanzfläche. Ich nehme ihre linke Hand und lege meine Rechte auf ihren Rücken. Die anderen tanzen getrennt, wir tanzen zusammen. Einen Discofox kriege ich immer noch anständig hin. Meine Hand liegt federleicht auf ihrem Rücken, nur die Fingerspitzen berühren den Stoff ihres Kleides. Einmal schaut sie kurz auf zu mir, ein rätselnder Blick. Sie lächelt. Ich löse meine rechte Hand, stoße Anna sanft davon, lasse sie unter meiner erhobenen linken Hand kreiseln, kreisle dann unter ihrer Hand, nicht perfekt, aber auch nicht schlecht. Ich hole sie zurück, greife auch ihre rechte Hand, drehe sie ein, so dass sie neben mir ist, wir tanzen zurück, tanzen vor, nebeneinander. In unsere Arme verwickelt, tanzen wir auf den Verteidigungsminister zu. Er empfängt uns mit einem ekstatischen Kreisen seiner Hüften, spielt dann ein Solo mit dem Luftsaxophon, beugt den Oberkörper weit nach hinten, schnellt vor, schnellt zurück. Wir tanzen dicht bei ihm auf der Stelle, immer noch nebeneinander. Die anderen tanzen heran, bilden eine Gruppe um uns und den Verteidigungsminister, der jetzt Luftgitarre spielt, erst vor dem Bauch, dann hinter dem Rücken. Wir tanzen auf der Stelle, die anderen klatschen rhythmisch. Als das Lied zu Ende ist, feuert der Verteidigungsminister eine Freudensalve mit dem Luftmaschinengewehr in die Hallendecke.

Es folgt ein langsames Stück. Sie hält Abstand, aber nicht so, dass es verletzend ist. Ich kann sie spüren, es ist gut. Wir drehen uns eine Weile, dann sage ich es: «Haben Sie verstanden, warum Leo Schilf am Ende seiner Rede das Wort ‹Oktopus› gesagt hat?»

Sie blickt überrascht auf zu mir. «Was hat er gesagt? Oktopus? In welchem Zusammenhang?»

«Er hat gesagt: ‹Lassen Sie uns sein wie Oktopusse. Lassen Sie uns nicht mit zwei Armen arbeiten für unsere Ziele, sondern mit acht. Dann schaffen wir es.› So ähnlich.»

Sie lächelt. Sie hat ein sehr schönes Lächeln.

Das Lied ist zu Ende. Ich verbeuge mich und verlasse die Jahrhunderthalle.

III

1 Es ist kalt, windig. Es wird dunkel. Ich steige am Bahnhof Friedenau aus der S-Bahn. Ich schaue mich um, ob noch jemand aussteigt. Zwei ältere Frauen, ein Kind mit einer Schultasche, ein Mann in meinem Alter. Könnte er Detektiv sein? Wie sieht ein Detektiv aus? Der Mann sieht normal aus. Das macht ihn mir verdächtig. Wie viel Zeit, wie viele Gedanken habe ich darauf verwendet, normal auszusehen? Nichts ist schwieriger als Unauffälligkeit, wenn man sie beruflich braucht. Vom Naturell her bin ich bestimmt das unauffälligste Wesen der Welt, aber seitdem ich angefangen habe, darüber nachzudenken, wie ich am besten unauffällig sein kann, komme ich mir ständig auffällig vor und verdopple meine Anstrengungen. Der Mann, der so gefährlich normal aussieht, verlässt den Bahnhof. Ich stehe auf dem Bahnsteig und warte auf die nächste Bahn. Ich friere. Die Bahn kommt, ich schaue nach dem Mann, der normal aussieht, aber er ist nicht zurückgekommen. Ich steige ein. Die Bahn ist fast leer, ein Flötenspieler und ein Geiger spielen Musik, die nach Russland klingt. Nirgends hat man mehr seine Ruhe.

Am Bahnhof Zoo steige ich aus. Ich nehme die Rolltreppe nach unten, ein schneller Blick zurück. Nichts Auffälliges. Ich wechsle ein paarmal die Seiten, um mögliche Verfolger abzuschütteln. Ich komme mir blöd vor.

Ich habe einen Parka an, eine verwaschene Jeans und einen Pulli. Ich sehe aus wie ein Journalist, der vom Zeilenhonorar leben muss. Vor der Tür einer Baracke lungern Kamerateams und Fotografen. Mit dem Presseausweis komme ich problemlos hinein. Die anderen Journalisten reden schon mit den Altjunkies und schreiben alles auf. Ich gehe wieder hinaus. Schilf wird vorgefahren mit seinem Audi und eilt hinein. Ich habe keine Chance, ihn abzupassen. Ich folge ihm mit den Kamerateams. Wir schieben uns durch die Schlafräume. Schilf wird mit den Junkies fast gegen die Hochbetten gedrückt. Alle Journalisten wollen mit in die kleinen Räume, dazu die Sicherheitsleute. Schilf steht mit den Altjunkies vor deren Betten und fragt, wie es ihnen so gehe und ob sie gut untergebracht seien. Die Junkies nicken. Alle schwitzen, weil es so voll ist und die Lampen für die Kameras so viel Hitze abgeben. Ich kämpfe mich hinaus, warte in der Küche, die zugleich Speiseraum ist. Ein paar von den Altjunkies haben für Schilf gekocht, sie wollen hier gleich mit ihm essen. Er kommt, gibt allen die Hand und fragt wieder, wie es so gehe und ob man gut untergebracht sei. Einer der Altjunkies kommt auf mich zu und umarmt mich. Es ist Rüdiger. Ich habe Rüdiger viermal erwischt. Schilf kommt hinzu und klopft uns beiden auf die Schulter. Er will zwischen uns sitzen. Er bittet Rüdiger auf den Stuhl rechts von ihm, mein Platz ist links. Ich kann Rüdiger gerade noch zuflüstern, dass er mich nicht verraten soll. Ich habe ihn viermal erwischt, aber nur zweimal die Polizei gerufen. Ich kann mich auf ihn verlassen.

Wir sitzen zu acht am Tisch. Es gibt Nudeln mit einer Hackfleischsoße und Grüntee. Es schmeckt seltsam, aber ich esse, weil es nicht anders geht. Ich frage mich, warum ich ein Gesicht haben muss, das man auch einem Altjunkie zutraut. Die Kameras laufen, die Fotoapparate klicken, die Journalisten schreiben mit. Die Altjunkies reden von ihrem Leben und vom Knast und dass sie nichts mehr brauchen und nie mehr was anfassen werden. Sie sind ein bisschen untertänig. Sie wollen alles richtig machen. Einer zerschneidet die Nudeln in kleine Stücke, damit ihm nichts von der Gabel herunterhängt. Es ist mein zehnter oder zwölfter Termin mit einem Politiker. Die Welt sieht dabei immer besser aus, als sie ist. Alle spielen bessere Welt, wenn ein Politiker kommt. Heißt das nicht auch, dass Politiker Politik für eine bessere Welt machen, also falsche Politik für unsere Welt? Ich weiß es nicht, ich kann solche Fragen nicht beantworten. Ich habe einen Auftrag, auf den ich mich konzentrieren muss.

2 Am Morgen nach dem Parteitag fuhr ich nach Essen zu Ute Schilf. Sie hatte mir den Weg am Telefon beschrieben. An der Ausfahrt Essen-Kettwig verließ ich die Autobahn, die Straße wand sich um Äcker, führte vorbei an Gehöften, und ich hing hinter einem Trecker, der Mist geladen hatte. Ich wusste nicht, dass das Ruhrgebiet so aussieht.

Die Schilfs hatten die Halle einer ehemaligen Spinnerei gekauft und zu einem Loft ausgebaut. Leo Schilf hat in einem Interview behauptet, dass er sich an einem Ort, wo mal hart gearbeitet wurde, wohl fühle. Ute Schilf kam aus der Tür, als ich in den Hof fuhr. Sie trug ein schwarzes Kleid, das über den Knien endete, darunter Netzstrümpfe. Drei Knöpfe standen offen, einer zu viel. Neben ihr stand eine Dogge, schwarzweiß gescheckt wie eine Kuh, Kalbsgröße, ein breites, rotes Halsband, dicht mit Strasssteinen besetzt.

Sie führte mich ins Wohnzimmer. Das heißt, man stand

eigentlich direkt drin. Es gab keinen Flur, es gab nur eine Halle, nicht besonders hoch, die Wände unverputzt, roter Backstein. Vielleicht ist Wohnzimmer das falsche Wort. In der Halle waren auch die Küche und das Bad untergebracht. Eine Badewanne stand in der Mitte des Raums. Erst dachte ich, es wären zwei, aber als mich Ute Schilf zu einer Sofaecke führte, sah ich, dass in dem einen Becken zwischen Wasserpflanzen Goldfische und Karpfen schwammen. An der Decke sah man Stahlträger. Ein rostiger Haken hing herunter.

«Schön haben Sie's hier», sagte ich.

Ich dachte etwas anderes. Was hat der Kerl dir angetan?, dachte ich. Betrug ist ein abstraktes Wort. Gefühle werden verletzt, aber was heißt das? Hier sah ich es. Ute Schilf hatte eine Welt gebaut, eine ganz eigene Welt für sich und Leo Schilf, der dadurch anders leben konnte als jeder andere Politiker, und sie dachte, dass es ihn glücklich macht, dass es sie miteinander verschweißt, dass er seine Weltenbauerin ewig lieben und gut behandeln wird. Vielleicht hat sie gedacht, eine solche Welt könne sie schützen vor den jungen Frauen wie eine Burg. Sie hat sich getäuscht. Sie tat mir leid in diesem Moment.

«Espresso?»

«Schwarz.»

Sie ging in den Bereich, der Küche war. Aus einem quadratischen Block mit Herd und Geschirrschränken wuchs ein Olivenbaum, ein echter, nahm ich an. Sonst wäre es sinnlos. Einen falschen Olivenbaum kann jeder in seiner Küche haben.

Die Dogge stand vor mir und sah mich an aus roten Augen. Sie hatte den Kopf eines traurigen Gentleman, der sich Sorgen macht, dass er das Schloss, in dem seine Familie seit den Zeiten von Richard Löwenherz lebt, nicht mehr unterhalten kann. Mir sind Tiere mit solchen Menschengesichtern unheimlich. Ich hörte das Fauchen der Espressomaschine. Auf einem niedrigen Glastisch lag eine Tageszeitung, die auf der Titelseite das Foto der drei Frauen zeigte. «Gipfeltreffen» stand über dem Foto.

Sie kam zurück mit einem Tablett, ihre Absätze klackten auf dem Beton. Auf dem Tablett standen zwei Tassen und eine Metallschale mit aufklappbarem Deckel, wie ich sie aus Florenz, Rom, Venedig kenne. Wir nahmen beide keinen Zucker. Auf einem Teller lagen Kekse.

«Schönes Foto, oder?»

«Sehr schön, Kompliment.»

Ihre Tränensäcke, Annas glatte Haut.

Wir schwiegen, nippten an unserem Espresso.

«Nun, was haben Sie mir mitgebracht?»

Sie lächelte unsicher. Sie wusste, dass dies nicht die passenden Worte sind, um ein solches Gespräch zu eröffnen. Es gibt keine passenden Worte für diese Situation. Es wird trotzdem immer etwas zur Eröffnung gesagt, weil Schweigen keine Eröffnung ist. Man behilft sich mit Worten aus anderen Situationen. Ich sah, dass sie schwitzte, kleine Perlen auf der Stirn. Ute Schilf saß neben mir in der Sitzlandschaft, auf der äußersten Kante. Ihre Knie waren mir zugewandt, fest geschlossen.

Ich kramte, etwas umständlich, in meiner Aktentasche und zog die blaue Mappe heraus. Ich legte sie auf den Tisch. Ute Schilf atmete durch. Ich schaute sie an.

«Nun, Frau Schilf, ich weiß nicht, ob ich das Ergebnis meiner Arbeit günstig oder ungünstig nennen soll, je nachdem vielleicht.»

«Reden Sie einfach.»

Ich beugte mich über die Mappe, schlug sie auf. Ich kann mir nicht abgewöhnen, das auf eine Art zu tun, als könne die Mappe auch für mich Überraschungen bergen. Ich sah lange auf das erste Blatt, obwohl das nur, wie immer, eine Liste meiner Observationstermine zeigte. Ich sah auf, blickte in das Gesicht der Dogge. Ein Speichelfaden hing links an ihrem Maul herunter.

«Das ist wegen der Kekse.»

«Bitte?»

«Wegen der Kekse. Der Hund speichelt, weil er gern einen Keks hätte. Leider speichelt er dauernd. Zuchtfehler. Die Lefzen hängen so weit herunter, dass dem Hund der Speichel aus dem Maul läuft. Die schweren Lefzen ziehen auch die Gesichtshaut hinunter, so dass man das Rote unter dem Auge sieht. Aber mein Mann wollte ja unbedingt eine Deutsche Dogge.»

«Ich verstehe.» Ich sah wieder auf das Blatt. «Nach dem jetzigen Stand der Recherchen kann ich Ihrem Mann keine Geliebte nachweisen, obwohl ich das Menschenmögliche getan habe, ihm auf den Fersen zu bleiben.»

Weder Wahrheit noch Wahrhaftigkeit. In der Mappe waren nur Recherchetagebücher, Quittungen für Reiseauslagen und eine Rechnung. Ich gab ihr die Mappe. Sie schlug sie auf, betrachtete das oberste Blatt, dann das nächste, das übernächste. Ihr Gesicht war ausdruckslos. Sie klappte die Mappe zu und stand auf. Ihre Schritte klackten auf den Steinen, dann war plötzlich Stille, weil sie über einen Teppich ging. Dann wieder Klacken.

Auch das Ergebnis, dass es keine Geliebte gibt, ist manchmal ein Schock für meine Kundinnen. Sie sind zu mir gekommen, weil sie fest davon ausgegangen sind, dass ihr Mann eine Affäre hat. Sie wollen nur die Bestätigung, die Beweise für etwas, was in ihrer Vorstellung Wirklichkeit ist. Wenn es keine Beweise gibt oder ich keine Beweise rausrücke, müssen sie sich fragen, ob sie verrückt sind.

Ute Schilf ging in den Küchenbereich und kam mit einem Lappen zurück. Sie wischte der Dogge mit einer ruppigen Bewegung über das Maul. Der Speichelfaden war immer länger geworden.

«Da ist etwas. Ich weiß das.»

«Sie haben recht. Da ist etwas.»

«Aber keine Frau?»

«Keine Frau.»

«Was?»

«Ich halte es für möglich, dass Ihr Mann erpresst wird.»

«Sie halten das für möglich.»

«Ja. Es gibt Hinweise.»

«Was sind das für Hinweise?»

«Beobachtungen.»

«Und deshalb ist mein Mann so seltsam? Deshalb schweigt er so viel?»

«Wäre doch möglich.»

«Erpressung?»

«Geben Sie mir noch etwas Zeit. Ich werde es herausfinden.»

«Wie viel Zeit brauchen Sie?»

«Zwei Wochen vielleicht.»

«Aber Sie sagen ihm nichts. Ich möchte nicht, dass mein Mann erfährt, dass ich einen ...»

Schnüffler. Sie dachte jetzt das Wort «Schnüffler».

«... Detektiv beauftragt habe. Zumal wenn er unschuldig ist. Sie verstehen?»

«Ich verstehe.»

«Also, in zwei Wochen.»

Sie stand auf, ich stand auf. Ein kleines Lächeln zum Abschied. Spöttisch?

Warum ich das gemacht habe? Warum ich meine so sorgsam komponierte Mappe nicht präsentiert habe, sondern eine fast leere Mappe, ein Dokument des Misserfolgs? Was soll ich sagen? Ganz einfach. Ich kann sie nicht haben, aber ich kann ihr Glück bewahren. Ich kam drauf, als ich gesehen habe, dass Leo Schilf erpresst wird. Damit hatte ich etwas, womit ich seine Frau ablenken konnte. Das ist es, basta.

Ich musste nur den Mann mit dem Cordanzug finden. Ich hatte ihn zweimal im Ruhrgebiet gesehen, ich wartete auf Schilfs nächsten Auftritt im Ruhrgebiet. Acht Tage Warten.

Die Tage verbrachte ich mit Recherchen für einen neuen Auftrag. Es geht ja immer weiter. Der nächste Betrug, der nächste Beitrag zur Quote von achtzig Prozent. Sie ist die Frau eines Filmproduzenten und war schon mal bei mir. Das war im September 2001, genauer am 12. September 2001. Am Tag zuvor hatte sie beim Babywickeln die Bilder von den fallenden Türmen gesehen und sich Sorgen um ihren Mann gemacht. Der Filmproduzent weilte mit einem Regisseur in Jordanien, am Strand von Aquaba, um ein «Brainstorming» für einen Film zu machen. So hat er das seiner Frau gesagt. Nach den Anschlägen in New York und Washington hatte sie Angst, dass dies der Auftakt zu einem Massaker an allen Westlern in Arabien sein könne. Wir hatten alle so große Ängste damals. Meine Kundin rief sofort ihren Mann auf dem Handy an, aber das war über Stunden ausgeschaltet. In Panik hat sie sich über das Internet die Telefonnummern aller Fünf-Sterne-Hotels in Aquaba besorgt, weil sie wusste, dass ihr Mann nur in Fünf-Sterne-Hotels absteigen würde. Sie hat ihn gefunden, das heißt, sie wurde auf sein Zimmer gestellt, und dort ging eine Frau an den Apparat. Der Filmproduzent sagte, es sei das Zimmermädchen gewesen. Sie sprach ein bisschen zu gut Deutsch für ein Zimmermädchen. Am nächsten Tag war sie in meinem Büro und gab mir den Auftrag, sofort nach Aquaba zu fliegen. Ich habe das gemacht, gegen doppeltes Honorar, muss ich gestehen, Gefahrenzulage. Ich bin nach Amman geflogen und mit einem Leihwagen nach Aquaba gefahren. Ich hatte die Autotüren immer verriegelt. Man sah damals in jedem Araber einen Attentäter, und heute ist es nicht viel anders. Der Filmproduzent war nicht mehr da, aber es war kein Problem, unter den Hotelangestellten Leute zu finden, die sich an die Schönheit der Frau an seiner Seite lebhaft erinnern konnten, gegen Bakschisch, versteht sich. Ich konnte zudem eine Kopie seiner Rechnung auftreiben. Sie haben sich Champagner aufs Zimmer bringen lassen. Ich hatte bereits eine schöne Mappe zusammen und ging am Strand spazieren, als ich einen Fotografen sah, der gegen Honorar Bilder von Badegästen machte. Er hatte hervorragende Fotos der beiden, sie im Bikini, er mit Bauch. So wurde es eine perfekte Mappe, saubere Arbeit.

Vor ein paar Tagen saß sie wieder bei mir. Sie glaubt, dass er etwas mit einer Maskenbildnerin hat. Ich treibe mich seitdem häufig an der Staatsoper herum, wo sie einen Nazifilm drehen. Da stehen ständig hochgewachsene Jungs in schwarzen SS-Uniformen vor der Tür und rauchen. Ob mit der Maskenbildnerin etwas läuft, weiß ich noch nicht. Wahrscheinlich schon. Ich brauche noch ein bisschen Zeit. Es ist mein Ehrgeiz, wieder eine schöne Mappe hinzukriegen. Sie hat sicher Ansprüche seit dem vorigen Mal.

Einen Tag habe ich mit Anna verbracht. Ich war im Bundestag. Sie saß auf ihrem blauen Stuhl in der vorletzten Reihe, von morgens bis abends. Sie hat sich jede Rede angehört. Manchmal kamen Leute zu ihr, haben etwas gesagt, aber das war selten. Sie hat eine neue Frisur, die Haare sind kürzer. Steht ihr gut. Sie hat nicht geredet, Schilf hat geredet, gleich am Morgen. Am Nachmittag war er nicht mehr da. Der Saal wurde immer leerer, immer blauer, wie ein Himmel, aus dem sich langsam die Wolken verziehen. Manchmal war mir langweilig, aber es war kein schlechter Tag. Sonst sieht man Anna ja nicht mehr. Das Fernsehen ignoriert sie, seitdem das Zahnersatzgesetz verabschiedet ist. Es gab sie nur als Rebellin, sie hat es gewusst. Ich habe mir in meiner Langeweile einen Anschlag auf den Bundestag vorgestellt, schwierig wäre es nicht.

Am vergangenen Samstag fuhr ich wieder ins Ruhrgebiet, nach Dortmund. Schilf eröffnete eine Kleintiermesse in der Westfalenhalle, Hunde, Katzen, Tauben. Der Mann im Cordanzug war da, offenbar hat er nur diese Kleidung. Er hatte wohl noch nicht genug Geld aus Schilf rausgepresst, um sich einen neuen Anzug kaufen zu können. Es gab eine Geldübergabe, nach der mein Freund sofort die Halle verließ. Ich folgte ihm.

Wir fuhren mit der Bahn, er stand, ich saß. Ich zog ein abgegriffenes Taschenbuch aus der Manteltasche und tat, als lese ich. Es war irgendein Schinken, den ich mir in einer Bahnhofsbuchhandlung gekauft hatte. Es war früher Abend, Kopftücher, Alkoholfahnen, Drogengesichter. Ein Gespenst bettelte, grau, fleischlos im Gesicht. Ich wusste nicht, ob Mann oder Frau. Ist die Welt so oder nehme nur ich sie so wahr? In Recklinghausen stiegen wir aus.

Berlin ist hässlich, aber außerhalb Berlins bin ich immer froh, Berliner zu sein. Ich sah nicht genau hin, es war dunkel, und ich konzentrierte mich auf den Mann vor mir, war wieder ein Paar mit einem Fremden. Aber in Recklinghausen muss man nicht gewesen sein, so viel bekam ich mit. Wir landeten in einer Siedlung niedriger Häuser, Gras zwischen den Gehwegplatten. Er hatte sich ein paarmal umgeschaut. Als er seinen Schlüssel zog, drehte er sich wieder um, aber er sah nur einen Mann, der gebeugt und mit raschem Schritt auf der anderen Seite vorüberging, die Ich-will-schnell-nach-Hause-Nummer. Im Erdgeschoss links ging Licht an.

Es gilt weiterhin: Ich mag keine Einbrüche, aber manchmal müssen sie sein. Ich mag niemandem Angst machen, aber es gibt Situationen, da ist es unvermeidlich. Die Welt wird nicht besser, wenn die Guten immer nur gut sind. Ich hatte noch Zeit, brauchte die tiefe Nacht, und ging in eine Kneipe an der Ecke und trank ein Bier mit denen, die immer dort Bier trinken. Viele waren es nicht. Wir schwiegen im tiefen Einverständnis von Männern, denen zum Leben wenig mehr einfällt als Bier in schäbigen Kneipen zu trinken. Ich ging als Letzter, um zwanzig nach eins. Ich wollte, dass er im Tiefschlaf ist. Ein Blick zum Mond aus Gewohnheit, ich sah eine halbe Scheibe und schlenderte zu dem Haus, wo der Mann mit dem Cordanzug wohnte. Ich ging an der Hauswand entlang nach hinten. Sie machten es mir leicht. Ich zog das Gitter von einer Höhlung für ein Kellerfenster, stieg ein, und das Fenster war auf. Dahinter lag die Waschküche, in der sich die Gerüche von Sauberkeit und Muff seltsam mischten, ein Geruch meiner Kindheit. Wäscheständer, behängt mit weißen Betttüchern, standen da wie große Schafe. Ich musste mich hindurchzwängen, feuchtes, kaltes Tuch an meinen Händen. Ich stieg die Kellertreppe hoch, war im Flur und öffnete rasch und leise die Tür im Erdgeschoss links.

Ein Mann ohne Geld, das sah und roch man sofort. Ich nahm einen Stuhl aus seiner Küche und stellte ihn neben sein Bett. Ich setzte mich. Er schlief mit dem Rücken zu mir, Gesicht zur Wand. Ich sah ihn eine Weile an, lauschte seinem Atem, leise, regelmäßig, dann tippte ich auf seine Schulter, sanft, zu sanft, er wurde nicht wach. Ich tippte fester. Er fuhr herum, sah mich und wollte aufspringen, aber ich packte ihn am Handgelenk und riss ihn zurück. Er hatte keine Kraft.

«Bleiben Sie liegen, dann passiert Ihnen nichts.»

«Was willst du?»

«Mit Ihnen reden. Ich habe einen Colt. Er ist hier.» Ich zeigte auf meine linke Seite. «Wollen Sie ihn sehen?»

«Nein.»

«Gut. Er ist da. Ich brauche ihn nicht, wenn Sie liegen bleiben.»

Ich ließ ihn los. Er hatte Angst. Ich war dankbar dafür, es würde keine Probleme geben. Er hatte ein schmales Gesicht, ein spitzes Kinn, wässrige Augen. Ich würde sagen, dass er Niederlagen gewohnt war.

«Sie erpressen Leo Schilf.»

«Wer sind Sie? Was wollen Sie von mir?»

«Schilf ist Politiker. Wir interessieren uns für unsere Politiker.» Ich erzählte ihm von der Geldübergabe in der Jahrhunderthalle in Bochum. «Das wissen wir. Wir wissen nur nicht, warum Sie ihn erpressen können. Erzählen Sie's mir, und es geschieht Ihnen nichts. Das Geld können Sie behalten.»

Er schwieg.

Ich machte ein Foto von ihm mit meinem Handy. Ich zeigte ihm das Bild. «Das sind Sie jetzt.»

Er schwieg weiter.

«Schlafen Sie nackt?»

Panik in seinen Augen.

Ich sah ihn an, nickte. Ich sagte nichts, es war nicht nötig. Alles, was man hätte sagen können, spielte sich gerade in seinem Kopf ab. Er zog die Decke ein Stück höher über seine Schultern.

«Ich kenne den Leo schon lange.»

Sie waren zusammen im Ortsverein der Partei gewesen.

Er war im Vorstand, er hatte einen Fahrradladen, aber der Laden lief nicht, er hatte Schulden und stand vor dem Konkurs. Als der Abgeordnete, der den Wahlkreis zwanzig Jahre lang gewonnen hatte, in den Ruhestand ging, sollte sein Nachfolger per Urwahl von den Mitgliedern bestimmt werden. Es gab einen Favoriten, und es gab Leo Schilf.

«Bis Samstag achtzehn Uhr mussten die Stimmen abgegeben sein. Am Sonntagmorgen wollten wir uns zur Auszählung treffen. Die Urne stellte ich über Nacht in den Tresor meines Ladens, wo die teuren Teile lagerten, die Schaltungen von Campagnolo, und am späten Abend kam der Leo zu mir.»

Schilf brachte 10 000 Mark mit. Er hatte auch einen Stapel Wahlzettel mit Kreuzen hinter seinem Namen dabei. Der Mann im Bett erzählte, es habe die halbe Nacht gedauert, bis er sich das Geld von Schilf habe aufschwatzen lassen. Sie gingen in den Fahrradladen und tauschten Stimmen für den Favoriten gegen Stimmen für Schilf aus.

«Ein paar Jahre später war ich trotzdem pleite.»

Er hätte mir wahrscheinlich noch sein ganzes Leben erzählt. Sein Kopf lag auf seinen verschränkten Armen, ich saß mit übereinandergeschlagenen Beinen auf dem Küchenstuhl. Man hätte es gemütlich nennen können. Aber ich wollte nicht länger bleiben und ließ ihn allein.

3 Ich musste auf den Montag warten, bis Schilf wieder in Berlin war. Ich hatte ein kleines Zimmer in einem kleinen Hotel in Kettwig. Ich schaute auf einen Parkplatz, Vertreterautos, Passat Kombi und Ähnliches. Die Besitzer der Autos saßen unten in der Bar und warteten darauf, dass jemand kam, dem sie alles aus ihrem Leben erzählen konnten. Solche Leute haben Stoff für fünf Minuten und reden vier Stunden. Ich gehe nie in solche Bars.

Ich las, machte fünfzig Liegestütze, sah mir einen Krimi an, genehmigte mir ein Bier aus der Minibar.

Am nächsten Morgen war ich um zehn Uhr bei Ute Schilf. Ihre Tränensäcke waren weg, verschwunden, und sie schaute aus, als habe es nie welche gegeben. Sie machte wieder Kaffee, wir setzten uns in die Sofaecke, ich zog eine Mappe aus meiner Tasche.

Ich habe ihr die Geschichte lückenlos erzählt. Sie blätterte, das Gesicht ausdruckslos. Sie fand ein Foto von der Geldübergabe in der Toilette, sie sah ihren Mann aus der Kabine kommen, sie sah den Mann im Cordanzug.

«Das ist das Geheimnis.»

«Aber nicht das Ganze.»

«Ich verstehe nicht.»

«Mein Mann hat eine Affäre mit einer Kollegin aus dem Bundestag, Anna Tauert. Seit einem Jahr.»

Ich nahm den Löffel und rührte in der Tasse, aber es war kein Kaffee mehr drin. Der Löffel klickte laut an der Tassenwand. Ich habe immer gedacht, dass ich den Hauptsatz meines Gewerbes jederzeit beherzige: Glaube nicht, dass die Welt nur das ist, was du sehen oder hören kannst. Die Welt ist viel größer. Sie hat viele Schichten und die äußerste ist bei weitem nicht die wichtigste. Ich weiß das. Und dann gerate ich in eine Welt, die hat noch mehr Schichten, als selbst ich mir vorstellen kann. Scheiß Politik. Ute Schilf zog eine blaue Mappe aus ihrer Tasche, meine Mappe, die Mappe, die ich ihr beim letzten Mal überreicht hatte. Sie legte sie auf den Tisch.

Ich klappte den Deckel auf und las ein Wort, nur ein Wort: «Liebesüberschwemmung.»

Ute Schilfs Mappe war kein Kunstwerk. Sie hatte keine Dramaturgie, sie war ohne Rücksicht zusammengestellt worden. Wenn es ein Prinzip gab, dann das der Brutalität. Sie schonte sich nicht. Ich blätterte, ich kannte das alles.

«Ich will dich lecken.»

Das hatte er aus einer Sitzung der Koalitionsrunde mit dem Handy gemailt.

«Ich habe sein Kennwort herausbekommen. Aus Zufall.»
«Wann?»
«Ist schon eine Weile her, vielleicht drei Wochen.»
«Warum haben Sie mich weitermachen lassen?»
«Als ich diese Mails gelesen habe, wusste ich, dass ich meinen Mann nicht so leicht davon abbringen werde, diese Affäre zu beenden. Vielleicht würde er mich eines Tages sogar verlassen für dieses Mädchen. Aber ich gebe ihn nicht her. Mich würde er vielleicht aufgeben, die Politik niemals. Das ist bitter, aber ich habe gelernt, damit zu leben. Nun, dank Ihrer Informationen wird er dieses Mädchen verlassen, damit ihm seine Frau nicht die Politik nimmt. Natürlich verliert er alles, wenn diese Sache herauskommt.»

Sie zahlte bar, sie war großzügig.

«Wenn Sie vielleicht noch so freundlich wären, sich das letzte Blatt dieser Sammlung anzuschauen.»

Ich nahm den Stapel aus der Mappe, nur das letzte Blatt blieb liegen. Ich sah mich. Ich sah, wie ich in den Keller des Hauses stieg. Schöner Abschuss, professionelle Arbeit.

«Ich habe das zur Sicherheit von einem Ihrer Kollegen machen lassen. Falls Sie auf die Idee kommen, mit Ihrem

Wissen über meinen Mann an die Öffentlichkeit zu gehen. Sie wissen selbst, was es für Ihre Arbeit heißt, wenn man Ihnen einen Einbruch nachweist.»

Sie stand auf und reichte mir die Hand. Ich nahm sie automatisch, ein kurzer Händedruck. Ich ging und fuhr sofort nach Berlin zurück. Regen, schwarzer Himmel. Das Licht des Armaturenbretts schimmerte grün, und wenn ich meine Gedanken nicht mehr aushalten konnte, sang ich leise: «Es grünt so grün, wenn Spaniens Blüten blühn.» Kurz vor Berlin hatte ich eine Idee.

Das Essen mit den Altjunkies nähert sich dem Ende. Das Dessert, Schokoladenpudding, ist fast gegessen.

Leo Schilf wendet sich mir zu. «Erzählen Sie mir von sich.»

Die Kameras sind auf mich gerichtet, die Journalisten sehen mich an. Ich beuge mich zu Schilf und flüstere in sein Ohr: «Ich möchte Ihnen eine Geschichte erzählen, von einem Mann, der Sie erpresst.»

Er nickt väterlich, als hätte ich ihm ein kleines Geständnis gemacht. Er hat sich vollkommen unter Kontrolle. Er löffelt von dem Pudding. Dann beugt er sich zu mir und flüstert: «Wer sollte das sein?»

Die Kameras klicken wild.

Ich beuge mich wieder zu ihm. «Sie haben das Ergebnis Ihrer ersten Wahl gefälscht.»

Er nickt wieder. Dann sagt er laut: «Darüber sollten wir vielleicht besser da hinten auf dem Sofa sprechen.» Er wendet sich an die Journalisten. «Meine Herren, es gibt Dinge, die sind nicht für die Öffentlichkeit bestimmt. Wir haben es hier mit schwierigen Schicksalen zu tun. Ich möchte Sie deshalb bitten, uns nicht zum Sofa zu folgen. Lassen Sie uns ein wenig Privatsphäre.»

Er steht auf und führt mich zu einem Sofa mit Löchern im Bezug. Wir setzen uns. Er wendet sich mir zu, mit den Beinen, mit dem Oberkörper. Er macht ein Gesicht, das freundliches Interesse zeigt. «Was wollen Sie von mir?»

«Ich will Ihnen die Geschichte jener Nacht im Fahrradladen erzählen.»

«Ich kenne die Geschichte. Die Frage ist nur, was Sie tun wollen mit Ihrem Wissen.» Er sagt das leise und in einem Ton, als rede er beruhigend auf mich ein. Alle Fotografen und Kameraleute sind uns zugewandt. Sie können uns nicht verstehen, aber es zählen die Bilder.

«Ich möchte mein Wissen für mich behalten. Es liegt an Ihnen, ob ich das tun werde.»

«Was muss ich tun, damit Sie Ihr Wissen für sich behalten?»

«Sie haben eine Affäre mit Anna Tauert.»

Er schluckt. Er schweigt. Ich sage auch nichts. Schweigen wirkt komisch für die Kameras. Sein Problem, nicht meins.

Er hat sich wieder im Griff. Er legt eine Hand auf meinen Unterarm. Das Klicken der Kameras schwillt an. Sie sind wie Bewegungsmelder für uns.

«Sie wissen alles über mich, oder? Sie haben mein Leben gelebt, nicht ich. Aber wer bin ich, wenn Sie ich sind?»

«Der Machthabermensch?»

Das rutscht mir heraus. Ich Idiot kann mich nicht beherrschen.

Er denkt nach. Es sieht aus, als suche er in Gedanken nach etwas. Es dauert eine Weile, bis er wieder sein fürsorgliches Gesicht aufsetzt. «Wer sind Sie?»

«Ich bin der Detektiv, den Ihre Frau auf Sie angesetzt hat.»

Er atmet hörbar aus. Er hat langsam Probleme, seine Rolle durchzuhalten. Ich rette ihn, ich rede weiter.

«Hören Sie, Ihre Frau wird Ihnen spätestens am Wochenende dieselbe Geschichte erzählen. Aber sie wird Sie nicht verlassen. Sie wird Sie auch nicht verraten, unter einer Bedingung: dass Sie Ihre Beziehung mit Anna beenden.»

Habe ich Anna gesagt?

«Ihre Beziehung mit Anna Tauert beenden.»

«Sie leben wohl auch das Leben meiner Frau, sogar deren zukünftiges Leben. Woher wollen Sie das wissen?»

«Es ist besser für Sie, wenn Sie mir das einfach glauben. Ihre Frau wird von Ihnen verlangen, dass Sie Ihre außereheliche Beziehung beenden. Aber ich will das nicht.»

«Sie wollen das nicht?» Er wirft sich zurück aufs Sofa, starrt mich an, fassungslos.

«Bleiben Sie in Ihrer Rolle.»

Meine Stimme ist gedämpft, aber streng, mein Gesicht freundlich. Er kommt wieder vor, legt eine Hand auf meinen Unterarm. «Ich verstehe, dass Sie im Auftrag meiner Frau mein Leben ausspioniert haben. Ich verstehe, dass Sie dabei erfolgreich waren. Ich verstehe nicht, was das jetzt soll. Was heißt, Sie wollen nicht, dass ich meine außereheliche Beziehung beende?»

«Sagen Sie Ihrer Frau, dass Sie die Beziehung beendet haben, und dann machen Sie einfach weiter wie bisher. Seien Sie nur vorsichtiger. Ihre Frau könnte auf die Idee kommen, noch einmal einen Detektiv zu beschäftigen. Legen Sie sich eine neue Mailadresse zu und passen Sie auf Ihr Passwort auf. Lassen Sie diese Knutscherei im Aufzug, zu gefährlich. Wenn Sie wollen, kann ich Ihnen bei anderer Gelegenheit Tipps geben, wie man eine außereheliche Beziehung verheimlicht. Ich kenne mich aus.»

«Und wenn ich das nicht tue?»

«Dann ...»

«Ja?»

«Dann fliegen Sie auf. Dann landet Ihr Geheimnis beim *Spiegel*.»

«Wenn ich Sie richtig verstehe, wird mich meine Frau erpressen, damit ich die Beziehung zu Anna beende. Und Sie erpressen mich, damit ich die Beziehung zu Anna fortführe. Richtig?»

«Das ist korrekt.»

Er lacht.

«Lachen Sie nicht. Lachen macht sich nicht gut in dieser Situation. Ich bin ein armer Altjunkie mit einem schwierigen Leben, vergessen Sie das nicht.»

Er wird wieder ernst.

«Sie sind doch Schauspieler. Sie lieben es, beobachtet zu werden. Sie lieben die Verstellung. Um nichts anderes geht es. Sie setzen Ihr normales Leben fort, eine Schwierigkeitsstufe höher. Machen Sie Ihr Meisterstück.»

Er nickt. Es ist nicht wirklich Zustimmung. Es ist, als habe er sich gerade gefragt, ob er das wirklich erlebt. Und er musste zu dem Schluss kommen, dass er das wirklich erlebt.

«Wir sollten jetzt unser Gespräch beenden. Man wartet auf Sie.»

Wir stehen auf. Er zückt sein Portemonnaie und nimmt fünfzig Euro heraus. Er gibt mir das Geld, ich bedanke mich artig. Großes Kamerageklicke. Er nimmt meine Hand und schüttelt sie lange, während er mir fest in die Augen blickt.

«Versuchen Sie nicht, mich zu täuschen. Ich werde beobachten, ob Sie sich an unsere Verabredung halten. Ich bin Detektiv, vergessen Sie das nicht.»

Ich gehe. Ich werde ein bisschen die Straßenseiten wechseln, ein bisschen tricksen, aber das ist sportlich gemeint. Mal sehen, was der Kollege so drauf hat. Ich bin ein harmloser Detektiv, habe im Moment nichts zu verbergen. Ich überlege, ob ich den Fall Anna unter der Rubik ‹Abgeschlossene Fälle› oder der Rubrik ‹Unabgeschlossene Fälle› archivieren soll, wobei mir das Denken an die letztgenannte Sammlung naturgemäß einen Stich versetzt. Zum Glück sind es nicht viele Fälle, die ich nicht habe abschließen können. Aber eigentlich spricht alles dafür, Annas Akte offenzulassen.

Dirk Kurbjuweit
Zweier ohne
Novelle. 136 Seiten, gebunden
ISBN 978-3-312-00289-4

Über sieben Jahre hinweg wächst die Freundschaft zwischen Johann und dem gleichaltrigen Ludwig. Bis wir Zwillinge sind, sagt Ludwig, denn nur so haben sie beim Ruder-Wettkampf im Zweier ohne gegen die echten Zwillinge aus Potsdam eine reelle Chance. Als Johann mit Ludwigs Schwester Vera schläft, versucht er es vor Ludwig zu verbergen. Der wird immer seltsamer. Statt zu fasten für den Wettkampf, beginnt er maßlos zu fressen. Er klettert auch immer häufiger hinauf zur Brücke, von der sich manchmal nachts die Selbstmörder stürzen, die im Garten seiner Eltern landen. Schließlich wird Johann klar, dass Ludwig ihr Zwillingsgelübde bis über alle Grenzen hinaus austesten will.

«Nicht bloß im Leben, auch in der Welt der Bücher gibt es zuweilen überraschende Glücksfälle, Kurbjuweits Bücher sind glänzend geschrieben, klug gebaut, spannend und aufregend zeitnah.» *Die Weltwoche*

N & K

Dirk Kurbjuweit
Nachbeben
Roman. 224 Seiten, gebunden
ISBN 978-3-312-00346-4

Durch ein Erdbeben lernt der junge Banker Lorenz Kühnholz seine spätere Frau Selma kennen. Für seinen besten Freund, den alten Seismologen Luis, ist das ein Beweis dafür, dass Erdbeben auch Glück bringen. Nun hofft Luis darauf, dass Lorenz' und Selmas Liebe ihm zu der Familie verhelfen, die er immer gern gehabt hätte. Als Lorenz in Frankfurt, wo er Karriere bei der Bundesbank macht, wegen eines unsauberen Handels seinen Job verliert, setzt Luis alles daran, dass Lorenz auf den Feldberg zurückkehrt. Aber dafür muss er erst noch ein paar Hindernisse aus dem Weg räumen.

«In Dirk Kurbjuweit hat Deutschland einen Erzähler allerersten Ranges!»   *Der Tagesspiegel*

N & K